# 하이, 빌

김헌일 소설집

## 차례

하이, 빌　005

깍두기 담는 남자　029

어머니의 城　057

폭우　085

어느 겨울날의 풍경　115

마지막 하이킹　137

아들의 십자가　165

먼길　191

그 길고 허망한　213

• 작가의 말
무진을 떠나지 못한 자의 변명　267

하이, 빌

─하이 쥬. 나는 지금 태평양을 건너고 있어. 아니 정확히 다 건너온 셈이야. 저기 거무스레한 모습으로 육지가 보이거든. 목적지 일본이야. 난 최근에 보잉 767기종 국제선 기장으로 승격되었거든. 이번이 태평양을 건너는 첫 번째 비행이지. 아주 흥미로운 비행이었어. 대서양을 건너는 비행은 세 번 정도 해봤었기 때문에 태평양을 건너는 비행도 그다지 어렵지는 않았어. 알류샨 열도 상공을 지날 때는 심장이 멎을 정도로 아름다웠어.

그가 그렇게 말했다. 잘생긴 외국인 조종사였다. 백인이었지만 갈색 톤의 피부를 가지고 있었다. 회색 수염이 입술 언저리를 빙 돌아가며 뒤덮고 있었는데, 그게 나로 하여금 친근감을 느끼게 해주었다. 한밤중이었는데도 그는 색안경을 끼고 있었다. 짙은 청색 선글라스였다. 독수리 머리 모양의 마크 옆으로 황금색 날개가 양쪽으로 뻗어 있는 모표가 달린 검정 모자를 쓰고 있었다. 모자챙에는 네 개의 나뭇잎이 오종종 수놓아져 있었다. 흰색 와이셔츠와 검정색 넥타이, 그리고 네 개의 금줄이 달린 견장이 그의 넓은 어깨를 화려하게 수놓고 있었는데, 올해 23살 젊은 여자인 내가 냉큼 달려가 말이라도 건네고 싶을 만큼 멋져 보였다.

그는 밤마다 나를 찾아왔다. 얼마 전, 우연히 내가 TV에서 한 다큐멘터리

프로그램을 본 후부터였다. 스위치를 누르자 TV는 숨이 뚝 멈춰버릴 것같이 끔직한 장면들을 쏟아내기 시작했었다. 누군가가 황망히 길을 따라 뛰어가고 있었다. 그 혹은 그녀의 손엔 휴대용 카메라가 들려있는 듯했다. 암회색 아스팔트 길이, 어쩌다 나타나는 집들이, 나무와 산들이 좌우로 급격히 흔들렸고 이따금 수직으로 서거나 뒤집어지기도 했다. 카메라 앞에 펼쳐진 길이 쩍쩍 갈라졌고, 우우우우, 쿵쿵쿵쿵, 스스스스, 소름끼치는 소리가 들려왔다.

이윽고 화면이 바뀌고 그가 나타났다. '후쿠시마 지진을 경험한 한 캐나다인 조종사 빌'이라는 자막이 TV 화면 아래 떠 있었다. 그는 기자에게 이렇게 말했다.

─도쿄 도착 100마일 정도를 남겨두고 착륙 준비를 시작했을 때까지만 해도 모든 것이 순조로웠어요. 그런데 일본 관제사들이 모든 비행기들을 느닷없이 홀딩을 시키는 것이었어요. 홀딩이란, 자동차로 말하면 가던 길을 멈추고 그냥 서 있는 거죠. 그런데 비행기는 공중에 가만 떠 있을 수가 없으니까, 빙빙 돌 수밖에 없죠. 그냥, 막, 빙빙….

화면 속에서 빌은 그즈음에서 말을 끊었다. 그리고 산골짝 여울물처럼 말간 하늘을 바라보았다. 잠깐의 시간이었지만 '하염없이' 라는 표현이 어울릴 듯한 자태였다. 다큐멘터리에서 쏟아지는 파괴, 공포, 멸망, 종말. 이런 단어들은 내가 좋아하는 것들이었다. 하지만 내가 이 프로그램을 스무 번도 넘게 보았던 것은 바로 하늘을 바라보는 진청색 선글라스의 사내 때문이었다. 그리고 드디어 그는 밤마다 나를 찾아오게 되었다. 어차피 꿈속에서의 일이었지만 괜찮았다. 나는 그의 숨소리까지 들을 수 있었고 그는 내가 말하지도 않은 나의 속내를 꿰뚫어 보았기 때문이었다. 언제부터인가 그는 취재기자가 아닌 나를 향해서 직접 말을 하기 시작했다.

　─처음엔… 평소처럼 이렇게 바쁜가 보다 했지. 관제사들이라는 게 그냥 원래 그래. 한데 캐나다 몬트리올 본사에서 전문이 날아왔는데, 일본에 지진이 났다는 것이었어. 어느 정도 규모의 지진인지는 아직 모른다고 했어. 아무튼 그냥 그렇나 보다 하고 나는 허공을 바라보며 조종간을 잡았어. 내가 하늘에 있는 한, 지진은 나하곤 상관없는 일이라 생각했지. 지진이라는 게 몇날 며칠 계속되는 건 아니잖아? 잠시 땅이 흔들리다 마는 거지 뭐. 그런데 원래 내가 내리기로 되어있던 나리타 공항이 문을 닫았다는 거야. 하지만 곧 다시 열 것이라는 메시지를 받았어. 그러니 걱정을 말라더군. 참 우리 회사는 매사에 긍정적이야. 모든 것이 잘 되어갈 것이라는 생각에 빠져 있거든.

　허벅지까지 흘러내려간 이불을 끌어당기던 내게 문득 한 가지 의문이 떠올랐다. 그가 내 이름을 어떻게 알았을까? 혹시 주인혜라는 내 이름을 송두리째 알고 있는 걸까? 나를 쮸라고 부르는 걸 보면 내 이름을 정확히 알고 있는 것 같지는 않았다. 내가 가르쳐 준 적이 없었으므로 그건 불가능했다. 내가 지방 대학의 법과 대학을 입학하던 그해 곧바로 자퇴를 했으며, 스물세 살이나 처먹도록 이렇다 할 직업도 없고, 얼굴이든 몸매든 무엇하나 반반한 것이 없는 형편없는 계집이라는 사실도 알고 있을 것 같지 않았다. 하긴 그가 나에 대해서 무엇을 얼마나 알든 모르든 상관이 없는 일이긴 했다. 꿈속에서 나는 공주였고 그는 날 보호할 임무를 부여받은 기사 같은 존재였다. 어차피 그건 꿈이었으니까. 꿈에선 무슨 일이든 가능하니까.

—쮸, 그런데 말이야….

그가 몇 마디를 더 이어가려고 하던 순간 나는 설핏 잠에서 깨어났다. 무슨 소리가 내 온몸에 퍼진 촉수를 건드린 탓이었다. 나는 눈을 가늘게 뜨고 머리맡에 던져둔 핸드폰을 들어올렸다. 핸드폰 액정에 떠올라 있던 파르스름한 불빛이 까무러지듯 사라지고 있었다. 누구에게선가 전화가 왔던 모양이었다. 나는 핸드폰을 원래 있던 자리로 던져 놓았다.

나는 다시 몸을 옹크리고 눈을 감았다. 꽤나 흥미 있는 꿈이라 '깨어나서도 기억해내어야 하는데' 하는 걱정이 앞섰다. 하이 쮸, 하고 다시 날 불러주길 기다렸지만 그는 나타나지 않았다. 대신 악몽 같은 장면들이 눈앞에 나타났다. 허연 포말이 시야 가득히 밀려오는가 싶더니, 위태롭게 떠 있던 커다란 배를 수직으로 곤두세웠다가 곧바로 사납게 소용돌이치는 검은 물길 아래로 밀어 넣어 버렸다. 검붉은 화염이 마을 곳곳을 태우고 금방이라도 무너져 내릴 듯한 빌딩 아래서 팔을 휘저으며 사람들이 비명을 질러대었다. 이 어리석은 인간들아, 똑똑히 보아라. 너희 생전에 놀라 질겁할 일들이 벌어지리라. 그런 소리가 꽝꽝 하늘에서 울려오는 것 같았다. 그 아수라장 사이로 핸드폰의 진동음이 슬며시 끼어들었다. 나는 허망하게 흩어지려는 잠의 끝자락을 끈질기게 물고 늘어졌지만, 소리는 집요하게 날 잡고 늘어졌다. 나 역시 집요했다. 그러나 실패하고 말았다.

나는 이불 속에서 팔을 쭉 빼내어 머리맡의 핸드폰을 찾았다. 비닐이 바스락거리는 소리가 났다. 핸드폰을 감싸고 있는 위생 비닐의 소리다. 외출을 했다 집으로 돌아오면 나는 곧장 내 소지품들을 모조리 비닐 속에 가두어 놓는다. 위생에 관한 강박증 때문이다. 내가 대학을 자퇴하기 몇 달 전, 점점 심해지는 강박 증세로 인해 세 시간을 기다려 상담을 받은 적이 있다. 대학 병원의 정신의학과 교수는 나의 이야기를 듣더니 과대망상증이라고 했다. 나는 바보같이 엉엉 울며 지하철을 타고 집으로 돌아왔다. '과대망상'이라는 네 글자를 또렷이 발음하던 의사의 입모양을 떠올리며, 나는 그에게 말했던 모든 꿈들을 최소한 삼 년 안에 모조리 다 실현해 보이겠다는 다짐을 했다. 그때 내가 생각했던 성공이란 무엇이었을까.

―쮸. 내 말 듣고 있지? 우리가 보기엔 뭔가가 이상했어. 일본 관제사들의 목소리에서 긴장감과 스트레스가 느껴졌어. 나뿐만 아니라 당시 상공에 떠 있던 모든 조종사들은 공중에서 무작정 대기하라는 지시를 받았어. 언제까지 기다리려야 할지 모르는 상황에서 난 부기장에게 다른 곳에 내릴 수 있는 공항과 현 연료 상황 체크를 지시했어. 태평양을 건넌 후라 연료가 많이 남아있지 않았거든. 그런데 말이야… 한 10분 정도 지났을까? 에어 캐나다, 아메리칸 항공, 유나이티드 항공 등등 다른 비행기들이 연료량이 충분하지 않다면서 대체 공항으로 갈 수 있도록 요청하기 시작했어. 우리 비행기는 다행히 아직 1시간 반에서 2시간 정도 기다릴 수 있는 연료가 있어 가만히 있었지만, 상황은 점점 나빠지고 있었어. 땅은 흔들리고 갈라지고 무너지고 있는데, 비행기 연료가 떨어지면 우린 어떻게 될까? 이런 저런 생각 끝에 한 가지 단어가 자연스레 떠오르더군. 죽음. 평소

나하곤 전혀 상관없을 것 같던 그 단어가 난생처음 내 일로 느껴지더군.

일본 관제사는 나리타 공항이 피해 복구에 시간이 걸려 무기한 폐쇄되었다는 소식을 전해왔네. 다른 비행기들은 근처 하네다 공항에 내릴 수 있도록 요청을 하기 시작했어. 몇몇 비행기들이 착륙 허가를 받고 나니, 아뿔싸, 관제사는 이제 하네다 공항도 폐쇄되었다는 소식을 전해오는 거야. 우리는 이제 더 먼 곳에 있는 오사카나 나고야 같은 대체 공항을 알아봐야 했다네. 내 비행기같이 큰 비행기의 단점은 아무 공항이나 갈 수 없다는 점이야…. 훨씬 긴 활주로가 필요하거든.

나는 아무렇게나 뒤집혀져 있던 핸드폰의 액정을 눈앞에 가져다 대었다. 몇 시간 전부터 날 어지간히 괴롭힌 전화는 아빠, 아니 아버지로부터 온 것이었다. 아직도 늦은 잠에서 벗어나지 못한 나는 핸드폰을 삐딱하게 치켜들고서는 아버지에게 전화를 했다.

"죽은 너희 엄마 이름으로 자동차세가 나오고 있다."

아버지의 목소리는 낡아빠진 함석 조각이 서로 부딪혀 서걱대는 소리 같았다.

"어떤 여자가 타고 다니는 모양이더라. 그 세금을 네가 내게 되었으니, 법원에 가서 상속 포기 증명서를 떼어 와."

아빠는 자기 할 말만 하고 끊어버렸다. 나 역시도 아빠의 말이 채 끝나기 전에 끊어버릴 참이었다. 짜증과 고함 소리밖에 낼 수 없는 사람이 웬일로 엄마에 관련한, 그것도 돈이 결부되어 있는 일에 이토록 차분할 수 있었는지 신기했다. 이 년 전, 나와 동생에게 느닷없이 700만 원이라는 거액이 주택공사로부터 청구되었다. 엄마가 살아생전에 아파트의 전세자금을 마련하기 위해 은행에서 빌린 돈이었다. 아빠는 소리를 고래고래 지르며 죽은 엄마를 향해 하루에도 몇 번이고 욕을 퍼부었다. 그리고 몇 달간을 법무소며 법원을 왕래했었다. 그때를 생각하면 오늘 아버지는 딴판이었다. 사람은 죽을 때가 되면 변한다고들 하는데, 아버지가 벌써 죽을 때가 다 되었나 하고 생각하니, 큰일 났다는 생각이 들었다. 나와 동생의 유년기를 망친 죄로 아버지라는 사람은 죽을 때까지 노예처럼 일만 해야 한다고, 나는 아주 어릴 적, 내 마음속의 법정에서 판결을 내렸었다. 그러므로 아빠가 어느 날 갑자기 불의의 사고로 죽게 된다면 여러모로 내 입장에서는 좋지 않은 일이었다.

 법원으로 가 처리해야만 할 여러 가지 행정적 절차를 생각하자 무척이나 화가 났다. 나는 귀찮은 일을 한 스스로에 대한 보상으로 법원에서 돌아오는 길에 백화점에 가서 립스틱을 하나 사겠다고 마음먹었다. 헤라 루즈홀릭 147호, 수프림 핑크 립스틱을 맵시 있게 바르고 거리를 활보해야지, 하고 스스로를 다독였다.

 게슴츠레 눈을 뜨고 시계를 보니 오후 1시였다. 나는 핸드폰을 팽개치고 이불을 목까지 끌어올렸다. 그러다 자리를 박차고 뛰어 일어났다. 오늘 중으로 법원 일을 마치려면 서둘러야 했다. 쇠창살 같은 햇살이 유리창을 뚫고 들어와 방안에 가득 박히고 있었다. 9월이었음에도 태양의 기세는 조금도 줄어들지 않고 있었다.

 평소 나의 외출의 이유는 단 하나, 아르바이트였다. 그 외는 늘 집에서 시간을 보낸다. 집안에 틀어박혀 있는 것이 지겨울 때는 뮤직 비디오를 보며 몸을 조금 흔들어보거나, 핸드폰이나 컴퓨터 속 알뜰 매장을 쏘다닌다.

아, 텔레비전 홈쇼핑의 화사한 매장처럼 탐욕과 사치로 가득 찬 드라마 속으로 들어가 보는 경우도 있긴 하다. 아르바이트를 하느라 사람을 상대하는 몇 시간을 빼면 나는 죽 그렇게 지낸다. 고등학교를 졸업한 후, 친구들은 하나같이 바빠졌고, 계속 연락하게 되는 사람들도 줄어들었다. 하지만 나는 알고 있다. 모두들 나처럼 하염없이 시간을 죽이고 있다는 사실을. 고독하고 처량한 서로의 처지를 숨기기 위해 일부러 연락하지 않는 것이다. 게다가 나는 한 학기만 다니고 자퇴를 한 탓에, 모두의 앞에서 학교를 다니는 척 해야 했는데, 나의 위태로움을 걱정해주는 사람들에 대한 일종의 죄책감으로 인해 더욱 누군가를 만날 수가 없었다.

온통 구멍이 숭숭 뚫린 청바지에 다리를 끼워 넣으며 나는 캐나다 조종사 빌의 말을 생각해 냈다. 그의 말은 무엇이든 나의 뇌리에 또렷이 박혀있다.

−이곳저곳에서 도착하는 비행기들 덕분에 도쿄 상공에 비행기는 더욱더 많아졌어. 모두 내릴 곳을 찾아야 하는 비행기들이었지. 몇몇 비행기들은 연료 부족으로 허덕거렸네. 거기다 관제소는 너무 많은 비행기들 덕분에 자신들의 한계에 다다르는 듯했어. 그래서 나는 그냥 나고야로 향했어. 아직 연료 상황은 괜찮았네. 그런데 나고야로 향한 지 몇 분 지나지 않아 관제사로부터 다시 도쿄 방향으로 가도록 명령을 받았어. 나고야 상공에 비행기가 너무 많았기 때문이야. 오사카도 마찬가지였지.

덕분에 먼 대체 공항으로 가야하는 상황이 되었네. 하지만 큰 문제는 내 비행기엔 연료가 그다지 많지 않았고 나와 같은 상황에 처해 있는 비행기가 12대 정도 더 있었다는 거야. 나를 포함한 모든 비행기들이 좀 더 가까운 공항으로 갈 수 있도록 관제사를 채근하기 시작했네. 에어 캐나다를 포함한 다른 한 대의 비행기가 연료 때문에 비상사태를 선언하고 공군기지로 향했어. 나도 도쿄와 가장 가까운 요코다 공군기지로 가려고 했지만, 그 공항은 더 이상 비행기를 받을 수 없어 문을 닫았다는 소식이 들려왔어. 미치겠더군.

나는 집을 나섰다. 아버지의 말대로 법원으로 가기 위해서였다. 반소매 면셔츠에 청바지 차림이었다. 더운 날씨 탓에 평소처럼 미니스커트를 입고 싶었지만, 오늘 외출의 목적지는 법원이었다. 법원. 그 묵직하고 따분하고 슬픈 이름.

문자가 왔다.

—아비뇽. 뭐해?

나는 그에게 아비뇽으로 통했다. 아비뇽이라는 내 새로운 가명은 페르낭드 올리비에라는 복잡한 이름을 가진 여자와 관련이 있다. 검붉은 머리에 키가 크고 균형 잡힌 몸매를 가진, 육감적인 여자. 유부녀의 몸으로 피카소를 만난 그녀. 「아비뇽의 처녀들」이라는 걸작을 남기게 해 준 장본인. 난 그런 여자가 좋았다. 정신과의사 최 박사에게 내가 해주었던 이야기가 바로 그것이었다. 페르낭드 올리비에. 그러나 그녀의 이름을 딸 수는 없었다. 페르낭드는 중세의 삼총사를 연상케 했고 올리비에는 시골뜨기 처녀 같은 어감이 싫었다. 그래서 어찌어찌 하다가 남은 것이 아비뇽이었다. 좀 애매하지만 자꾸 써보니 그런대로 쓸 만했다. 어차피 잠시 쓰고 버릴 싸구려 플라스틱 색안경 같은 것이니 상관없었다.

—아비뇽. 오늘 시간 되나? 7시쯤 그 카페 어때?

백 아무개 사장. 그의 이름을 난 알지 못한다. 우리 사이에 그런 것은 필요없다. 무슨 인터넷 쇼핑몰을 운영한다는 작자다. 백 사장인지 모래사장인지 하는, 나이 오십이 다 된 그 남자를 만난 것은 며칠 전이었다. 사흘, 나흘 아니면 일주일? 나는 분명 그날에 대해 아주 생생히, 사소한 것 하나 빼놓지 않고 기억했다. 하지만 어쩌면 부정확할 수도 있다. 그날 이후 나는 오전에 세 알, 저녁에 여섯 알 이렇게 아홉 알의 수면제와 신경안정제를 먹었는데, 그것이 내 기억을 뒤죽박죽으로 만들어놓았기 때문이다. 아무튼 지난여름부터 카카오톡으로만 연락하던 남자를 실제로 만나기로 약속을 잡았던 거였다.

남자를 만나러 가면서 나는 박스형 화이트 블라우스에 핫팬츠를 입었다. 한겨울에도 나는 두꺼운 옷이 싫었다. 나를 자꾸만 가두고 짓누르는 느낌을 들게 했다. 우리는 카페에서 별 것 아닌 얘기를 했다. 한데 왜인지 심란했다. 마치 자연재난을 미리 알 수 있는 짐승이라도 된 듯이 내 가슴은 불길하고 꺼림칙한 기운으로 가득 차 있었다. 만나기 전 그는 내게 '플레이'에 대한 부담감을 가지지 말라고 했다. 그냥 만나고, 만나서 밥만 먹고, 이야기만 하자고 했다. 내가 그 말을 곧이곧대로 믿었던 것일까? 아니었을까? 아무튼 마냥 겉돌기만 하던 우리들의 대화가 잠시 끊어졌다.

"이제 가자."

"어디요?"

"어디긴 어디야. 모텔이지."

"모텔이라뇨?"

눈을 치떠 보이는 나를 그는 이상하다는 듯이 바라보았다.

"그럼 여기서 물만 마시고 있을 거니?"

어쨌든 카페에서 나온 나는 BMW 마크가 선명한 그의 검정색 자동차에

올랐다. 마치 정해진 수순인 듯했다. 나는 더욱 심란해져만 갔지만, 그 남자는 마치 유원지에라도 가는 듯 즐거운 표정을 하고 있었다. 어두운 골목 위로 네온사인이 요란한 한 동네에서 차를 세웠다. 모텔비는 사만 원. 남자가 카드로 계산했다. 카운터에는 우리 말고 세 쌍이나 있었다. 생각했었던 것보다는 창피하지 않았다. 그렇다고 아무렇지 않다는 건 아니었다. 객실로 올라가는 엘리베이터 안의 조명은 온통 주황색이었다. 남자가 '무슨 조명색이 이래' 했다. 나는 아까부터 남자가 하는 말에 대답하지 않았다. 온갖 것들을 다 생각하고 또 하다가 종국엔 아무런 생각도 하지 못하게 되어버린 것이다. 룸 사이로 난 복도에는 붉은색 카펫이 깔려 있었다. 그 카펫은 우리들의 발자국 소리마저 날름날름 삼켜 버렸다. 그 짤막한 정적 속을 걸어가는 동안 빌은 계속 내게 말을 걸어왔다.

―헤이 쥬. 너무 바빠 정신이 없었어. 내 파트너인 부기장은 관제탑이나 다른 비행기와 교신하느라 바쁘고 난 앞으로 어떻게 할지 결정하느라 정신이 없었지. 쉬고 있던 다른 부기장은 항공 지도와 차트 등을 살피고 멀리 캐나다에 있는 회사와 메시지를 주고받느라 정신이 없었지.
난 혼슈 북쪽에 있는 미사와 공군기지로 결정했지. 내 비행기에 남아있는 연료 가지고 충분히 날아갈 수 있는 거리였어. 관제사는 나를 다른 곳으로 보낼 수 있다는 것에 기쁨을 감추지 못하더군. 관제사들이 몇몇 비행기를 센다이 공항 쪽으로 보내려고 했는데 나중에 알고 보니 그곳에도 쓰나미가 덮쳤더군. 파도 높이가 백 피트가 넘는다고 했어. 제길. 난 다시 내릴 곳을 찾아야 했어. 내 비행기에는 이백스물다섯 명이나 타고 있었다고. 그들의 생명이 보잘 것 없는 내 어깨에 그리고 얼마 남지도 않은 연료에 달려 있었지. 하고많은 직업 중에 왜 하필이면 조종사를 택했지? 차라리 피자 배달이나 했으면 이런 일은 없었을 거잖아? 난 그렇게 중얼거렸지. 진심으로 하는 소리였어. 세상이 무서웠어.

아무렇지도 않은 척 침대에 누운 내 옆에, 백 사장 역시 자연스럽게 누워 텔레비전을 틀었다. 요즘 광고에서 자주 보이는 여배우의 얼굴이 나왔다.
"저 드라마 봐? 재미있는데?"
나는 '아니요' 하고 짧은 대답을 했다. 그 남자가 몸을 반쯤 일으켜 맥주를 컵에 부어 내게 내밀었다. 나는 마셨다. 맥주를 매우 싫어했지만 마셨다. 되도록 고분고분 굴려 노력했다. 남자가 담배를 꺼내더니 모텔의 창문을 열었다
"문이 다 열리는 구나."
남자는 활짝 열린 문 밖으로 상체를 절반쯤 내밀어 밖을 내다보았다. 나 역시 창문 쪽으로 다가가서 아래를 내려다봤다. 한 사람이 뛰어내리기에 충분한 폭과 높이였다.
"원래 모텔의 창문은 열리지 않는 건가요?"
"응."
남자가 담배를 깊숙이 들이마시더니, 휴— 하고 긴 연기를 회오리처럼 내뿜었다. 나는 '뛰어내리고 싶다' 하고 중얼거렸다. 나의 말에 남자는 웃었다. 남자는 침대로, 나는 소파로 가 앉았다.
"왜, 죽고 싶어? 왜 죽으려고 해?"
남자의 질문에 나는 속으로 쓴웃음을 지었다. 내 대답은 간단했다.

"살기 싫으니까."

난 언제나 죽음을 의식했다. 죽음은 내 삶의 일부였다. 한때 아르바이트를 하던 가게에서는 손님이 없어 시간을 죽이며 노닥거리기 일쑤였다. 같이 일을 하게 된 동료 하나가 내게 물은 적 있다. 술 마시냐? 아니. 누군가가 연이어 물었다. 담배는 피워? 아니. 애인은 있어? 아니. 섹스는? 전혀? 아니. 넌 무슨 재미로 살아가니? 누군가가 마지막으로 물었다.

죽고 싶다는 내 말은 더 이상 친구들을 걱정시키지 못했다. 그런 말투와 행동은 언제부터인가 습관처럼 되어 있었다. 내가 죽음에 손을 내밀 생각이 없다는 것을, 용기가 전연 없다는 것을, 그들은 몇 번이나 반복된 내 말과 행동으로 체감하고 있었다. 나는 더욱 외로워지고, 더욱 지루해졌다. 그래서 그를 SNS 밖으로 나와 직접 만나기로 했다. 제발 날 가지고 놀아. 더럽게, 함부로, 처절하게.


"나, 너 같은 애들 많이 봤어. 소위 죽고 싶어 안달이 난 애들."

나의 말에 남자가 큰소리를 내며 웃었다.

"너희들이 왜 그런 생각을 하는지 말해줄까? 돈 때문이야. 돈. 돈···. 돈이 있으면 이 세상이 천국이야. 알아? 죽고 싶거든 열심히 돈이나 벌어."

남자는 화장실 앞쪽으로 가더니 옷을 모두 벗고 가운으로 갈아입은 후 침대에 누웠다. 그리고 내게 가까이 오라는 뜻으로 손짓했다. 그때서야 나는 남자와 만난 이유를 새삼 확인할 수 있었다. 우리는 백 프로 섹스를 전제로 만났던 것이다. 나는 뭐 어때 하며 남자 옆으로 바싹 붙었다. 그가 나의 옷을 홀라당 벗기는 동안 나는 여전히 심란한 눈초리로 TV 속 여배우의 얼굴을 뚫어져라봤다. 남자의 몸에서 나는 향수는 정말로 내가 싫어하는 향이었다. 나는 남자의 곁에서 좀 떨어졌다. 남자는 자신의 옷이 걸려 있는 옷장으로 가더니 침대 쪽으로 벨트를 던졌다. 나는 일어나 앉아 그걸 바라봤다.

"이게 뭐에 쓰는 것 같아?"

"벨트 아니에요?"

나는 벨트를 물끄러미 들여다봤다. 남자는 다가와 내 손을 묶었다. 나는 단번에 풀어버렸다. 남자는 웃으며 더 세게 묶었다. 이번에도 나는 단번에 풀었다. 남자는 내 손을 뒤로 돌려 버렸다. 그리고 묶었다. 풀 수 없었다. 나는 발버둥을 치며 고래고래 악을 쓰기 시작했다. 그러던 어느 순간 내 입술 가까이 다가온 그의 얼굴 한 부분을 힘껏 물어버렸고, 줄줄 흘러내리는 피를 보고 그가 어쩔 줄을 모르는 사이, 나는 가까스로 그 포박에서 풀려날 수 있었다. 그리고 튀어나왔다. 당연히 황망했어야 할 내 정신 상태는 오히려 명징했다. 통쾌했다. 내가 어떤 지경에 놓여 있는 줄도 모르고 망할 놈의 빌은 조곤조곤 속삭여 왔다.

—몬트리올 본사에서 우리에게 메시지를 보내 홋카이도에 있는 치토세 공항으로 갈 수 있는지 물어왔네. 다른 델타 비행기들도 그곳으로 향하는 중이라며…. 다시 한 번 조종실은 정신없이 바빠지기 시작했네. 날씨도 체크해야 하고, 차트도 봐야 하고, 연료 상황도 다시 계산해야 하고.

다행히 남은 연료로 도착할 수 있을 거란 계산이 나왔네. 물론 다른 항공기에서 위급 상황이 발생하지 않는다는 것을 전제로 해서 말야. 나는 관제소로부터 홋카이도 치토세 공항으로 가도 좋다는 허락을 받았네. 그런데 혹시 무슨 문제가 생겨 또다시 더 먼 공항으로 가게 되는 것은 아닐까 걱정이 되더군. 비행기 연료는 빠른 속도로 줄어들고 있었네.

　오후 세 시 사십사 분. 법원까지는 꼭 다섯 정거장이 남아 있었다. 한낮인데도 거리는 차량과 인파로 북적였다. 버스는 가다 서기를 반복했다. 짜증이 났다. 천장 에어컨에서 쏟아져 내리는 찬 공기는 내 온 살갗에 소름이 돋게 했다. 만약 시간이 늦어 다른날 법원을 다시 찾아야 한다면…. 생각만 해도 끔찍했다. 그렇잖아도 법원이라는 무겁고 칙칙한 단어에 짓눌려 있는 나를 온 세상이 나서서 막아서고 있었다. 나는 가방을 열어 신경 안정제 한 알을 더 입에 넣었다. 사흘? 나흘 혹은 일주일 전? 어느새 난 그 일이 일어났던 날을 생각해 내려 애를 쓰고 있었다. 이상한 일이었다. 그날의 너절한 일들을 잊으려 하면 할수록 내 의식은 오히려 세세한 부분까지 상기시켜 골수에 각인시키고 있었다.
　그것이 복수였을까? 내 삶을 진창에 던져, 그들에게 복수를 하려고 했던 것일까? 그때 나는 겨우 8살이었다. 그해 가을은 정작 아무렇지도 않았다. 덥지도, 쌀쌀하지도, 유난히 햇살이 따갑지도 않았지만, 왜인지 해가 무척이나 빠르게 진다 느껴지던 그런 가을에, 내 부모는 이혼을 했다. 아빠가 다른 여자와 바람을 피웠고 그러잖아도 사이가 좋지 못했던 엄마와 아빠는 기다렸다는 듯 끝장을 내고 말았다. 나는 이별이니 이혼이니 하는 게 어떤 것을 의미하는지 몰랐다. 그런 일들에 대한 적응력 같은 게 있을 턱이 없었다. 나는 엄마와 떨어져 살아야 했다. 한겨울 얇은 옷을 입어도, 두 손이 다 얼어 터져도, 그래서 피가 쩍쩍 나게 갈라져도 모두 무심히 보고만 있었다. 그런 것들에 아무도 신경 써 주지 않았다. 아빠 몰래 나는 가끔 엄마를 만났다. 엄마를 만나고 온 날이면 아빠는 형사처럼 나의 하루일

과를 추궁하곤 했다. 웃기는 일이었다. 아무리 생각해도 범인과 형사의 역할이 뒤바뀌어 있었다. 이제 와서 부모가 져야만 하는 책임에 대해 구구절절 말을 늘어놓을 생각은 없다. 하지만 평생을 가도 지워지지 않을 상처를 내게 선물한 사람들을 용서할 수는 없었다. 그들로 인해 더럽혀지고 헝클어졌던 나의 과거를 보상받아야 할 필요성은 충분했다.

도로가 막힐 시간이 아닌데도 불구하고, 법원으로 가는 버스는 아주 조금씩 움직였다. 마치 다른 차들에 떠밀려 겨우 나가는 것 같았다. 음악을 들으며 시간을 잊으려 했지만 아주 지루했다. 아침부터 아무것도 먹지 않았지만 허기진 느낌은 없었다. 귀에 꽂아둔 이어폰으로 빌이 갑자기 끼어들었다.

- 삿포로 관제소. 난 연료 부족으로 더 이상 홀딩할 수 없다. 당장 어디든지 착륙을 해야 한단 말야. 치토세 공항으로 갈 수 있도록 허락해 달라.
쥬. 난 그렇게 고래고래 악을 썼어. 그제야 삿포로 관제소에서 답이 오더군. 그들의 음성도 거의 울부짖는 듯했어.
-안 된다. 치도세 공항에 착륙하려고 대기하는 비행기가 너무 많다.
그때 내가 무슨 생각을 했는지 알아? 이러다 정말 이 비행기와 함께, 이백 수십 명에 달하는 내 승객들과 함께 죽을지 모른다는 생각이 떠오르더군. 지금 이 순간 지상에서 사람들이 파도에 휩쓸리고 건물에 깔리고 벽돌이나 유리창에 맞아 죽어가는 것처럼 말이야. 그것을 생각하니… 얼마나 두렵고 또 두렵던지. 쥬. 죽음이란 게 도대체 뭐지? 사람은 태어나 누구나 한 번은 죽는 거잖아? 그래도 이렇게 죽을 순 없었어.

   빌을 만나는 것을 제외하고, 나는 지루하게 지냈다. 아무리 발악해도, 나는 원래의 나 그대로였다. 친구들이 어쩌다 한번 내게 건네는 말은 속이 텅텅 비어있었고 내가 그들에게 던지는 말 역시 마찬가지였다. 모든 것을 혼자 겪어야만 했다. 슬픔은 온전히 내 몫이고 무너질 듯 허망한 가슴에 무엇인가를 채워 넣는 일도 나 혼자의 일이었다. 차라리 술이라도 마실 수 있었다면 얼마나 좋을까. 창피한 줄도 모르고 아무 앞에서나 눈물 흘리고, 소리도 쳐보고, 땅이 쿵쿵 울리도록 발버둥이라도 쳐 봤으면…. 반복되는 권태와 외로움에 나는 길거리로 나아가 아무나 붙들고 무언가를 호소하고 싶었다. 가슴 깊은 곳에 쌓인 작은 티끌까지 통통 털어 버리고 싶었다. 누군가 타인을 향한 연민과 열정을 쏟아낼 대상도 없었다. 그건 불가능한 일이었다. 세상에 사람은 많고도 많았지만, 그런 사람은 어디에도 없었다. 어쩌다 내가 만나는 남자들은 날 비웃고 조롱하기 일쑤였다. 그들은 내게 깊은 상처만 안겨주었다.
   죽은 엄마가 꿈에 자주 나왔다. 자주라고 해봤자 두 달에 한 번도 안 되었다. 엄마가 죽은 지 십 년이 다 되어 갔지만 꿈에 나온 건 손에 꼽을 수 있을 정도였다. 살아서나 죽어서나 엄마는 나를 찾아오지 않았다. 최근 내가 벌이고 있는 작태가 엄마의 눈에도 한심했던지 참으로 오랜만에 찾아온 엄마는 알 수 없는 표정으로 나를 바라보았다. 그런 엄마의 태도와는 달리, 엄마 앞에 선 나는 한없이 해맑기만 했다. 이것은 정녕 꿈에 불과했고 엄마는 곧 사라질 것이라는 것을 알고 있었는데도 난 행복했다. 이렇게만이라도 엄마를 볼 수 있어서 좋았다. 좋은 만큼 한없이 슬펐다.

–더 이상은 어쩔 수 없어 마지막 남아있던 카드를 뽑아들었네. 미사와 공군 비행장도 지나쳐 온 상황에서 더 이상은 기다릴 수 없어서, 나는 비상사태를 선언했네. 곧 연료가 바닥난다. 비상사태를 선언한다. 치토세로 바로 가겠다. 이렇게 외쳤어. 사기를 친 거야. 실제 연료는 비상사태보다 20분 분량의 연료가 더 남아있었지만, 살기 위해서 하는 짓인데 어쩌겠나.

아무튼 관제소에선 우리 비행기 착륙을 허락했어. 조종사가 비상사태를 선언하면 관제소에선 우선적으로 받아들여야 하거든. 그렇게 해서 치토세 공항에 안전히 내렸네. 참으로 다행이었어. 나는 비행기를 공항 구석에 세워 놓고서는 계속 들어오는 비행기들을 지켜봤지. 델타 747, 767, 777을 치토세에서 만났네. 그리고 아메리칸, 유나이티드, 에어 캐나다 그리고 일본 국적의 비행기들까지….

내가 몇 번 눈을 느리게 감았다 뜨는 사이, 버스는 법원에 도착했다. 법원 직원이 시키는 대로, 우체국에 가서 인지 두 장을 사고, 데스크로 가 사건번호를 검색하는 약간의 성가신 절차를 따른 뒤 내 손에 한 장의 종이가 쥐어졌다. 상속포기 각서라고 쓰여 진 그것은 나를 그 자리에 한참 멈춰 서게 했다.

…청구인들이 피상속인 망 박○○의 재산 상속을 함에 있어 별지 상속재산 목록을 첨부하여서 한 0000년 0월 0일자 한정승인 신고는 이를 수리한다. 상속 재산 목록. 미제 블로바 여자용 손목시계 1개. 예상 감정가액 금 20,000원. 주택신청 대출금 금 7,200,300원. 그 외 알 수 없음.

종이 한 장으로 인해 나는 중요한 사실 하나를 알 수 있었다. 내가 태어나면서 부모로부터 받은 것은, 미제 블로바 여자용 손목시계, 빚 7,200,300원 그리고 외로움, 이 세 가지라는 것을. 우람하게 치솟은 회색 건물을 나는 멍하니 걸어 나와 다시 버스에 올랐다. 오는 길에 그랬던 것처럼 눈을 감았다. 그러자 울컥하는 마음이 들었다. 엄마는 물에 빠져 죽었다. 그런 엄마의 마지막을 함께 한 것은 그 누구도 아닌 블로바 손목시계였다. 눈을 뜨지 못하도록 따가운 오후의 햇살이 버스 창문을 통해 내 얼굴 위로 내렸다. 따뜻했다. 햇살은 정말이지 따뜻했다. 아직도 여덟 살에서 조금도 자라지 못한 나는 버스의 창에 기대어 혼잣말을 중얼거렸다.

'엄마, 보고 싶어. 나는… 아주, 아주, 아주 먼 옛날부터… 그저 엄마가 그리웠을 뿐이야. 그것뿐이야.'

나는 버스에서 내려 무작정 길을 걸었다. 백화점에 들러 수프림 핑크 립스틱을 사는 일은 포기한 뒤였다. 화사한 불빛 아래 서서 〈푸른 바다의 전설〉이라는 드라마에 나오는 전지현의 흉내를 내고 있을 내 자신의 모습이 뻔뻔하게 느껴졌다. 너무나 추하게 느껴졌다.

아직 9월이었지만 어둠은 빨리 찾아왔다. 구름 탓이었다. 어느새 하늘은 언제든 비를 퍼부어 내릴 기세로 구름을 잔뜩 모아놓고 있었다. 더 이상 걸어갈 힘을 상실해 버린 나는 길가 벤치에 쪼그려 앉았다. 이젠 고장이 나 더 이상 쓸모가 없이 된 엄마의 블로바 손목시계를 만지작거리고 있는데, 그의 문자가 도착했다.

ㅡ아비뇽. 너 지금 어디 있어? 당장 달려갈게. 네가 내 코를 어떻게 해놓았는지 알지? 널 경찰서에 처넣을 수도 있어. 일단 널 만나고 결정할

거야. 내 성질 더러운 거, 너, 아직 모르지?

좆까. 나는 단숨에 그 돈 많은 남자의 문자를 지워버렸다. 순간 어지러움이 느껴졌다. 좀 유별나고 분명한 울렁임이었다. 나의 가슴에서 순간적으로 치솟은 분노 때문이었을까 하고 생각을 하는데 그게 아니었다. 사람들이 비명을 지르고 어디론가 마구 뛰어다니고 있었다. 식당에서 밥을 먹던 사람들은 숟가락을 내던지고 밖으로 몰려나와 황망한 시선으로 이곳저곳을 살폈다. 길을 가던 한 아줌마는 울음을 터트린 아이를 황급히 얼싸안았고, 카악 소리를 지르던 처녀는 연인의 품에 뛰어들었다. 빠르게 달리던 베이지색 경차 한 대가 끼익 하고 멈춰서는 바람에 뒤에서 달려오던 차들이 연달아 부딪치며 빠바앙 하고 크랙션을 울려대었다.

"지… 지… 지진이 났데, 경주에서."

어디선가 그런 소리가 들려왔다.

"지난번 후쿠시마 때 우리나라 땅이 몇 센틴가 밀렸다더니, 이거… 큰일 나는 거 아냐?"

사람들의 얼굴은 일시에 굳어버렸다.

―하이 쥬. 내가 비행기를 착륙시킨 뒤에도 9시간이 지난 후에야 공항 당국에서 사다리차를 가져와 비행기에서 내릴 수 있었어. 공항은 이미 불시착을 한 비행기와 승객들로 차고 넘쳐 있었거든. 그래도 죽지 않고 땅을 딛을 수 있다는 사실이 더할 나위 없이 기뻤어. 트랩서 내리자 나는 무릎을 꿇고 고개를 숙였지. 그리고 땅을 어루만졌어. 땅에 정신없이 키스를 하는 사람들도 많았어. 이게 얼마나 큰 축복인지, 땅을 딛고 있다는 게 얼마나 큰 행복인지 모두들 깨달았던 거지.

30여 분이나 지났을까? 지진이 끝났으니 안심을 하고 귀가를 하라는 안내 방송을 따라 사람들은 한결 느긋해진 걸음으로 흩어지고 있었다. 나는 힝! 하고 코웃음을 쳤다. 땅에 있는 게 행복하다고? 세상이 이렇게 뒤죽박죽인데도? 또 빚만 남겨놓고 죽어버린 내 엄마는…. 엄마라는 단어가 목에 걸렸다. 내 두 눈에 느닷없이 뜨거움이 모여드는가 싶더니 눈앞의 세상이 물반죽이 되어 흐물흐물 흘러내리기 시작했다.
  간밤에 마지막으로 빌은 이렇게 말을 맺었다.

  ―쮸에게 이 말을 들려주는 동안에도 네 차례의 지진이 내가 묵고 있는 호텔을 살짝 흔들었어. 하지만 괜찮아. 세상이 잠시 흔들릴 뿐 영원히 흔들리지는 않을 테니까.

  나는 상가에서 흘러나온 불빛에 비춰 손거울을 들고 대충대충 얼굴을 다듬었다. 그런 다음 허공을 향해 가늘게 눈을 뜨고 시선을 던져 올렸다.
  "하이, 빌!"
  나는 손에 쥔 엄마의 블로바 손목시계를 연신 공중에 흔들어 대며 샐쭉 웃는 표정을 지어보려고 했다. 하지만 빌이 그 웃음을 알아챌 수 있었는지는 모를 일이었다. 구름이 잔뜩 낀 하늘선 간혹 축축한 바람이 불어왔다. 어둠은 재빠르게 짙어가고 있었다. 음산한 날씨이긴 했지만 비가 내릴 것 같지는 않았다.

깍두기 담는 남자

"칼질을 하는 것도 기술이야. 세상에 쉬운 일이라곤 없어."

주사위 모양으로 무를 썰어대며 윤호는 중얼거렸다. 아내의 식칼 쓰는 솜씨는 가볍고 날렵했다. 도마에 부딪혀 내는 소리에도 경쾌한 리듬이 있었다. 그렇다고 흔한 요리학원 한 번 다녀본 적이 없는 아내가 특별히 칼 다루는 솜씨를 연마했을 리도 없었다. 전엔 그저 단순하고 하잘것없는 것으로만 여겼던 일들이 여간 복잡하고 어려운 게 아니었다.

음식은 간 맛이라지. 이런 생각을 하며 그런대로 모양을 갖춘 무 조각더미 위로 윤호는 소금을 술술 뿌려대었다. 소금의 양이 많은지 적은지 도대체 가늠할 수가 없었다. 라면을 끓이거나 달걀부침을 하거나, 스무 해에 가까운 결혼 생활 동안 간단한 요리를 해 본 적이 전혀 없는 것은 아니었지만 이렇게 고차원의 요리를 해 보긴 처음이었다.

윤호는 싱크대 위 자그마한 창문을 쳐다보았다. 거기 한 뼘 정도의 창턱에 소금, 고춧가루, 깨소금을 넣은 조그마한 옹기들이 가지런히 놓여있고, 그 위에 무선 전화기가 아슬아슬 얹혀 있었다. 전화기는 아직 한 번도 울지 않았다. 울지 않는 전화기일망정 그것을 보는 것만으로도 가슴이 설렁거렸다. 그녀는 지금 무엇을 하고 있을까? 윤호는 시계를 흘끔 쳐다보았다. 열 시였다. 남편과 아이들을 직장과 학교로 내보내고 난 뒤, 그

집 내부의 모습은 어떤 것일지 궁금했다. 윤호는 칼을 도마 위에 던져 놓은 뒤 거실을 가로질러 건너편 311동 그녀의 집을 바라보았다. 커튼이 젖혀진 거실로 한겨울 1월의 날씨치고는 해사한 햇살이 가득 쏟아 들어가고 있었다. 안에선 아무런 움직임도 감지되지 않았다. 텔레비전 아침 프로그램이라도 보고 있을까? 아니면 샤워라도 하는 것일까? 샤워라는 대목에서 불현듯 그녀의 얼굴이 떠올랐다. 눈이 예뻤다. 허공에 드리워진 연줄처럼 연약하면서도 고운 그녀의 몸매는 온 세상의 부드러움을 다 모아 놓은 것 같았다. 입술은 어린아이의 그것처럼 도톰하고 귀여웠다. 장난기가 서린 듯 깜찍한 입술이었다.

여자를 처음 본 것은 지난가을이었다. 그때도 윤호는 베란다에 서서 무연히 아파트 뜨락을 내려다보고 있었다. 늦은 아침의 아파트 단지엔 정적만 감돌고 있었다. 그렇게 복잡하던 주차장은 텅 비어있고, 암갈색 낙엽들이 늦가을 적요를 머금고 듬성듬성 흩어져 있었다. 그러다 주기적으로 찾아오는 통증처럼 가슴이 아려왔다. 온 동네 남정네들이 일터를 향해 썰물처럼 빠져나가고, 심지어는 유치원 가방을 멘 코흘리개 어린아이들까지 일과를 찾아 나선 지금, 난 여기서 무얼 하고 있을까. 꺼칠한 눈꺼풀이 바르르 떨렸다. 회사에서 쫓겨난 뒤 세상은 자신과는 관계없이 돌아가고 있었다.

텅 빈 눈길이 어쩌다 앞 동(棟) 17층 베란다 유리 창문에 닿았다. 순간 머리를 점령하고 있던 온갖 스산스럽고 허한 생각이 딱 사라지고 말았다. 목욕이라도 하려던 참인지, 옷가지를 훌훌 벗어버리고 단지 새하얀 팬티와 브래지어만 걸친 한 여자가 백옥처럼 빛나는 몸을 이끌고 거실 안쪽 어둠 속으로부터 서서히 걸어 나오고 있었다. 그녀는 잠시 베란다 창문 아래쪽을 슬쩍 내려다보고는 느릿한 동작으로 우윳빛 반투명 커튼을 잡아당겨 놓고는 집안으로 사라졌다. 불과 일이 초, 길어야 삼사 초 동안의 일이었지만 뇌리에 각인된 채 사라지지 않았다. 이상한 일이었지만 윤호는 그 광경에서 어떤 희망 같은 것을 발견하고 있었다. 온몸에 반짝 힘이 솟으며 세상이 아직 나를 송두리째 버린 것은 아니구나 하는 예감 같은 것이 머리를 스쳐 갔던 것이었다.

다시 주방으로 돌아온 윤호는 십여 초쯤 머뭇거리다 전화기를 들었다. 송수화기 번호판 위로 노란빛들이 떠올랐다. 잠시 그 빛들을 쳐다보다 수화기를 귀에 갖다 댔다. 뚜— 하는 발신음을 확인한 그는 또박또박 그녀의 집 전화번호를 눌렀다. 하지만 또르르 방울이 굴러가는 소리가 들려오자 불에 덴 듯 전화기를 꺼버렸다. 전화기에는 이상이 없었다. 이 정도면 불시에 찾아들지도 모를 그녀의 음성을 이상 없이 실어 나를 터였다. 윤호는 수화기를 다시 양념통 위에 얹어 놓았다.

소금에 절인 무에 고춧가루를 뿌리던 어느 순간이었다. 강력한 전율이 온몸을 꿰뚫고 지나갔다. 전화기가 요란히 울어댄 것이었다. 그렇게도 기다리던 전화벨 소리였다. 그 바람에 치켜든 비닐봉지에서 고춧가루가 왈칵 쏟아지고 말았다.

"어이, 바뻐?"

그러나 수화기를 드는 윤호의 설레는 마음에 찬물이 뿌려지고 말았다. 전화를 건 사람은 앞 동 그녀가 아니라 동석이었다. 지금은 똑같은 백수가 되어버린 입사 동기 장동석. 그녀의 전화가 아니라는 사실에 얼마나 실망을 했던지 화가 날 지경이었다. 윤호는 전화를 빨리 끊어버릴 속셈으로 일부러 딱딱한 목소리를 지어내며 말했다.

"왜."

"안 바뻐?"

"깍두기 담고 있어. 김치가 떨어졌는데 마누라가 시간이 있어야지. 요새 일 나가고 있거든."

"뭐, 깍두기…?"

동석은 말을 끊었다.

"아무튼 그냥 얘기할게. 놀래지 마. 승철이가 죽었어. 박승철."

느닷없이 그의 입을 튀어나온 소리에 윤호의 가슴은 쿵 하고 내려앉았다.

"그게 무슨 소리야, 갑자기. 그 자식하고 엊그제 통화했는데."

"암튼 시간 있으면 시립공원 묘지 부검실로 나와. 나 지금 거기 가는 길야."

"부검실은 또 뭐야? 영안실 얘기하는 거 아냐?"

"나도 몰라. 그냥 부검실이래. 영안실도 시체실도 아니고."

조리대 위 물기에 젖어 핏덩이처럼 엉킨 고춧가루가 한동안 시야를 채웠다. 어이가 없었다. 아직 오십도 안 된 녀석이 죽다니. 사람이 이렇게 죽을 수도 있는가? 그는 다른 누구도 아닌 박승철이었다. 정리해고의 태풍이 휩쓸고 나서 모두 망연자실 들어앉아 천장에다 대고 울분만 토해내고 있을 즈음, 그는 산불방지 요원, 주차관리원, 아파트 경비원을 전전해가며 아직 채워지지 않은, 인생을 향한 의욕을 불태웠다. 그렇게 팔팔 살아있던 사람이 한순간 푸르딩딩한 고깃덩어리로 변할 수 있다는 게 믿어지지 않았다.

윤호는 텅 빈 주차장에서 낡은 캐피탈 승용차를 끌어내었다. 그는 자동차

운전을 좋아하였다. 차에 오르면 자신도 당당한 사회의 일원이 된 듯한 느낌이 들었다. 적당히 격리된 공간에서 차창을 훑으며 지나가는 세상을 관조하는 기분이 그만이었다. 그래서 자동차에 시동을 걸 적마다 이대로 지구 끝까지 달려갔으면 하는 열망에 사로잡히곤 했다. 그러나 오늘 가려는 곳이 사하라 사막이나 알래스카의 빙원이나 파리의 개선문이 아닌 공동묘지인 탓이었을까? 핸들을 거머쥐는 기분이 비감했다.

시립공동묘지가 있는 동네는 의외로 복잡하였다. 예전엔 한적한 시외곽지였을 그곳이 여러 가지 용도의 크고 작은 건물들과 자동차와 사람들로 붐비고 있었다. 삶과 죽음을 구분할 겨를도 없이 살아가고 있는 인간의 절박한 모습을 상징적으로 보여주는 듯했다. 착잡했다. 정말이지 산다는 게 그렇듯 죽음이란 별 게 아닐 수도 있었다.

죽음이라는 단어에 연이어 떠오르는 생각이 있었다. 윤호의 가슴에 새하얀 빛깔의 영상으로 남은 앞 동 그녀였다. 그녀는 무얼 하고 있을까? 당장 그녀에게 전화하고 싶은 욕망이 일었으나 그럴 수는 없었다. 따지고 보면 그녀와의 인연이란 게 이웃에 산다는 것 말고는 별게 없었다. 갑작스레 소나기를 맞은 것처럼 가슴이 먹먹했다. 윤호는 액셀러레이터를 더욱 세게 밟았다.

우연히 그녀의 나신을 훔쳐본 후, 다시 만난 것은 불과 몇 달 전인 가을 깊은 어느 날이었다. 실직 동기생들과의 울적한 회식을 마치고 가까스로 동네 도착한 윤호는 아파트 입구에서 쓰러져 버렸다. 세기(世紀)가 바뀌는 기념비적인 사건을 앞두고 세계는 야단법석이었다. 새로운 천년의 첫 일출을 맞이한다고 호주나 뉴질랜드행 비행기로 예약이 몰리고, 머지않아 세상이 뒤바뀌거나, 참담한 종말 아니면 천국이 도래할 듯이 신문이나 방송 또 사람들은 떠들어 대고 있었다. 하지만 그의 가슴을 차지하고 있는 것은 참담한 공허함뿐이었다. 이런 식으로 살아도 되는가? 아무것도 하지 않는 채, 아무것도 바라지 못한 채 한 세기를 마감해야 하는가? 그 안타까움이 도에 넘치는 술을 들이켜게 했고 집을 코앞에 두고서 길바닥에 쓰러져 움직이지 못하게 했다. 암울한 침묵과 환상과도 같은 무념 속에서 헤매고 있을 때, 은근한 향기와 함께 날아온 낮고 부드러운 한 여자의 음성이 윤호의 고막을 적셨다.

"여보세요. 여보세요. 어디 아프세요?"

그때 자신이 한 말은 생각나지 않았지만, 어린아이처럼 단어 하나하나를 또박또박 발음하던 그녀의 음성은 지금도 귓가를 맴돌았다. 괴로우신가 봐요. 그녀는 그렇게 말을 했었다. 어서 일어나세요. 너무 추워요. 그런 말도 기억났다.

그날 밤 그녀는 윤호를 부축해 집까지 데려다주고 돌아갔다. 앞 동 17층에 사는 그녀의 이름은 영인이었다.

지하철이 다니는 큰길에서 윤호는 핸들을 오른쪽으로 꺾었다. 공동묘지로 가는 길이었다. 장의사와 꽃집과 구멍가게 그리고 과일을 파는 행상들을 지나자 소나무 숲으로 이어진 한적한 길이 나왔다. 길가엔 하양, 분홍, 노랑, 빨강의 꽃들이 줄지어 놓여 있었다. 한겨울에 보는 원색이 이질감을 주었다. 거무죽죽한 땟국물이 엉켜 있을 것 같은 조화들이었다. 주검에 바쳐지는 것들이라 그럴까? 차라리 사철 꽃을 피우지 못할지언정 영산홍, 개나리, 진달래를 심는 것이 망자에게 위로가 되지 않을까 하는 생각이

들었다.

　부검실은 시체를 해부하는 곳이라는 흉물스러운 이름치고는 평범한 외양을 가지고 있었다. 붉은색 벽돌로 된 벽 전면에 세 개의 알루미늄 샤시 문이 달려 있고 그 한쪽 귀퉁이엔 작은 매점도 있었다. 용도를 알 수 없는 세 개의 문 가운데 어느 것을 밀치고 들어가야 할지 몰라 윤호는 매점으로 갔다. 매점 안 어두운 방을 지키고 있는 사람은 뜻밖에도 여자였다.

"요 뒤요."

　50대 초반의 몸매가 뚱뚱한 여자가 토굴처럼 음침한 골방에서 나와서 턱짓으로 가리키며 말했다.

"예?"

"요 바로 뒤로 돌아가세요."

　여자가 다시 한번 턱짓을 해 보였다. 윤호는 무서워서 어떻게 가게를 지키느냐고 물으려다 그만두었다. 정녕 무서운 것은 죽은 자의 세계가 아니라 산 자들의 세계일지도 몰랐다.

　윤호는 여자가 가르쳐 준 대로 삐거덕거리는 알루미늄 문을 열고 들어갔다. 아무런 장식도 없는 대여섯 평의 방에 가느다란 촛불이 두 개 켜져 있었고 그 가운데 향이 타고 있었다. 술을 담은 주전자와 스테인리스 술잔이 하나 그리고 그 위 조금 높은 선반에 갑작스레 확대하느라 뿌예진 승철의 사진이 놓여 있었다. 승철의 사진에 시선이 닿는 순간 허방을 딛은 듯 쿵 소리가 났다.

"어떻게 된 거야? 어떻게 죽었대?"

　윤호는 이미 와 있는 동석에게 물었다. 그곳에는 동석이 말고도 같이 회사에서 쫓겨난 대여섯 명의 얼굴이 보였다. 그들의 얼굴은 하나같이 허탈해 보였다. 어떤 종류의 음모 같은 것을 새겨놓고 있는 듯한 표정이기도 했다.

"몰라. 그냥 여행 간다고 나갔다가 그랬대."

"여행이라니."

"몰라. 시체가 태종대 바닷가에서 발견되었대."

"언제 죽었어?"

"몰라. 집 나간 게 12월 31일 아침이니까 그 이후에 죽었겠지."

동석은 연방 모른다는 소리만 반복했다. 윤호는 화가 났다. 한가로이 무슨 수수께끼 문제라도 내는 듯이 떠듬떠듬 말을 꺼내고 녀석의 뺨을 한 방 후려 갈겨주고 싶었다.

"왜. 왜 죽었어, 갑자기?"

"인마, 그걸 내가 어떻게 아냐? 경찰에서 조사를 해 봐야 알지."

술맛이 썼던지 동석이 눈살을 찌푸리며 말했다. 그때 설핏 떠오른 단어가 있었다. 자살! 단 일 초도 지나지 않아 윤호는 곧 그럴 가능성을 지워버렸다. 무엇보다도 승철은 유서를 남기지 않았다 했고, 그토록 어처구니없는 방식으로 생을 마감하기엔 억척스러운 친구였다. 만능 스포츠맨인 그는 곰처럼 커다란 체구와 걸걸한 목소리를 가지고 있었다. 그 모습 어디에도 인생이라는 것을 놓고 곱씹어보고 번민을 하고 자포자기를 하고 할 구석이 없었다. 성격도 저돌적이고 활달해서 누굴 때려죽이면 죽였지 스스로 제 목을 잡아 튼다는 것은 상상 못 할 일이었다.

"야, 잔 받어."

동석이 술잔을 건넸다. 평소 건강한 붉은 색으로 번들번들 빛나는 그의 얼굴은 납빛으로 굳어 있었다.

"차 가져 왔어."

"차가 문제냐? 친구가 죽었는데."

윤호는 동석이 부어주는 대로 술을 받아 단숨에 들이켰다. 쓰디쓴 술이 비장한 여운을 남기면서 목젖을 넘어갔다. 그 비장한 기분 한가운데로 문득 십여 일 전의 일이 생각났다. 그날 함께 회사에서 쫓겨난 열댓 명이 모여, 금정산 어디 오리고기 집으로 몰려갔다. 크리스마스니 연말이니 새천년이니 하는 시절의 감흥이 있을 리 없는 실직자들이었지만, 그렇게 모여 떠들고 실컷 욕을 해대고 목청이 찢어져라 노래를 부르고 나니 그런대로 흥이 났다. 그런데 승철의 모습이 보이질 않았다. 술자리에 빠져본 적이 없는 그였다. 일행 중 한 사람이 그에게 전화를 걸었다. 뭐 하고 있냐? 뭐…술 먹어? 여기 와서 같이 먹지 왜 혼자서 궁상이냐? 오늘 망년회 인지 몰라? 알고 있었다고? 그런데 왜 혼자서 지랄이냐. 너 미쳤냐? 빨리 나와. 여기서 늬 집 한 발짝이면 되잖아. 뭐라고? 안 들린다고? 그러다 전화가 끊겼는지 그 친구가 휴대폰 덮개를 닫았다.

"뭐래?"

다른 친구가 물었다.

"지 혼자서 소주 마시고 있데. 아파트 어린이 놀이터 벤치에서…."

"이 추운 날씨에?"

"응."

"그래 나온대?"

"벌써 술에 떡이 되었던데 뭐."

"거참, 별일이네."

모두 고개를 갸웃거리며 입을 닫았다. 기껏 살려놓은 분위기가 싹 하고 가라앉았다. 실내도 아니고 영하의 찬바람이 맴돌고 있는, 더군다나 어둠에 푹 절은 어린이 놀이터 한구석에 쭈그려 앉아 혼자서 소주병을 기울이고 있는 그의 모습을 상상하기가 어려웠다. 회사에 다닌 시절에는 단란주점이 아니면 상대도 하지 않던 그였다.

"야, 혹시 그날 밤 승철이가 무슨 맘 먹었던 거 아니냐?"

혀 꼬부라진, 누군가의 말이 좌중의 침묵을 헤집었다. 승철은 그끄저께 그러니까 20세기 마지막 날 아침, 여행을 다녀오겠다면서 집을 나섰다고 했다. 여행을 위한 특별한 준비도 하지 않은 평소의 차림새 그대로였다. 그는 그날 밤 돌아오지 않았다. 다음날이 되었어도 소식이 없었다. 가족들은 여기저기 수소문을 나섰다. 도무지 그의 행방을 알 길이 없었다. 중학생 딸과 대입시를 앞둔 아들을 둔, 한 집안의 가장에게 설마 무슨 일이 있으랴 하고 마음을 진정시켰다.

다음날 오후, 승철의 아내는 경찰서로부터 한 통의 전화를 받았다. 박승철이라는 이름이 찍힌 주민등록증을 소지한 중년 남자의 시체가 태종대 절벽 아래서 발견되었다는 것이었다. 시신을 시립공원묘지로 옮겨다 놓았으니 확인을 해 달라고 했다. 승철의 아내는 부랴부랴 시립공원묘지 부검실로 달려갔다. 그리고 여행을 간다고 집을 나갔던 자신의 남편이 싸늘한 시신이 되어 돌아왔다는 사실을 확인해야 했다. 그것이 승철의 죽음에 관하여 밝혀진 전부였다.

사람들의 말수는 점차 줄어들었고, 대신 탁자 위에 놓이는 빈 술잔 소리만 간간히 정적을 깼다. 윤호는 밖으로 나왔다. 암회색 구름이 묘지의 야트막한 동산에 내려와 있었다. 차라리 비라도 뿌려주었으면 싶었다. 묘지를 뒤덮고 있는 칙칙하고 음산한 기운이 영 싫었다. 조문실 앞에 비어있는 공중전화가 눈에 띄었다. 윤호는 느릿느릿 그곳으로 다가갔다. 딱히 전화할 데가 있어서가 아니었다. 전화는 늘 영인을 연상시켰다. 비어있는 공중전화기는 더욱 그랬다. 그것은 자신과 외계를 이어주는 유일한 끈 같았다. 그리웠다. 그녀의 목소리를 딱 한 번만이라도 들을 수 있었으면, 아니 기침 소리만이라도 들을 수 있었으면 좋을 것 같았다. 친구의 죽음이 만들어 놓은 조화일까? 그리움이 사무쳤다. 그녀가 무정하다고 느껴졌다. 그녀를 잊어야 한다고 생각했다. 어떻게 하면 그녀를 잊을 수 있을까? 어느새 윤호는 영인의 집 전화번호를 누르고 있었다. 그러나 뚜르륵 소리가 나기도 전에 수화기를 놓아 버렸다.

딱딱하게 굳어 냉동실 안에 담겨 있을 승철이 생각났다. 숨이 넘어갈 때의 기분은 어땠을까? 죽음이란 별 게 아니었다. 새로운 천년이 오는 것처럼 일생일대의 기념비적 사건이 아니라 일상의 일이었다. 길에서 만난 친구와 술 한 잔 나누거나, 우연한 일로 돈을 잃거나, 전혀 알지 못하던 여인과 첫눈에 사랑에 빠져버리는 것 같은…. 그러니까 죽음이란 돌발성이 문제일 뿐 아무것도 아니었다.

밤이 이슥해지자 모두 자리에서 일어났다. 제법 술을 마셔댔는데도 취한 기색이 없었다. 그들은 제각기 차에 올라 거리낌 없이 시동을 걸었다. 친구가 죽어 나간 마당에 경찰의 단속쯤이야 두려울 것 없었다. 밤 아홉 시도 채 되지 않은, 그다지 깊은 시각이 아니었는데도 세상의 어둠이란 어둠은 다 끌어다 놓은 듯 짙은 어둠이 공동묘지를 뒤덮고 있었다. 그 어둠이 예사롭지 않았다. 어둡고 슬프고 암담한 기운을 마구잡이로 섞어 공중에 형상화해 놓은 것 같았다. 그것에는 시체가 썩어 가는 냄새도 스며있을 터였다. 어둠 속으로 자동차의 헤드라이트가 만들어낸 빛의 터널을 따라 윤호는 차를 몰아갔다.

집으로 돌아왔다. 싱크대 위엔 아침에 만들다 만 깍두기가 엉망으로 흩어져 있었다. 엊그제 아내가 끓여놓은 김치찌개 하나를 커다란 식탁 한가운데 놓고 아이가 밥을 먹고 있었다. 가슴이 먹먹해 왔다. 윤호는 애써 시선을 외면하며 아이에게 말했다.
"왜, 김치라도 꺼내서 먹지."
"이게 다 김치잖아요."
식어버린 찌개를 가리키며 아이가 심드렁하게 대답했다.
"밥은…."
"냉장고에 찬밥이 있어서 데웠어요."
그것이 요즈음 아이의 생활이었다. 집안 식구 누구도 서로에게 관심을 둘 수가 없었다. 아내는 아내대로, 아이는 아이대로, 윤호는 윤호대로 자신의 의지와는 상관없이 어디론가 떠밀려가고 있을 뿐이었다.
윤호는 말문을 닫고 안방으로 들어갔다. 대충 옷을 걸어붙이고 화장실로 들어갔다. 딸깍 스위치를 올렸다. 물때로 얼룩진 화장실의 커다란 거울 속에 한 사내의 모습이 나타났다. 게슴츠레한 눈빛. 뼈에 거죽만 씌어놓은 듯 깡마른 얼굴. 얼굴 가득히 잡초처럼 돋아난 수염. 피로와 술기운이 완연한 검붉은 피부. 그 모습은 인간의 외양이 얼마나 추해질 수 있는가를 보여주고 있었다.
대충 물로 얼굴을 씻고 났을 때 아내가 들어왔다. 열두 시가 넘은 시각이었다. 그녀의 손엔 물기에 젖은 손수건이 쥐어져 있었고 희멀겋게 변해 버린 얼굴엔 눈물 자국이 남아 있었다. 자리에 앉은 그녀의 어깨가 격렬히 흔들렸다. 윤호는 아무 말도 하지 못하고 그녀의 곁에 앉아만 있었다. 아내에게 무슨 말이든 해 주어야 한다고 생각했다. 윤호는 한참을 더듬거린 끝에 입을 열었다.

"왜, 오늘 직장에서 무슨 일이 있었어?"

아내의 직장은 식당 주인을 포함해서 여남은 명이 일을 하는 식당이었지만 윤호는 단 한 번도 식당이라는 용어를 입에 올리지 않았다.

"더럽고, 치사해서 못하겠어!"

그리곤 말을 끊었다. 상황에 어울리지 않게 윤호의 호기심은 자꾸만 커지고 있었다.

"어리디어린 요리사 자식이 자꾸 추근대잖아. 엉덩이를 더듬고 걸핏하면 온갖 욕설을 다 퍼붓고. 동생도 그런 동생이 없을 나한테 말야. 손님들은 또 어떻고. 술을 따르라느니 시간 좀 내달라느니 얼굴이 어떻게 생겼다느니…. 이게 사람 사는 거야? 이게 사람이 할 짓이냐고. 내가 이런 꼴 보자고 당신한테 시집왔어?"

윤호는 말을 잊었다. 문득 부검실에 누운 승철의 모습이 떠올랐다. 비참하긴 했어도 초연하고 편안하게 느껴졌다. 차라리 나도 그 자식처럼 갔어야 옳지 않았을까? 거기에 생각이 이르자 심장이 격렬하게 뛰었다. 수만 가지의 말들이 한꺼번에 쏟아지려 했으나 윤호는 끝내 입을 열지 못했다.

시계는 벌써 새벽 세 시 오십오 분을 가리키고 있다. 도저히 잠을 이룰 수가 없었다. 윤호는 약사의 말을 생각해 냈다. 잠이 오지 않을 때는 딱딱하고 재미없는 책을 읽으세요. 숫자를 백에서 거꾸로 세어보는 것도 좋은 방법이지요. 더운물로 목욕을 하는 것도 좋아요. 그래도 안 되면 그냥 계세요. 잠잘 생각은 아예 하지도 말구요.

윤호는 식탁으로 걸어갔다. 그리고 거기에 놓여 있는 수면제 두 봉지를 한꺼번에 입안에 털어 넣었다. 한 봉지만으로는 어림도 없을 것 같은 생각에서였다. 잠은 이루지 못한다 해도, 잠들지 못하는 모진 고통의 시간을 맨 정신으로만 버텨낼 수는 없었다. 이 흰 알약하고 같이 드세요. 아저씨한테는 너무 약할 테니까요. 살집 많은 얼굴에 늘 찡그린 표정을 하는 약국 여자는 시선을 바닥을 향해 깔아놓은 채 말했다. 자신의 얼굴에 설핏 떠오른 조소를 피하기가 어려웠던 탓을 게다. 그 여자에게는 불이 쑥 들어가고 눈이 퀭한 그가 아편쟁이쯤으로 보였을지도 몰랐다.

신경이 조금도 흐무러지지 않은 채, 무연히 열린 귀로 방 안에 있는 온갖 소리가 들려왔다. 냉장고가 주기적으로 윙 소리를 내며 돌아가고, 시곗바늘이 어린아이 숨결처럼 가냘픈 소리를 내고 있었다. 이따금 어디선가 툭탁거리는 소리가 들려오기도 했다. 무엇인가 높직한 곳에서 떨어지는 소리 같았다. 아니 방바닥이며 벽, 천장들이 한밤을 틈타 하루 동안의 팽팽한 긴장을 풀고 슬그머니 몸을 일으켜 기지개를 켜는 소리 같기도 하다. 어쩌면 있지도 않은 것을 자신의 감각기관이 만들어 낸 공연한 소리, 그러니까 환청 같은 것일지도 몰랐다. 아내는 입을 벌리고 곤히 잠들어 있었다. 물기에 젖은 수건은 여전히 그녀의 손안에 있었다. 저렇게라도 잠들 수 있다는 사실이 실로 다행이었다.

베란다로 나갔다. 수평선에 불빛이 떠 있었다. 한밤의 바다 위에 때아닌 파티장 분위기를 연출해 놓고 있는 그것은 오징어잡이 배에서 내쏘고 있는 집어등 불빛이었다. 그 시리듯 밝은 불빛 때문에 어둠은 더욱 깊었다. 베란다 창문에 서서 한참 동안 밖을 응시했지만 어디가 하늘이고 어디가 바다인지 도저히 구분할 수가 없었다. 승철이 그 자식의 혼은 지금 저기 어디쯤 있는 것일까. 앞 동 17층 영인의 집엔 불이 모두 꺼져 있었다.

문득 한 기억이 떠올랐다. 지난해 12월, 겨울의 초입이었다. 계절에 어울리지 않게 장대비가 쏟아지고 있었다. 비가 쏟아져 내리는 기세가 천지개벽이라는 단어를 떠올리게 했다. 그때 윤호는 집에서 4킬로미터쯤 떨어진 외곽 도로를 달리고 있었다. 얼마쯤 달려갔을 때 갑자기 차 안의 모든 전등이 꺼지며 액셀러레이터가 헐거워졌다. 황당한 일이었다. 시속 100km로 달리는 도중에 시동이 꺼진 것이었다. 칠 년을 넘긴 차가 미친 듯이 쏟아지는 장대비를 이기지 못하고 일으킨 고장이었다. 황급히 브레이크를 밟아 가까스로 길가에 차를 세우고 나서 망연자실한 눈으로 사방을 휘둘러보았다. 오후 네 시에 불과했는데도 머리끝까지 내려앉은 두꺼운 구름 탓에 날은 저녁처럼 어두웠다. 도로 위엔 물줄기가 물소 떼처럼 쏠려 다녔고 차들이 V자형으로 물살을 가르며 곁을 스쳐 갔다. 윤호는 차 문을 열고 밖으로 나갔다. 손가락만 한 굵기의 빗방울이 머리며 어깨 위로 사정없이 내리꽂혔다. 보닛을 열었지만 복잡하게 얽혀있는 부속들을 망연히 바라보았을 뿐 아무것도 할 수 없었다. 다시 차 안으로 돌아왔다. 오싹 온몸에 오한이 들었다. 담배를 피워 물었다. 담뱃불을 붙이는 손이 바들바들 떨렸다. 누구에겐가 도움을 청해야 했다. 직장에 나간 아내가 집에 있을 까닭이 없었다. 친구가 하나둘쯤 없는 것은 아니었지만 그 먼 거리를 이 비를 맞으며 달려와 줄 것 같지는 않았다. 이럴 줄 알았으면 정비업소 전화번호 하나쯤 기억해 둘 걸 하는 생각이 들었다. 그렇다고 경찰이나 119 구급대에 연락하는 것도 망설여졌다. 난감했다. 장대비는 더욱 드세어져 허공을 완벽하게 메우고 있었다. 그러다 문득 생각나는 이가 영인이었다. 그녀라면 와 줄지도 몰랐다. 설사 오지 못한다 해도 그녀에게만은 이 사정을 알리고 싶었다. 윤호는 휴대폰을 눌러 영인의 집에 전화를 했다. 숫자판을 누르는 손가락에 힘이 솟아났다. 뜻밖에도 오래지 않아 그녀는 택시를 타고 달려왔다. 그녀가 불러온 구난차를 나란히 타고 가는 내내, 그녀의 체취가 은은히 날아왔다. 지난가을 술에 취해 아파트 도로에 쓰러져 얼어붙어 가던 몸을 덥혀주던 그 향내였다. 그녀에 관한 거의 무한정의 그리움이 도사려 앉은 건 바로 그날이었다.

  아침이 되었다. 다시 빛을 볼 수 있다는 것은 다행이었다. 마음마저 어둠 속에 가두어 버리는 밤이 정말 싫었다. 아이는 학교로 나가고 없었다. 아내도 검정 코르덴 바지에 벽돌색의 두꺼운 스웨터를 걸치고 아무 말 없이 집을 나갔다. 오늘도 동상 연고를 잊어버리고 식탁 위에 그대로 놔둔 채였다. 그녀의 손과 발은 늘 동상에 걸려있었다. 그녀의 직장인 식당 주방의 차디찬 물 때문이었다. 손에 든 동상 연고 위로 문득 죽음이라는 단어가 떠올랐다. 가까운 친구가 죽었다는 생각. 죽음이라는 건 어쨌든 편안한 것일 터였다.
  아파트 단지는 또다시 텅 비어 버렸다. 이제 남아있는 사람들은 남편과 아이들을 밖으로 내보내고 개운한 기분으로 앉아 아침의 한가로움을 즐기고 있을 아낙네들과 노동의 기력을 잃어버린 노인들과 아직 유치원에 갈 나이도 되지 않은 어린아이들뿐이었다. 전업주부도 노인도 어린아이도 아니면서 방안의 빈틈없는 정적 속에 갇혀버린 자신이 윤호는 모멸스러웠다. 내가 왜 이러고 앉아있을까 하는 위기감의 뒤를 이어 버릇처럼 그녀의 모습이 떠올랐다. 백옥같이 눈부신 하얀빛으로 둘러싸였던 그녀. 오랜 망설임 끝에 윤호는 전화기를 들었다. 만약 지금 그녀의 목소리를 듣지 못하면 그냥 질식해 버릴 것만 같은 느낌이었다. 또르르 신호가 갔다. 그 소리에 따라 가슴도 날뛰었다. 그러나 벨이 열 번을 울리도록 전화를 받는 이는 없었다.

윤호는 다시 승철이 누워있는 시립공동묘지 부검실로 향했다. 지금쯤 실험실의 청개구리처럼 되어 있을 승철이. 그의 사인이 궁금했다. 내출혈일까? 평소 녀석의 혈압이 조금 높긴 했다. 그렇지만 그것이 직접적인 사인은 될 것 같지가 않았다. 운동신경이 발달하고 덩치가 큰 그가 동네 깡패들과 싸움을 벌였다거나, 자동차 사고 같은 것도 염두에 두었지만, 외상이 하나도 없다는 부검실 직원의 말을 보면 그럴 가능성이 없었다. 까닭도 모르는 죽음. 하긴 태어나는데 무슨 이유가 없듯이 까닭 없이 죽어 없어지는 것도 당연한 일인지 몰랐다.

부검실 앞에 차를 세웠을 땐 추적추적 겨울비가 내리고 있었다. 겨울에 더구나 공동묘지에 내리는 비는 기분을 나쁘게 했다. 부검실 뒤 조문실 문을 열자마자 엊그제 모습 그대로인 승철이가 검은 테가 둘린 사각의 액자 속에 들어앉아 윤호를 맞았다. 승철의 사진 곁에 세워져 있는 허연빛의 국화꽃 조화가 이물스러웠다. 언젠가 받았던 그의 전화가 생각났다. 잠이 안 와 죽겠어. 직장 다닐 적엔 너도 알다시피 자리에 앉기만 하면 코를 골았는데 말이야. 이상하지. 사람 만나는 것도 싫고, 그냥 숨 쉬는 것도 싫어. 집안에 가만히 앉아 있으면 무슨 감옥살이하는 것 같이 답답하고…. 세상이 싫어. 그냥 어디로 멀리 떠났으면 좋겠어. 목적지도 없이, 아무렇게나 어디로든지 가버리고 싶어, 혹시… 혹시 말이야, 나 우울증에 걸린 건 아닐까?

승철의 말을 듣고 윤호는 이렇게 대답을 했었다. 지랄하고 있네, 이 새끼야. 마누라가 돈 잘 벌어다 줘. 자식새끼 다 키워놨겠다. 뭐가 걱정이냐. 할 일 없으면 자빠져서 잠이나 자. 딸딸이나 치던지. 그게 바로 열사나흘 전의 일이었다.

"야, 왔냐? 먼저 술이나 한잔 받어."

먼저 와 있던 동석이 불쑥 술잔을 내밀었다. 그의 얼굴은 시뻘겋게 달아 있었다. 평소의 그답지 않게 눈매가 날카로웠고 안면 근육이 팽팽하게 당겨져 있었다. 술잔을 받으며 무심코 내가 물었다.

"야, 부검은 끝났냐?"

동석은 묵묵부답이었다.

"돌연사 아냐? 갑자기 머릿속에서 실핏줄이 터진다든가, 뭐 그런 일 많잖아. 과로사 같은 거."

"시끄러."

뜻밖에도 그가 성깔을 부리고 있었다. 제 손으로 부어 마신 술잔을 탁자에서 탁 소리가 나도록 내려놓고 난 뒤 동석이가 무겁게 입을 열었다.

"공식적으로는… 실족사래."

참으로 답답한 소리였다. 예전에 승철인 회사의 테니스 대표선수였다. 탁구에도 능했고 축구도 잘했다. 다른 사람이라면 몰라도 운동신경이 발달한 승철이가 실족할 리는 없었다. 더군다나 죽음에 이르는 실족을….

"동래 사는 자식이 왜 태종대까지 가서 실족을 해. 더군다나 자살 바위에서…."

그러자 동석이 휙 고개를 돌려 노려봤다. 그 눈초리가 매섭기는커녕 처연했다.

"그러니까, 이 바보 같은 자식아, 자살이라 그 말이야. 자살! 똥인지

된장인지 그걸 일일이 다 말해야 알겠냐?"

순간 토악질을 하듯 윤호의 뱃속 깊은 곳으로부터 불덩이가 솟구쳐 올랐다.

"왜! 멀쩡한 새끼가…. 왜 자살을 해!"


밤이었다. 짙은 어둠 속에서도 거리는 낮에 익었다. 집으로 다 돌아왔다는 생각 때문이었는지 취기가 올랐다. 왕복 2차선의 도로가 구불구불 꿈틀거리고, 텅 빈 길 위엔 막막한 어둠이 일렁이고 있었다. 길가에 줄줄이 주차해 있는 트럭들 위로 가로등 노란 불빛이 흐릿하게 내려앉고 있었다. 눈물이 솟았다. 죽을 놈은 나야. 그놈이 죽다니. 그 자식은 먹고살 걱정은 없었지만 난 아니잖아. 그런데 왜 자살을 해. 망할 자식. 윤호는 차창을 내리고 암흑의 덩어리가 펄처럼 쌓여 있는 허공에다 침을 찍 내뱉었다.

부두로 이어지는 삼거리 갈림길을 지날 때였다. 신호등을 막 지날 즈음 횡단보도의 붉은 불빛 아래 그림자처럼 서 있는 한 여인의 모습이 보였다. 어디에선가 많이 본 모습이었다. 윤호는 머리를 흔들고 눈을 씻었다. 베이지색 하프 코트에 흰색 머플러를 두른 그녀는 분명 건너편 아파트 17층 영인이었다. 그녀가 너무나도 뜻밖의 시간과 장소에서 눈앞에 모습을 드러낸 것이었다.

그녀는 여기 버스 정류장에서 내려 집으로 걸어가려던 모양이었다. 집까지 가자면 앞으로도 10분은 걸어가야 할 터였다. 윤호는 차를 후진시켜 파란 불이 들어오기를 기다리고 있는 그녀 앞에 차를 세웠다. 조수석 유리창을 내리자, 커다랗게 증폭된 영인의 둥근 눈동자가 시야에 가득 들어왔다.

"타세요. 저예요. 앞 동에 사는…."

영인이 반가운 표정을 지어 보였다. 그러나 선뜻 차 안으로 들어서진 않았다. 윤호는 다시 말했다.

"타세요. 모셔다드릴게요."

그녀가 차 안으로 들어왔다. 영인이 자리에 앉자 지난가을 그날의 향기가 훅 끼쳐왔다. 그녀에게서 날아온 향내는 윤호를 아련한 행복감과 감격에 젖게 했다. 세상도 사람들도 저 멀리 사라지고, 두꺼운 이끼와 풀, 하늘을 뚫을 듯 치솟은 나무들과 적당한 그늘로 채워진 산중에 단둘이서만 남은 느낌이었다. 그리고 그런 느낌은 절망과 죽음, 이런 어휘들과 뒤섞여 걷잡을 수 없는 감정의 소용돌이로 휘말려지고 있었다. 윤호는 뚜렷한 의도함이 없이 핸들을 돌려 부두 쪽으로 향했다. 아파트로 가자면 곧장 달려가야 했다. 그녀의 의아한 눈길이 그에게 향해졌다.

"잠깐 요 앞 바닷가에서 바람이나 좀 쏘였으면 해서요. 아주 잠깐… 괜찮죠?"

그 말을 하는 순간 마른침이 꿀꺽 목구멍을 넘어갔다. 침이 넘어가는 그 소리가 얼마나 큰지 옆에 앉은 그녀도 들을 수 있었을 것 같았다.

"그래도… 시간이….”

긴장한 듯 그녀의 목소리는 건조했다. 그러나 윤호의 가슴에 쌓인 그녀의 따뜻하고 부드러운 이미지엔 조금도 손상을 주지 않았다.

"그때 참 고마웠어요."

윤호는 한결 가벼워진 어조로 말을 꺼냈다. 이즈음에 들어 처음으로 누군가와 대화를 나누는 듯한 느낌이었다.

"뭘요?"

"자동차가 고장 났을 때 달려와 주신 일 말예요. 그날이 12월 9일이었죠.

정확히 기억하고 있어요. 비는 장대같이 퍼부어 내리고 차는 꼼작도 하지 않는데, 도무지 도움을 청할 만한 데가 없더군요."

"지난번에도 말씀하셨잖아요. 자꾸 그러시니까 미안하네요."

그녀의 입가엔 엷은 미소가 떠올랐다.

"그땐 저도 모르게 뛰어나간 거예요. 선생님 전화 목소리가 너무나 간절했었거든요. 그런데 나중에 내가 왜 그랬을까 하는 생각도 들긴 했어요."

윤호는 부두 끝에 차를 세웠다. 밝은 시간이면 배들이며 어부, 낚시꾼들로 득시글거리는 곳이었지만 한겨울 밤늦은 시간이라 인적이라곤 찾아볼 수 없었다. 불빛 하나 보이지 않는 그곳엔 습기를 머금은 거센 바닷바람만 남아 부두에 매어있는 크고 작은 배들을 휘청휘청 흔들어댔다. 열어둔 차창으로 사납게 밀려든 바람 위로 승철의 모습이 떠올랐다. 메스로 난도질을 당하여 살은 살대로 뼈는 뼈대로 해체되어 버렸을 사내. 간밤에 눈물을 흘리며 집으로 들어오던 아내의 모습도 생각났다. 말 한마디 하지 않으면서도 하염없이 흘러내리던 눈물. 어지간해선 눈물을 보이지 않던 아내였다.

"이젠 그만 가시지요. 이번 겨울은 유난스레 추워요."

십 분쯤이나 지났을까? 그녀가 윤호를 돌아보며 말했다. 어둠 속에서도 윤호는 그녀의 얼굴에 떠오른 표정을 읽어낼 수 있었다. 그저 맑고 선하기만 한 눈빛을 쏟아내던 그녀의 눈이 조금 가늘어지고 있었다.

"가야지요."

짧게 대답을 하고 나서 어느새 손에 들려있던 담배를 불을 붙이지 않은 채 꺾어 휴지통에 넣었다.

"담배를 많이 피우시나 봐요. 몸에 해롭다던데…."

한결 부드러워진 음성이었다. 꿈속에서조차 잊을 수 없던 소리. 그것은 단순한 사람의 목소리가 아니었다. 신비한 우주의 조화였고 마법이었다. 윤호는 돌연 그녀를 끌어안았다. 간절하고 절박한 욕망이 그의 넋을 앗아가 버렸다.

"앗!"

짧고 날카로운 그녀의 비명이 윤호의 고막을 찔렀다. 하지만 그는 망설임 없이 영인의 얼굴에 입술을 포개었다. 그녀는 얼굴을 이리저리 돌려대었다. 그 행동에서 강한 저항의 힘이 느껴졌다. 그녀의 입술 사이로 신음 같은 것이 새어나왔다. 당혹감의 표시일 수도 있었고 저주의 소리일 수도 있었다. 하지만 윤호는 더욱 강하게 그녀를 껴안았다. 살고 싶어. 살기 위해선 네가 필요해. 아냐. 차라리 그냥 이대로 꺼져버리는 것도 좋지. 이놈의 지랄 같은 세상을 확 뒤집어놓든지. 그런 절규가 윤호의 내부에서 솟구쳤다. 찬바람이 매섭게 불어 차를 마구 흔들어댔다. 그러기를 몇 분. 영인의 몸에서 기력이 다 빠져나간 듯했다. 그녀는 한순간 모든 동작을 멈추며 말했다.

"마음대로 하세요. 전 지금 당신이 아니라 저 자신을 경멸하고 있어요. 전 지금까지 당신을 보통 사람들하고는 다르다고 생각하고 있었어요. 너무 허무하네요."

윤호는 멈칫했다. 정수리로부터 얼음물을 뒤집어쓴 느낌이었다. 그녀의 짧은 몇 마디에 몸을 얼어붙고 말았다. 영인은 마구 흐트러진 머리를 차창에 기댄 채 꼼짝도 하지 않고 있었다. 그녀는 한마디 말도 건네지 않았다. 무엇보다 그녀가 내쏘고 있는 침묵이 두려웠다. 차라리 온갖 독설로서 저주하거나, 악을 쓰고 울거나, 얼굴에 손톱자국이라도 깊게 파 놓았으면

했다. 지난가을 무심코 거실의 어둠 속에서 걸어 나와 커튼을 닫던 새하얀 속옷 차림의 그녀는 얼마나 티 없이 맑고 깨끗하던가? 화사한 햇살조차도 냉큼 떠나지 못하고 그녀의 맨살 위에서 뛰놀 듯 했었다.

벌컥 자동차 문이 열렸다. 축축한 바닷바람이 차 안으로 휘몰아쳐 들어오고 그녀가 어둠 속으로 빨려들어 갔다. 그리고 허공에다 또각또각 구둣발자국 소리를 울리며 멀어져 갔다. 윤호는 그녀를 붙들려고 했다. 용서하세요. 이런 식으로라도 하지 않으면… 견딜 수가 없었어요. 그러나 스스로 생각하기에도 너무나 가증스러운 그 말들은 이제 모든 것이 끝났다는 깊은 단절감에 흐무러지고 말았다.

거의 의식을 상실한 채 윤호는 집으로 들어섰다. 집안은 썰렁하기만 했다. 여기에 사람이 산다는 게 의심스러울 지경이었다. 불을 켜자 어둠 속에 몸을 도사리고 있던 사물들이 일제히 고함이라도 지르듯 한눈에 들어왔다. 김칫국물이 말라비틀어져 있는 싱크대엔 그릇이 수북이 쌓이고 밥알이며 라면 가닥이 여기저기 널려있었다. 싱크대엔 만들다 만 깍두기가 핏빛 고춧가루에 뒤엉켜진 채 하얀색 플라스틱 용기에 담겨 있었다. 신문지며 암웨이 팸플릿, 렌즈 닦는 헝겊, 두루마리 휴지, 담배꽁초가 수북한 재떨이, 빈 소주병, 심지어는 책상 서랍에나 들어있어야 할 스테이플러까지 제멋대로 방바닥에 활개를 치고 나뒹굴고 있었다.

시간은 벌써 새벽 한 시를 넘기고 있었다. 윤호는 안방에 들어갔다. 아내는 아직도 돌아오지 않았다. 어젯밤 퉁퉁 부은 눈으로 들어서던 아내의 모습이 눈에 선했다. 아이가 자는 건넌방 문을 여는 순간 윤호는 흠칫 놀라고 말았다. 어둠 속에서 아이가 이불자락을 머리끝까지 올려 쓰고 잠들어 있었는데 그 모습이 시신을 연상케 했다. 처절했고 흉측하게 보이기까지 했다. 윤호는 아이까지도 서서히 죽여 가고 있다고 생각했다.

윤호는 옷도 벗지 않은 채로 침대로 기어들어가 이불 깊숙이 몸을 숨겼다. 아무도, 내 곁에는 아무도 없다는 생각이 들었다. 참담한 수치심과 자괴감이 그를 겹겹이 에워쌌다. 세상이 바스러지고 있었다. 이젠 바랄 것도, 그리워할 대상도 없었다. 모든 것이 철저히 망가져 버렸다. 모든 희망이 끝났다는 자각이, 영원히 씻기지 않을 치욕의 기억이 가슴에 깊은 상처를 내고 있었다. 자신에 관한 모든 것을 스스로 그리고 철저히 파괴해 버렸다고 생각했다. 이제 더 나아갈 곳이 없었다. 그러자 달콤한 유혹이 살며시 다가왔다. 황홀한 종말. 그 어느 문턱만 넘으면 편해질 거라는 강렬한 느낌이 속살거렸다. 그래 그거야. 나도 죽을 수 있어. 승철이가 그랬잖아. 죽는 건 별 게 아니야. 따스한 어머니의 가슴 같은 거야. 아무것도 생각하지 않고 아무런 괴로움이나 외로움도 없이 다만 환상의 세계를 훨훨 날아다닐 수 있지. 방법도 간단해. 여기서 나가기만 하면 돼. 거실의 유리문을 열고 베란다로 나가 창문까지만 나가면 되는 거야. 그런 다음 창문을 밀치고 몸을 숙이는 거야. 조금만, 아주 조금만. 그리고 세상을 에워싼 그 두꺼운 적막 속으로 몸을 띄우는 거야. 마치 새가 하늘을 날듯이…. 단지 그것뿐이야. 허공을 향해 살짝 미끄러져 가는 것.

윤호는 꿈을 꾸듯 몸을 일으켰다. 한 발짝 한 발짝 걸음을 베란다 쪽으로 옮겼다. 창문이 열리면서 삐익! 외마디 비명을 질렀다. 18층 높이로 쌓인 어둠이 눈앞에 어른어른 펼쳐져 있었다. 건너편 17층 영인의 집엔 아무런 불도 켜 있지 않았다. 이제 그 집 창문을 바라볼 자격조차 없었다. 영인은 지금 무슨 생각을 하고 있을까? 그녀는 따뜻했다. 자신의 따스함 때문에 겪어야 했던 어이없는 치욕을 그녀는 씻어낼 수가 없을 것이었다. 가물가물해진 뇌리로 아내의 흐느낌이 밀려들었다. 내가 이런 꼴 보자고 당신한테 시집왔어? 오늘 아내가 쏟아낸 눈물은 또 얼마나 될까? 그녀는 나를 이해할 수 있을까? 불길한 암시를 던지며 미라처럼 이불을 뒤집어쓰고 있는 아이는 나를 용서할 수 있을까?

하늘을 바라보았다. 별 하나 떠 있지 않은 어둠투성이 하늘이 포근한 이부자리처럼 펼쳐져 있었다. 윤호는 어둠의 늪을 향하여 머리를 떨궜다. 공원묘지 부검실로 향하는 아스팔트길이 떠올랐다. 일정한 간격으로 늘어서 있던 관목들. 그것들이 술렁이며 수많은 말과 메시지를 흘려내고 있었다. 윤호는 생각 같은 것은 하지 않기로 했다. 어차피 생각이란 아무런 가치가 없었다. 눈을 꽉 감고 입술을 깨물었다. 베란다 바깥쪽으로 몸을 수그렸다. 미세한 그리고 예리한 아픔이, 광활한 어둠을 향하여 촉수처럼 뻗어 나간 온몸의 감각기관으로 느껴졌다. 소름처럼 끼쳐오는 뜻하지 않은 전율. 잠시 온 세상이 가슴 안에서 정지해 있었다. 고요로 가득 찬 드넓은 땅 어디에서 때아니게 귀뚜라미 소리라도 들려오는 듯했다.

몇 초의 시간이 흐른 어느 순간이었다. 한밤의 적막을 깨고 드르륵! 베란다 유리문이 열리는 소리와 함께 날아온 어떤 자극에 윤호의 눈은 번쩍 뜨이고 말았다. 동시에 수백만 개 빛의 입자들이 날아와 망막에 매섭게 꽂혔다. 건너편 아파트 17층에서 부챗살처럼 퍼져 나온 은회색 빛살이 암흑의 구덩이를 건너 그가 있는 곳을 향하여 완강한 기세로 뻗어 나오고 있었다. 윤호는 동작을 멈췄다. 그리고 빛의 한 가운데에 커다란 느낌표처럼 서 있는, 긴 머리칼의 그녀를 천천히 바라보기 시작했다.

어머니의 城

이상한 일이었다. 밭은 그때와 똑같이 언덕배기 경사면을 따라 흘러내리듯 펼쳐져 있었다. 크고 작은 수십 개의 무덤들이 올망졸망 주위를 에워싸며 늘어서 있었다. 그 아래 멀찌감치 신작로가 희멀건 등허리를 드러내며 지나고 그 위쪽으로 배나무 밭 하나를 끼고 앉은 나지막한 산이 있었다. 후드득 잔디를 스쳐오는 바람의 칙칙한 냄새를 포함하여, 모든 것이 그대로였다.

그런데 분명 이 무덤 앞에 꽂혀 있어야 할 비목이 감쪽같이 사라지고 없었다. 알 수가 없는 노릇이었다. 값이 나갈 것도 아니고 그새 삭아 없어질 리도 없었다. 나는 다시 무덤 주위를 맴돌기 시작하였다. 해가 이름도 모를 서산에 뉘엿뉘엿 몸을 눕혀 가고 있었다. 사위는 고요해서 소리를 내면 물속에 던져진 돌멩이처럼 그대로 가라앉아 버릴 것만 같았다.

현비유인김해김씨지묘(顯妣孺人金海金氏之墓). 어른 팔뚝만한 각목에 검정색 페인트로 쓴 비가 뇌리에 어른거렸다. 그것을 만들어 세운 것은 지난해 겨울, 이 무덤을 처음 찾던 날이었다. 그날엔 눈이 많이도 내렸다. 하늘과 땅이 이마를 맞대고 무슨 음모라도 꾸미는 듯 음산했고 습기가 많은 찬바람은 이끼가 썩어가는 냄새를 공중에 실어 나르고 있었다.

그날도 오늘처럼 축축한 바람이 불었다. 허공을 가득 메우며 흰 떡가루

같은 눈이 내리고 있었는데, 그 기세가 마치 하늘이 송두리째 바스라져 내리는 것 같았다. 나는 어머니의 무덤을 찾아, 서너 시간이 넘도록 공동묘지를 헤적이고 있었다. 내가 이곳에 모습을 나타내기만 하면 이십 년 만에 찾아온 아들을 향해 어머니가 버선발로 달려 나올 것 같은 환상은 환상인 채로 스러져가고 있었다. 세상이 온통 흰빛이어서 무엇을 구분해 내기조차 어려울 지경이었다. 나는 깊은 한숨을 거푸 허공에 쏟아내고 있었다. 충격이 아닐 수 없었다. 내 가슴은 두근두근 방망이질을 했고 입에선 단내가 났다. 한발 두발 흩날리던 눈발은 더욱더 드세어져 흡사 하얀 빛깔의 대나무밭에 갇혀 있는 느낌을 주었다. 몸은 식을 대로 식어 발부리가 잘려나갈 듯 아렸다.

  커엉. 컹. 커어엉-.

  불현듯 긴 공동을 스쳐 나온 것 같은 짐승들의 소리가 뒤통수를 때렸다. 온몸에 좍 끼쳐오는 소름을 느끼며 나는 뒤를 돌아다보았다. 송아지만큼이나 커 보이는 검정색 개가 십여 미터 떨어진 낮은 둔덕에 서서 주둥이를 하늘로 뽑아 올리고 있었다. 워르르, 크릉, 컹-. 개는 한 마리가 아니었다. 불에 그슬린 듯 험상궂은 흉터를 잔등에 이고 있는 황갈색 개. 한쪽에 안대를 한 애꾸눈 같이 생긴 점박이, 늑대처럼 완강한 턱을 가진 회색 개… 대여섯 마리나 되는 개들이 묘지를 지키는 순라군 패거리라도 되는 듯이 몰려와 나를 향해 노골적인 적의를 드러내고 있었다. 이 뜻하지 않은 상황에 나는 모든 움직임을 멈췄다. 고압의 전류에 닿기라도 한 것처럼 격렬한 떨림이 몸의 깊은 곳에서 번져 나왔다. 두려웠고 한편으론 슬펐다. 저 개들이 이십 년 동안이나 어머니의 무덤을 팽개쳐두고 살아온 나를 벌하기 위해 보내진 망자들의 사신일지도 모른다는 생각이, 참담한 자괴감에 떠는 내 가슴을 두들겼다. 와르, 와르르, 와르릉…. 개들은 흰 이빨을 드러내며 냉큼 공격이라도 해 올 듯이 자세를 낮췄다. 나는 눈 속에서 어른 주먹만 한 돌멩이를 하나 주워들었다. 그리고 있는 힘을 다하여 개들을 향해 던지고는 냅다 뛰기 시작하였다.

얼마나 달렸을까. 저만치 묘지 입구가 보이는 큰길에 이르자 나는 걸음을 늦췄다. 거친 기세의 헉헉거림이 가슴을 빠듯이 조여 왔다. 다행히 개들의 모습은 보이지 않았다. 회색 하늘을 배경으로 허연 눈을 뒤집어쓴 무덤들만 봉긋봉긋 솟아있을 뿐이었다. 나는 심한 조갈을 느끼며 친친한 냄새를 풍겨오는 길섶에 카악 침을 뱉었다.

나는 묘지 입구를 향하여 허적허적 걸음을 옮겼다. 무덤을 찾지 못하고 이대로 돌아가야 할지도 모른다는 생각이 머릿속을 마구 들쑤시고 있었다. 그건 안 될 일이었다. 나는 왼쪽으로 완만하게 돌아있는 펑퍼짐한 언덕으로 시선을 던졌다. 암회색의 드넓은 하늘이 구릉 위로 아득하게 펼쳐져 있었다. 그 모양이 거기 어디에 무엇인가 있을 것 같은 기대감을 불러일으키기에 충분하였다.

나는 방향을 바꿔 그리로 올라갔다. 여느 곳과 마찬가지로 찌그러지고 허물어진 무덤과 눈발을 뒤집어 쓴, 메마른 풀덤불의 연속이었다. 무덤 사이 깊게 파인 고랑이 이따금 발목을 잡아챘고 라면 봉지, 소주병, 빈 깡통 등이 바람을 온몸으로 받으며 갖가지 소리를 내었다.

그러던 어느 순간, 십오 미터쯤 떨어진 언덕의 아래쪽에 몸을 숨기듯 엎드려있는 작은 밭을 발견하였다. 나는 황급히 뛰어가 밭 위쪽에서부터 무덤들을 하나하나 살피기 시작하였다. 그중 하나에서 나는 소스라치게 놀라고 말았다. 무덤 봉분의 북쪽 면에 어린아이 머리통만 한 돌멩이가 마치 보물찾기를 위하여 선생님이 숨겨놓은 쪽지처럼 몸통을 반쯤 허공에 드러내 놓은 채 박혀 있는 것이었다. 밭머리에 있는 무덤인데 나중에 찾기 쉽게 하기 위하여 돌을 박아놓았노라던 외할아버지의 말이 불같이 가슴에 떠올랐다. 밭머리에 돌. 바로 이것이라고 나는 단정 지었다. 이십 년 전, 일곱 살 나의 눈앞에서 사람들의 통곡 소리가 뇌우처럼 몰아치는 가운데 어머니의 시신이 담긴 검정색 오동나무 관을 삼켜 가던 그 심혈. 어머니의 무덤이었다. 그것은 마치 준비되었던 운명처럼 내가 다가와 선 것이었다. 나의 몸은 헉 하고 반으로 꺾이고 말았다. 어머니. 오랜 세월 녹이 슨 채 가슴에 잠겨있던 그 말이 입술을 거칠게 뚫고 나왔다.

그날 가물가물 어둠이 내려앉을 즈음, 근처 마을의 한 목공소에서 각목을 구한 나는 현비유인 운운하는 비문을 머리에 떠오르는 대로 적어 그 무덤 앞에 꽂아 두었다. 그런데 그것이 감쪽같이 사라져 버린 것이었다.

"하긴 이장을 해 가면 나무 막대기로 만든 비 같은 건 소용도 없는 걸…."

나는 눈가의 물기를 씻으며 자리에 돌아와 앉았다. 저만치에 봉분이 두 쪽으로 쪼개어진 무덤이 보였다. 무덤이 파헤쳐져 밀실이 벌겋게 드러나 있었고, 널이며 비석이 쓰레기처럼 버려져 아무렇게나 뒹굴고 있었다. 그런 무덤은 근처에 수없이 많았다.

─상기 묘지 내 소재한 분묘의 연고자 및 관리자는 공고 기간 내에 신고하여 이장하고, 고시된 기간 내에 신고하지 않을 시는 무연고 분묘로 간주, 처리할 것임.

공동묘지 입구 게시판, 종잇장이 헤져 너덜너덜해진 안내문에 그렇게 쓰여 있었다. 이 공동묘지에 대단위 아파트 단지가 들어선다는 것이었다. 어느 구석엔가 공사가 벌써 시작된 모양이었다. 공사장임을 알리는 붉은 깃발이 묘지를 가로지르며 퍼덕이고 있었다.

비목을 잃어버린 것은 아무래도 큰 아쉬움이었다. 그것은 무덤을 되찾던 날의 벅찬 감격과 회한의 증표였으며, 동시에 아들로서 어머니에게 바친 최초이자 유일한 것이었다.

그해 자정이 갓 지난 여름날 밤이었다. 난 시끄러운 소리에 놀라 잠에서 깨어나 일어나 앉았다. 방문 밖에선 흰 가운을 입고 커다란 가방을 든 남자가 아버지에게 정중히 인사를 하곤 어둠 속으로 사라졌다. 나를 향해 돌려진 아버지의 얼굴은 좀 괴이했다. 평소 그토록 딱딱하고 표정 없던 아버지의 얼굴이 형편없이 일그러져 있었다. 아버진 물기가 흥건한 얼굴을 바짝 갖다 대더니 내 어깨를 움켜잡았다.

"네 어머니가 너희들 공부 잘 하라고 말하고 돌아가셨다."

잠시 거대한 정적이 나를 사로잡았다. 그리고 다음 순간 검정색의 커다란 유리판 같은 하늘이 헤아릴 수 없이 많은 조각으로 깨어져 내 머리 위로 와르르 무너졌다.

그러나 그뿐이었다. 짧은 시간 동안 충격 같은 것을 느꼈을 뿐 나는 별다른 생각을 하지 못했다. 어머니의 부고를 듣고 집으로 찾아온 온갖 사람들의 동정어린 말과 몇 닢의 동전 그리고 그렇게 갖고 싶어 했던 장난감 딱총에 오히려 신이 나 있었다. 죽음이라는 것이 무엇인지 도무지 가늠조차 되지 않았다. 어머니가 입던 옷이 그전과 똑같은 모습으로 벽에 걸려있고 어머니의 흰 고무신이 툇마루 한 구석에 그대로 있는데, 어머니를 다시는 볼 수 없으리라는 말이 실감 나지 않았다.

어머니가 돌아간 이듬해 봄, 새엄마가 들어오고, 그해 가을 고향을 등지고 서울로 이사를 갔다. 낯설고 바쁜 서울 생활은 나를 돌아간 어머니로부터 멀리 떼어놓았다. 내게는 어머니라는 것이 아예 존재치 않았던 듯이 나는 살아갔다. 나의 삶은 허공을 둥둥 떠다니는 풍선과 같았다. 나를 세상에 매어 붙들어줄 것은 아무 데도 없었다. 그러다 어느 날 갑자기 세상이 눈에 보이기 시작하였다. 내 눈에 새로이 비쳐든 세상은 황막하고 차갑기 짝이 없었다. 수차례의 무단가출과 자살 기도 등으로 나는 세상에 저항했다.

그런 가운데에도 딱 하나 마음을 잡아끄는 게 있었다. 고향에 버려두고 온 어머니의 무덤이었다. 아름다운 꽃들과 수목이 우거져 있는 곳, 그윽한 향기를 흐트러뜨리며 벌 나비가 날고, 겨울이면 나뭇가지를 따라 보석처럼 열린 눈꽃들이 대지의 아름다움을 노래하는 곳. 상상 속에서 아무렇게나 꾸며지고 가꾸어진 그 무덤을 나는 어머니의 성(城)이라 이름 지었다. 온 세계가 그곳에서 비롯되었고, 언제나 사랑과 평화가 충만한 곳. 그곳은 내 생의 아름다운 종착지였다. 언젠가 내 두 발로 세상에 우뚝 서는 날, 사랑하는 아내와 더불어 어머니의 성을 찾으리라는 것이 사춘기 시절 나의 꿈이었다.

나는 손에 잡히는 대로 잔디를 한 올 한 올 뜯어내었다. 내가 잘라낸 잔디들은 새로이 생명을 얻은 것처럼 바람이 일적마다 저만큼씩 풀풀 날아가고 있었다. 멀리 신작로 위로 연두색 낡은 버스 한 대가 흙먼지를 일으키며 지나갔다. 차창으로 이쪽 묘지를 향해 쏠려있는 사람들의 얼굴이 보였다. 공동묘지 한가운데 오도카니 앉아 있는 내 모습이 그들에겐 자못 흥미로웠던 모양이었다.

"여보시오."

누군가를 부르는 소리가 허공에 안개가 지피듯 밀려왔다. 나는 무심코 그쪽으로 고개를 돌렸다. 저만치 울퉁불퉁한 지표면이 하늘과 맞닿아 있는 곳에 한 노인의 모습이 보였다. 뜻밖에도 노인은 방향을 바꿔 기웃기웃 내 쪽을 향해 걸어오기 시작했다. 그제야 나는 노인이 부르던 사람이 나라는 사실을 깨달았다. 노인은 서른 발짝도 더 떨어진 곳에서 다시금 소리를 질렀다. 걷어 올린 군복 바지 아래로 드러난 발목이 앙상한 노인이었다. 한 손에 든 삽으로 지팡이처럼 땅을 짚으며 오는 모습이 순박해 보였다. 이 동네에 사는 농군 같았다.

"그 뫼가 선생네 뫼요?"

노인의 뜻밖의 말에 나는 흠칫했다.

"이 뫼가 선생 거 맞소?"

내 앞까지 다가온 노인이 숨을 고르며 다시 물었다. 순간 언뜻 저며 오는 불길한 느낌에 내 가슴은 수런거렸다.

"왜… 그러시죠?"

"이 뫼 임자라면 상관은 없는 일이지만…."

노인은 뜨악한 눈길로 내 얼굴을 훑어보았다.

"그전에 보니께 엉뚱한 비목이 여기 꽂혀 있길래 하는 말이외다."

순간 불똥에 덴 듯 내 가슴팍이 화끈 달아올랐다. 비목이 사라졌다는 사실이 번개같이 뇌리를 파고들었다.

"이만한 각목 말씀하시는 건가요?"

나는 팔뚝을 들어 길이를 재어 보이며 말했다. 귀청에 와 닿는 내 목소리가 뜻밖에도 떨리고 있었다.

"맞소!"

"한자로 현비유인김해김씨라고 쓴 거요."

"그렇지. 바로 그거⋯."

"그거 제 건데요. 제가 세워둔 건데⋯. 그러잖아도 없어져서 이상하다 하던 참인데요."

그러자 노인은 삽자루를 땅에다 푹 박아 넣었다.

"허헛⋯ 참. 이런 양반 봤나. 엉뚱한 뫼에다 비를 박아두면 어떡하우?"

노인의 얼굴에는 뜻밖에도 웃음이 가득 떠올랐다.

"엉뚱한 뫼라니요?"

"아, 그 뫼는 저쪽이란 말여. 쩌그 저쪽. 김해 김 씨 아녀?"

노인은 팔을 들어 동쪽 어딘가를 가리켰다. 나는 정신을 차릴 수가 없었다. 지구가 갑자기 역회전을 시작하는 것 같았다.

"할아버지가 그걸 어떻게 알아요?"

"그걸 왜 몰라. 내가 당시 여그 공동묘지 관리인이었는디. 자 따라오기나 하슈. 이건 딴 사람 거요. 안 씬가 송 씬가⋯."

노인은 마술이라도 부리듯 말을 하고 나서 앞장서 걷기 시작했다. 얼어붙은 듯 제자리에서 옴짝달싹을 못하던 나는 다급하게 그를 따라 붙었다. 의아했다. 불안했고 대상 모를 막연한 적개심 같은 것도 일었다. 모든 것이 혼란 그 자체였다. 공사장 찌그러진 트럭의 뒤꽁무니에서 자갈들이 쏟아져 내리는 듯 머릿속에서 무언가가 와글짝짝 쏟아져 내리는 것 같았다. 나는 노인의 뒤통수에 시선을 꽂은 채 바삐 걸음을 옮겼다.

"내 살던 집은 요 앞 뫼지 입구에 있는⋯ 뭐시냐 관리인 숙소에 있었고, 내 밭이 바로 요 앞인지라 하루에도 수차 그 뫼 앞을 내왕했었단 말이지.

그래 현비유인 뭐시라고 쓴 그 비목을 내가 알고 있다 그 말이오. 내 기억하기 론 그게 한 십 년이나 되었나… 없어진 거로 아는디, 지난겨울 지나고 보니까 뜬금없이 바로 그것이 있더란 말이지. 그런디 신퉁하게도 김해 김 씨 머시라고 쓴 비문이 하도 눈에 익어 찬찬히 생각을 해보니… 아, 고놈의 것이 바로 그 전에 내 밭 길목에 있던, 바로 고놈이었단 말씀이오."

그 말은 맞았다. 현비유인이라는 비문은 십여 년 전 어머니의 무덤을 찾았던 외할아버지의 말에 따라 적어놓은 것이었다.

"그런데 저희 할아버지가 그 아래다 어머니 이름도 적어놓았다던데요. 김해 김 씨 병순이라고요."

"병순이라. 병순. 가만… 그런 것 같기도 하고 한디 잘 모르겠소. 하도 오래전 일이라."

노인은 갑자기 말을 더듬거렸다. 파도 위에 떠 있는 부표처럼 희망과 절망 사이를 오르락내리락하던 내 마음엔 갑자기 서늘한 바람이 일기 시작하였다. 아무래도 이상했다.

작년 겨울, 입에 거품을 문 들개들의 서슬 퍼런 눈초리를 피해 무덤을 처음 찾아내었을 때, 나는 이것이 오랜 세월 팽개쳐두었던 어머니의 무덤임을 확신했었다. 딱히 이거다 싶은 근거는 없었다. 아무리 머릿속을 헤집어봐도 기억에 남은 것은 화약 냄새 물씬한 납으로 만들어진 딱총뿐, 모든 게 흐릿했다. 그저 헤아릴 수 없이 많은 무덤들만 묵묵히 엎드려 있는 황량한 공동묘지의 지형에 이렇다 할 특징이 있을 턱이 없었다. 설사 무엇이 있다 한들 이십 년이라는 세월이 가만두지 않았을 터였다. 그럼에도 내가 그 무덤이 맞다고 생각을 한 것은 '밭머리에 있는 돌 박힌 묘'라는 할아버지의 말과 어머니와 자식 사이에 있을 법한 본능적인 교감에 대한 터무니없는 믿음 때문이었다. 말하자면 이십 수 년 만에 탕자의 모습으로 찾아온 아들을 어머니의 혼령이 무덤을 빠져나와 손목을 잡아끌었을 것이라는 생각이었다. 그런데 사람들은 나의 그런 믿음에 조소를 금치 못했다. 이장을 결심하고서도 마음 한 구석에 남은 의혹의 불씨를 잠재우기 위해 난 왕십리 사촌 형을 찾아갔다. 나보다 다섯 살이 많은 그 형은 갈라지고 찢겨져 나간 친척 가운데 유일하게 말이 통하는 사이였다.

−…말로만? 넌 무조건 그게 숙모 무덤이 맞다고 하는데 무슨 근거가 있어야 할 거 아냐? 그게 상식 아냐? 철없는 공상은 그만두고 이치에 맞게 따져 봐. 네 나이 벌써 낼모레 서른 아니냐. 이십 년 동안 방치해 둘 땐 언제고…. 물론 그게 네 탓이 아닌 건 알아. 하지만 이제 와서 다 썩어 빠진 뼈다귀는 찾아서 무얼 하겠다는 거야? 얄팍한 감상 아니냐? 지금이 어떤 세상인데…. 느이 아버진 뭐래?

아무런 소득도 얻지 못하고 사촌 형 집을 나온 나는 그 길로 본가로 향했다. 참으로 오랜만에 걸어보는 귀갓길이었다. 내가 아버지를 찾아가는 덴 용기가 필요했다. 어머니가 돌아간 이듬해 새엄마가 들어왔고 그 사이에서 아들들이 생겨났는데, 그 어느 순간부터 아버진 남의 아버지였고 남편이었다. 아버진 입만 열면 효를 강조했는데, 우리들 전처소생의 네 자식들 입장에서 보면 터무니없는 소리였다. 우리는 단 한순간도 아버지를 사랑하거나 존경하거나 해 본 적이 없었다. 내가 기억하는 아버지다운 면모는 역설적이게도 얼굴에 가득 물기를 머금은 채 '네 엄마가 너희들 공부 잘 하라고 하고 돌아가셨다' 고 어머니의 죽음을 통고하던 그 순간뿐이었다. 제 몸뚱이를 스스로 움직일 수 있을 만큼 커 버리기가 무섭게, 아니 그보다 더 훨씬 전에 우리들은 서둘러 집을 떠났다. 그리고 발길을 끊었다.

어머니의 무덤에 관한 내 자초지종을 들은 아버지는 한동안 말을 잇지 못하고 담배 연기만 뿜어댔다. 그러다 쩍 하고 입맛을 다시고 난 뒤 입을 열었다.

—이제 와서 니 어머니 뫼를 찾을 방도는 없다. 나는 암 것도 몰라. 내가 무심해서가 아니라 다 니들 먹여 키우고 공부시키느라, 그런디 신경 쓸 겨를이 있었간디? 이게 다 관념인디…. 니가 이왕 묏자리는 사났다닝게, 신체는 묻지 않고 봉분만 세운다든가 하는 게 어떠냐. 모다들 그렇게 하는 거여. 뫼 잃어버린 사람이 하나둘이간디….

그렇게 말을 하고 나서 아버지는 시선을 티비에 고정시킨 채 꼼작도 하지 않는 새어머니를 힐끗 쳐다보았다. 나는 자리에서 일어나 집을 나왔다. 살아있는 아버지에겐 그토록 무심한 내가 죽은 어머니의 유골엔 그토록 집착하는 일은 나 스스로 생각해봐도 웃기는 일이었다. 희극이었다.

노인은 어느새 새 무덤 앞에 가 있었다. 그 무덤은 아까 것으로부터 백 미터 정도 동쪽으로 돌아가 있었다. 과연 그곳에 비가 꽂혀 있었다. 나뭇결이 그대로 드러난 각목에 현비유인 뭐라고 쓴 비가 말썽꾸러기 어린아이처럼 천연덕스레 그곳에 서 있었다. 그 뒤로 늙고 지친 짐승을 연상케 하는 커다란 무덤이 있었다. 봉분이 납작하게 찌그러져 얼핏 보면 그냥 조금 솟아오른 땅처럼 보였다. 그것엔 잡초가 무성하게 돋아나 있었다. 무성한 잡초 사이로 이끼가 장마철 곰팡이처럼 끼어있는가 하면, 오십 센티미터는 자란 강아지풀이 거풀거풀 바람에 흔들리고 있었다. 봉분 뒤쪽은 들짐승에라도 할퀴인 듯 허물어져 벌건 흙을 그대로 드러내고 있었다.

흉물스럽기 짝이 없었다. 그것에서 풍겨 나오는 섬쩍지근한 느낌은 내가 가슴 속으로 그려오던 어머니의 이미지와는 거리가 멀었다.

"영감님. 어머니 산소 앞에 밭이 있다고 했는데요."

내가 볼멘소리로 물었다. 노인은 삽자루를 집어 들어 십 미터쯤 아래 경사면을 따라 늘어선 숲은 가리켰다.

"이게 밭 아니요?"

"밭이라뇨?"

"암, 밭이고말고. 그전엔 여기가 온통 밭이었수다. 내 밭은 저그 저쪽 귀퉁이에 있고. 지금은 그게 과수원이 되았소. 과수원이 들어선 지도 훨씬 전의 일이지. 그런디 젊은 양반. 실례지만 여기 오신 게 얼마만이우?"

"이십 년도 지났어요."

"것 보슈. 십 년이면 강산도 변한다는디. 그전에 저기가 화장장이었소. 지금은 헐리고 없지만."

순간 내 흉중에 무언가 작은 불씨 같은 것이 확 살아나는 듯했다. 그러나 그뿐이었다. 그 자리에 화장장이라는 것이 있었던 것 같기도 했고 아닌 듯하기도 했다. 아무리 정신을 집중해도 잡히는 것이 없었다. 모든 것이 너무나 막연했고 허망했다. 나는 허든허든 높은 곳으로 올라갔다. 산허리를 돌아 널찍한 과수원이 한눈에 내려다보였다. 아까의 밭과는 비교도 되지 않게 큰 넓이였다. 하지만 그것이 밭이었으리라고는 생각되지 않았다. 밭이었다면 고랑이라도 하나쯤 보여야 할 것이었다. 수십 년은 자라온 듯한 잡초와 자갈만이 어른 키를 조금 웃도는 배나무 밑에 깔려있을 뿐이었다. 나는 다시 내려와 무덤 주위를 꼼꼼히 살피기 시작했다. 무덤에 돌을 박아 놓았다는 외할아버지의 말이 생각나서였다. 그러나 지천에 널린 돌이

유독 여기엔 없었다. 나는 허리를 꼿꼿이 세우고 미간에 주름을 잡으며 노인을 바라보았다.

"아저씨. 확실한 겁니까?"

노인은 삽자루를 뽑아 다시 한 번 황토로 된 땅에 푹 찔러 넣으며 말했다.

"아, 확실하냐니, 그기 뭔 소리여. 이 냥반이 찾아준 공은 모르고…. 아, 내 밭이 여기고 내 집이 저쪽인디, 저기서 요리로 늘 댕겼다지 않소. 그게 어디 하루 이틀인중 아슈? 적어도 십 년은 그랬소. 그런 걸 내가 몰라? 아, 그걸 내가 몰라?"

노인의 거친 항변에 내 마음은 조금 가라앉았다. 그의 말이 사실이라면 이 세상 무엇을 갖다 바쳐도 아까울 것이 없을 것 같았다. 하지만 선뜻 믿을 수가 없었다. 아무리 묘지기였다고 해도 이렇게 족집게로 집어내듯 할 수는 없을 것 같았다. 하찮은 것도 꼼꼼히 챙겨두는 것이 노인들의 생리라고 하여도 수백 기 무덤 가운데 자신과는 아무런 관련도 없는 것을 이십 년간이나 기억해주고 또 잘못 놓인 비를 자신의 것처럼 옮겨다 주는 친절을 기대하긴 어려운 세상이었다. 내 자신의 욕망과 이득을 위해선 그 어떤 종류의 피비린내도 향내로 여길 수 있는 것이 이즈음의 세상이었다.

그렇게 생각하니 비문은 죄다 외고 있으면서, 그 아래 어머니의 이름 두 자는 기억하지 못하는 것이 수상쩍었다. 노인은 지금 거짓말을 하고 있는 것일까? 그렇다면 왜? 한 인간에게 신뢰를 주는 일이 이토록 큰 어려움을 수반하는 것인지, 나는 새삼 놀라고 있었다.

"어쨌든 고마운 중이나 아슈. 이거 확실해요. 내 손바닥 보듯 하는 일인디…. 이장일랑 해 가려거든 이걸 해요. 다른 건 아예 손댈 생각도 마슈. 아까 그건 아니요. 안 씬가 송 씬가 될 거유."

어머니의 城   71

미련이라도 남은 듯 주춤주춤 한 자리를 맴돌던 노인은 이내 삽자루를 땅에 쿡쿡 찔러 넣으며 멀어져 갔다

묘지에 얇게 드리워져 있던 햇살은 어느새 사라지고 우윳빛 장막이 낮게 하늘을 차지하고 있었다. 땅 위에 퍼진 회색의 파리한 빛엔 냉기가 감돌았다. 비가 오려는 모양이었다. 나는 무덤 뒤쪽 언덕진 곳에 쪼그려 앉았다. 이 혼돈으로부터 어떻게든 결론을 끄집어내야 했다. 내일만 지나고 나면 여기에 남은 무덤들은 트랙터와 인부들의 삽날에 파헤쳐져 어디론가 사라질 터였다. 그리고 그 위에 사오십 층 아파트 건물들이 하늘을 찌를 듯 세워지고 그 사이로 융단처럼 깔릴 아스팔트 도로는 번쩍이는 자동차들과 날아오를 듯 차려입은 여인네들, 뿌듯한 자부심에 어깨를 좍 펼친 남정네들 그리고 신이 나서 통통 튀는 아이들로 가득 채워질 것이었다.

나는 이장해 갈 서울 근교 공원묘지에 내일 오후 세 시까지 모든 준비를 끝내놓도록 약속해 놓고 있었다. 거리로 따져 400킬로미터가 넘고 고속버스를 몇 차례나 바꿔 타야 할 사정을 감안하면 내일 새벽에는 이곳 무덤을 파내야 했다. 그런데 불과 몇 시간을 앞 둔 지금, 나는 어머니의 무덤을 새롭게 잃고 만 것이었다. 목덜미에 툭 하고 물방울이 떨어져 내렸다. 빗방울이었다. 나는 고개를 들어 하늘만 바라보았다. 다행히 비가 당장 퍼부을 것 같지는 않았다. 멀리서 쇳소리를 내며 불어온 바람이 나뭇가지며 잔디를 마구 흩트려 놓았다. 빈 깡통들이 들고양이들처럼 날카로운 소리를 내며 사방으로 흩어졌고, 버려진 신문지 조각들이 너울너울 허공에 팔을 저었다. 동편으로 퍼진 아득한 하늘 아래 낮은 산줄기가 파도처럼 넘실대고 있었다.

―얼골도 뱁지 못한 큰아버님 전상서.

나는 저고리 안주머니에서 한 묶음의 종이를 꺼냈다. 열여섯 되던 해 집을 나간 뒤 십 년이 가까워지도록 소식이 없던 남동생에게서 날아온 뜻밖의 편지였다. 정확하게 말해서 동생의 처에게서였다. 자신을 제수라고 칭해 온 그 사람을 내가 알 리 없었다. 맞춤법이 엉망인 것은 물론이고 크고 작은 글자가 제멋대로 들쑥날쑥하여 어지럽기까지 한 것으로 보아 공부를 충분히 한 사람 같지는 않았다. 그래도 그녀가 쓴 편지의 행간엔 동생을 향한 정성과 따스함이 느껴졌다. 그 사이 녀석은 한 여자와 살림을 차렸던 모양이었고, 아이까지 생긴 것 같았다.

―…지금 은애 아빠와 저히는 몃달째 숨어잇음니다. 아빠가 공사장에서 사고를 냇습니다. 아빠가 죽어도 떨어지지 안켓다고 해서 온식구가 야밤에 속초를 도망 나와서 고성에 인는 저의 일갓집에 숨어잇습니다. 아빠는 매일 술만 마시고 은애를 부응켜 안고 죽자는 말만 해서 저는 매일밤 무서움과 눈물로 지내고 잇습니다. 시숙님께 상이하자고 햇으나 아빠는 죽어도 말하면 안된다고 해서 이럿케 무례를 알면서도 몰래 편지를 쓰게 되엇습니다. 어떳게 도와주실 수 업으신지요. 마지막 소원으로 부탁드림니다. 아빠가 무슨 짓이라도 저지를까바 무섭고 불쌍해서 참을 수가 업습니다. 꼭 아빠에겐 비밀로 하여주십시오.

따지자면 제수의 편지는 새로울 것이 없었다. 나무가 가지에 이파리를 매달 듯 우리 형제들은 하루가 멀다고 문제와 사고를 일으키며 살아왔다. 그러나 그 문제를 다른 형제에게 이야기하거나 상의하거나 하는 일은 없었다. 우리는 무슨 일에서든 혼자라는 사실을 숙명처럼 여기고 있었다.

그랬던 것이 이번에는 좀 달랐다. 누구인가 동생을 위하여 편지를 적어 보낼 사람이 생겼다는 사실이었다.

편지를 받은 다음날 나는 동생에게 달려갔다. 젖비린내를 풍기며 작은 입을 벌려 연방 옹알거리는 어린 조카를 보는 순간, 이 문제를 내가 해결하리라 결심을 하게 되었다. 나는 우선 동생을 그곳에서 빼오기로 작정을 하였다. 나는 그곳에서 서울로 연결되는 교통 사정을 살폈다. 마치 간첩이라도 된 듯한 기분이었다. 주문진을 지나 강릉으로 가는 길을 택하기로 하였다. 다른 길엔 검문소가 서너 개는 되었지만 그 길엔 하나뿐이었다.

녀석은 의외로 겁이 많았다. 공사장 감독을 바위에 짓이겨 놓고 현장사무소를 해머로 쑥밭을 만들어 놓을 정도로 흉포했던 녀석이 마치 난생처음 종아리를 맞는 아이처럼 벌벌 떨었다. 녀석은 가지 않겠다고 우겼다. 나중에야 어떻게 되든 여기서 숨어 살겠다는 것이었다. 한 자리에 선 채 네 시간이나 설득을 한 끝에 나는 가까스로 동생을 끌고 버스에 오를 수가 있었다. 검문소는 주문진에 있었다. 처음에 나는 그저 무사히 지나갈 수 있기를 빌었다. 그러나 나중에는 내가 탄 버스가 주문진에 닿지 말기를 빌게 되었다. 음산한 날씨였다. 바람은 한순간 쉼도 없이 허공을 들쑤시고 다녔다. 왼쪽 차창으로는 맹렬한 기세로 달려온 파도가 게거품을 흘리며 모래톱을 뜯어 삼키고 있는 장면이 그대로 투영되었다.

운명처럼 검문소가 저만치서 다가오고 있었다. 암울한 회색 바탕에 검정과 초록으로 얼룩덜룩 그려 놓은, 군부대의 위장 무늬가 섬뜩하게 느껴졌다. 나는 버스의 브레이크라도 밟으려는 듯 발바닥에 힘을 주었다. 나는 동생을 은신처에서 데리고 나온 것을 후회했다. 할 수만 있다면 모든 것을 원래대로 되돌려 놓고 싶었다. 만약 여기에서 잡히기라도 한다면 낭패가 아닐 수 없었다. 그것은 시한부 인생에게서 조금이라도 생명을 연장할 수 있는 가능성을 빼앗는 것과 같았다. 오막조막 움직이던 조카의 고사리 손이 생각났다. 어차피 붙들리게 될 것을 그때까지 만이라도 가족들과 함께 있고 싶다던 동생의 간절한 말이 되살아나 물컹물컹 가슴을 짓밟았다.

    버스는 주문진을 향하여 쉼 없이 달려갔다. 모든 일들이 운명처럼 진행되고 있었다. 옆자리 동생은 얼굴이 흙빛이 되어 차창 아래 몸을 웅크리고 있었다. 마치 그 아래 무슨 구멍이라도 있으면 그리로 기어들어갈 듯한 모습이었다. 술에 곯아떨어진 시늉을 하라고 선 자리에서 소주를 한 병이나 목구멍에 부어넣었지만, 녀석의 신경은 뭉크러지기는커녕 고슴도치 가시처럼 곤두선 모양이었다. 설핏 닫혀있는 녀석의 눈꺼풀 위로 눈을 부릅떠있을 때보다도 세찬 기운이 뻗쳐 나오고 있었다. 헝클어진 머리칼이며 햇볕에 그을린, 각진 얼굴이 누가 봐도 범죄자임을 알아챌 수 있을 것 같았다. 버스가 속도를 늦추더니 이내 회색의 작은 콘크리트 건물 앞에 멈춰 섰다. 검문소였다. M16 소총을 치켜든 경찰과 번쩍이는 검정 파이버를 콧등까지 눌러쓴 헌병의 모습이 시야에 커다랗게 클로즈업되었다. 나는 질끈 눈을 감았다. 나는 땀에 젖은 손바닥을 비벼대기 시작했다. 주여! 하고 나는 외칠 참이었다. 내 가슴에 한 줌 남아있던 자존심이나 용기 같은 것은 흔적도 없이 사라져버린 뒤였다. 나는 한 잎 메마른 이파리에 불과했다. 바람이 불면 날아가고 그러다 떨어지면 굴러가야 했다. 내게는 어떤 절대적인 힘이 필요했다. 그건 내 안에는 없었다.

    어머니!

    나는 적이 놀라지 않을 수 없었다. 느닷없이 내 입에서 떨어져 나온 소리가 뜻밖에도 그것이었기 때문이었다. 아득한 세월 저편에 내게서 사라져버린 어머닌 나와 상관이 없는 존재였다. 얼굴조차 기억할 수 없었다. 그와 함께 있던 추억 하나 남아있는 게 없었다. 죽음이란 그렇게 모든 것은 완벽하게 가져가고 깡그리 지워버렸다. 그때까지 난 한 번도 어머니를 불러본 적이 없었다. 어머니를 불러야 할 순간마다 나는 욕지거리를 내뱉곤 했었다. 그런 내가 정신병자처럼, 마치 주문을 외듯 어머니란 소릴 웅얼거리고 있었다. 지금이야말로 당신이 필요한 때입니다. 동생이 잡혀가게 생겼단 말입니다. 어디 계세요, 어머니. 구체적으로 말을 하진 않았지만 입안을 맴돌고 있던 소릴 꺼내었다면 아마 그런 소리일 터였다.

　어머니라는 '것'과는 아무런 상관도 없이 살아온 내가 새삼 어머니를 느끼던 순간이었다. 어머니는 살아있었다. 지금이라도 그분과 어떤 식으로든 닿을 수 있다는 확신 같은 것을 나는 느끼고 있었다. 나는 불끈 주먹을 쥐고 위기의 순간을 기다렸다. 검문을 받는 동안에 무슨 일이 일어나면, 나는 그들을 때려눕히든 차를 빼앗아 달아나든 할 참이었다.

　정말로 기적같이, 아무 일도 일어나지 않은 가운데 검문이 끝났다. 헌병은 사냥개처럼 코를 몇 차례 내저어 보이다 내려갔고, 검게 탄 얼굴에 나이가 꽤 들어 보이는 경찰관이 미심쩍다는 듯 동생의 얼굴을 서너 차례 아니 대여섯 차례 훑어보았지만 그냥 내려가고 만 것이었다.

　부르릉-. 버스는 요란한 엔진 소리를 내며 움직였다. 나는 안도의 한숨을 몰아쉬었다. 정말이지 다시 태어난 기분이었다. 동생은 감았던 눈을 뜨지 않았다. 굳게 닫혀있던 녀석의 눈꺼풀 사이로 물방울이 그렁그렁 맺히는가 싶더니 주르륵 흘러내렸다. 짜식이! 나는 동생을 흘겨보며 낮게 중얼거렸다. 우리들의 즐겁지 못한 현실을 확인하는 것 같아서 싫었다. 나는 동생에게서 시선을 떼어냈다. 코끝이 찡해오면서 창밖 산과 바다의 모습이 물속에 잠긴 듯 아슴아슴 밀려왔다.

　나는 느릿느릿 자리에서 일어났다. 붉은색 공사장 깃발이 퍼덕퍼덕 나부끼는 소리가 허공을 울렸다. 회색 하늘은 더욱 어두워져 금방 비라도 뿜어 낼 듯했다. 천천히 발걸음을 옮기며 나는 생각했다. 어머니를 찾는 일을 내 생애 마지막의 일로 여겼던 것이 잘못이었다. 그것은 맨 처음의 일이었다. 모든 것은 어머니로부터 시작되었어야 했다. 이제 와서 그것이 누구의 뼈든 중요하지 않았다. 어머니의 무덤을 가려내기엔 너무나 긴 세월이 흘렀고 우리들 살아있는 사람들의 무심함이 컸다. 중요한 것은 증명해 보일 수 없다고 해서 존재 자체를 부정해 버릴 수는 없다는 사실이었다.

　다음날 아침이었다. 해는 보이지 않았고 하늘은 엊저녁의 암회색 그대로였다. 바짓가랑이를 잡아채는 바람 속을 걸어와 내가 선 곳은 어제 늙은 묘지기가 일러준 두 번째 무덤이었다. 간밤에 나는 어머니를 장사지내던 날의 꿈을 꾸었다. 그리고 무덤 앞이 시원하게 뚫려있었던 것 같은 기억을 흐릿하게 되살려 낼 수 있었다. 지난겨울 개들의 악다구니 속에서 첫 번째 무덤을 찾았을 때 여러 가지 정황은 들어맞으면서도 어딘지 모르게 답답하다는 느낌을 떨칠 수가 없었다. 그것이 중요했다. 그 무덤은 배나무 밭이 있는 야트막한 산으로 시야가 막혀 있었다.

　"시작할까요?"

　"……."

　"파든 안 파든, 이거 확실히 해야 합니다. 만약 파내서 남의 유골 같으면 큰일 납니다."

 현재 이 묘지의 관리를 맡고 있다고 자신을 소개한 중년 사내가 내게 말했다. 나는 냉큼 답을 하지 못했다. 자칫 남의 유골을 파낼지도 모른다는 사실은 결코 간단한 일이 아니었다. 어제 내게 무덤을 가르쳐주었던 노인은 보이지 않았다. 젊은 묘지 관리인이 노인은 일찌감치 일을 하러 갔으리라고 일러주었지만 내 마음은 도무지 개운칠 않았다.

 "어떻게 빨리 결정을 보셔야죠."

 묘지 관리인이 다시 한 번 재촉했다. 무덤 주위에는 삽과 괭이를 든 인부들이 빙 둘러서서 따가운 시선으로 내 얼굴을 살피고 있었다. 나는 파장한 장터에 홀로 남은 장사꾼 같은 초조함에 빠져 있었다. 서툰 생각으로 공연한 화를 부르지 말라는 젊은 묘지기의 서슬 퍼런 경고가 가까스로 돋워 놓은 용기를 여지없이 무너뜨리고 말았기 때문이었다. 나는 지독한 외로움에 빠져 있었다. 왜 혼자여야 하는가. 그러고 보니 여태껏 누구와 상의를 해서 무얼 결정해 본 일이 없었다. 언제나 혼자서 판단하고 혼자서 행동을 했다. 그게 좋아서가 아니라 곁에 아무도 없었기 때문이었다. 이런 생각의 끄트머리에서 한마디 말이 내 입에서 불쑥 튀어 나왔다.

 "파시오."

 사악, 쓰윽, 차악. 내 말이 떨어지기가 무섭게 인부들은 오랜 세월 잠겨있던 성벽을 거침없이 부수어가기 시작했다. 이십 년 세월 동안 햇볕을 단 한 번도 쏘이지 못한 흙덩이들이 살점처럼 떨어져 나와 무덤 가장자리에 쌓이기 시작했다. 나는 무게를 더해 오는 긴장감에 숨이 막힐 지경이었다.

 "어휴! 깊기도 허다."

 무덤을 파내려가던 인부가 무심코 내던진 말이었다. 인부의 짧은 그 말은 이십 년 전의 그날을 내 앞에 냉큼 되돌려 놓고 말았다. 어머니를 땅에 묻던 날이었다. 상여 행렬을 따라온 난 어머니의 묘 구덩이 가장자리에 웅크리고 앉았다. 사면이 반듯한 구덩이가 내 시야에 가득 찼다. 황토가 칼로 베어낸 듯 반듯하게 잘려있었는데 습기를 적당히 머금은 표면이 매끄러웠다.

"아이구. 구덩이가 깊고 좋다."

"내가 아무런 생각 없이 내뱉은 말이었다. 그때 가까이 서 있던 한 아줌마가 내 손을 덥석 잡았다.

"어쩜 좋아. 저 어린것이 제 어미 묏자리가 좋다 하네. 세상에나… 쯧쯧… 세상에 저 어린것이…. 세상에 이를 어째."

그 아줌마가 누구인지 나는 모른다. 다만 그 아줌마가 그렇게 울음을 터뜨리는 바람에 사람들이 또 한 차례 왁자지껄하게 울어 젖혔다는 사실은 또렷하게 생각났다.

"염려 마슈. 유골만 보면 생시의 모습이 좍 떠오르니까요. 암, 담박에 알 수가 있지요."

눈가에 맺힌 물기를 닦아내는 내 모습을 보았던지, 한 늙은 인부가 다가와서 걸걸한 목소리로 말을 건넸다. 운신이나 제대로 할까 싶은 외모답지 않게 그의 목소리에는 힘이 있었다.

"고인의 얼굴은 잘 기억하고 있겠지요?"

젊은 묘지기가 쇠꼬챙이처럼 억센 음성으로 다짐을 하였다. 난감했다. 내가 어머니의 얼굴을 기억할 리 없었다. 난 어머니에 대해서 아무것도 알고 있지 못했다. 이상하게 어머니에 관한 것들은 깡그리 망각의 늪으로 빨려들어가 버렸다. 무덤이 어지간히 파헤쳐지자 한 인부가 삽 대신 갈고리를 들고 흙을 휘젓기 시작했다. 얼마 되지 않아 갈고리 끝에 무엇인가 매달려 올라왔다.

"앗! 남자 아녀!"

누군가로부터 비명처럼 날아온 소리였다. 갈고리 끝에 매달린 것은 몽당 빗자루처럼 엉겨 붙은 머리카락 덩어리였다. 과연 그 짧은 모양이 여자의 것으로 보이진 않았다. 순간 턱뼈가 걷잡을 수 없이 떨려 와 나는 입을 앙다물어야 했다.

"아아녀. 아직 모르는 기여. 어이, 머리를 꺼내 봐. 어서. 머리만 보면 담박 알아볼 수가 있응께."

위로의 말을 건네주었던 늙은 인부가 구덩이 속에 들어앉은 사내에게 말했다. 그때 젊은 묘지 관리인이 불그죽죽 상기된 얼굴을 내게 휙 돌려대었다.

"선생. 만약에 말입니다. 머리를 봐서 모르겠다면, 난 이 이장을 허락 못합니다. 그건 분명히 합시다. 나더러 야속타 하실지 모르지만, 나로서도 어쩔 수가 없어요. 낼모레 이장 마감입네 허니께 뒤늦게들 쫓아와서 무덤 한 개 가지고 니 꺼다 내 꺼다 싸우는 게 한두 번이 아닙니다."

나는 아무런 대답도 할 수가 없었다. 내 몸은 북이라도 된 듯이 툭탁거리며 뛰고 있는 심장에 공명하고 있었고, 텅 비어버린 뇌리는 자꾸만 까무러지고 있었다.

"엇따. 깨끗도 허다."

고함소리와 함께 번쩍 올려 진 것은 사람의 머리뼈였다. 인부들이 두런거리며 모여들었다. 어린애 머리통만 한 해골이 무덤 가장자리 붉은색 흙더미 위에 놓여졌다.

"보슈. 고인의 모습이 맞습니까?"

나는 그것에 시선을 모았다. 문득 극심한 갈증이 느껴졌다. 혀로 수차례나 입술을 핥았으나 해소될 리 없었다. 나는 볼을 문지르고 또 문질렀다. 내 몸의 모든 신경을 동원해 그것을 살피는 일에 열중하고자 노력했다. 볼록 튀어나온 이마가 먼저 눈에 들어왔다. 톡 불거진 광대뼈가 천박스럽게 느껴지기도 했다. 그리고 위아래 턱에 붙어 있는 무수한 이빨까지…. 그것은 실험실에서 모조품으로나 볼 수 있었던, 한 덩이의 뼈였을 뿐이었다. 나는 그것에서 아무것도 생각해 낼 수 없었다. 더구나 어머니라니…. 내 상상 속에서 무덤이 그랬듯이, 어머닌 내게 세상에 둘도 없는 미녀였고 흠 하나 있을 턱이 없는 천사였다.

"어디 맞습니까?"

관리인이 다그쳐 물었다. 나는 까무러칠 듯한 절망감에서 머리를 조금 끄덕여 보였다. 여기에서 중단할 수는 없었다. 흙 속에 이 유골을 다시 파묻어 놓고 아무 일도 없었던 듯이 서울로 돌아갈 수는 없었다. 하지만 관리인은 내 마음 속까지 꿰뚫어보고 있는 듯했다.

"아니, 당신. 얼굴도 모르고 있는 거 아뇨?"

묘지기의 험악한 위세에 난 짓눌려버리고 말았다. 무어라 대꾸를 해주어야 했지만 아무런 말도 나오지 않았다. 내 머리통은 바람 한 점 일지 않는 거대한 공동이 되어 있었다. 그때 늙은 인부가 내게 던진 질문 하나가 우리들의 열띤 분위기를 다른 방향으로 이끌어갔다.

"고인이 생시에 이를 빼신 적이 있습니까?"

노인은 머리뼈를 들어 나란히 붙어있는 이빨 가운데 뻥 뚫려 있는 구멍 하나를 가리키며 말했다. 오른쪽 위 어금니였다.

"맞다 맞어. 그것만 맞는다면 틀림이 없제."

사람들의 긴장된 시선이 한꺼번에 내게로 쏟아졌다. 단단히 응고된 고요가 내 머리를 짓눌렀다. 습기에 찬바람은 고동소리를 내며 사람들의 옷자락을 잡아채었다. 눈을 감았다. 내 머리는 텅 비어버린 그대로였다. 도대체 아는 게 너무나 없었다. 어머니의 이름은 김병순이었으며 고작 서른을 갓 넘긴 나이에 세상을 떠났다. 그것뿐이었다. 내가 기억하고 있는 어머니는 유리 상자 속에 모셔둔 왕비인형일 뿐이었다. 제멋대로 치장되고 꾸며진 허상이었다. 기어이 이렇게 끝이 나는가 보다. 내 머리 위에서 하늘은 또 그렇게 부서져 내렸다. 그러던 어느 찰나였다. 예리한 칼날이 가슴을 스쳐 지나는 듯한 충격이 느껴졌다.

"니 어미 무덤 꼭 찾아보거라. 훗날 누가 찾더라도 알아볼 수 있게 내가 요만한 돌을 박아 놨다."

수년 전 돌아간 외할아버지의 목소리가 수문이 열리며 휘몰아쳐 내리기 시작한 물줄기처럼 텅 비어있던 가슴에 쏟아져 내리기 시작했다.

"…니 에미가 죽기 사흘 전에 이를 뺐다. 오른쪽 위에 있는 어금니. 곱디고운 내 자슥인디… 하도 기가 막히여 그것도 잊히지 않는다. 니 동생을 낳고 몸이 상할 대로 상한데다… 피를 오강으로 반이나 쏟았으니 어찌 견뎌냈겠느냐…."

홍수처럼 쏟아지는 눈물 위로 동생의 모습이 환영처럼 떠올랐다. 유치장으로 통하는 어두운 복도를 걸어가던 녀석이 문득 뒤를 돌아다보며 이렇게 말을 했었다.

"형. 어머니가 살았음 지금 날 보고 뭐라고 했을까? …나 그때 어머닐 생각했었어. 주문진에서 말야. 나 좀 살려달라고…. 그래서 무사히 통과할 수 있었던 거야. 결국 이렇게 되고 말았지만, 괜찮아. 이젠 용기가 생겼어."

무슨 일이냐고 묻는 묘지 관리인의 팔을 뿌리치며 나는 배나무 밭이 송두리째 내려다보이는 언덕을 향해 뛰어갔다. 그러나 몇 발자국 못 가 그 자리에 고꾸라지고 말았다. 습기에 찬바람은 여전했지만 구름을 헤치고 터져 나온 황금빛 햇살이 묘지를 부옇게 적시기 시작했다.

또다시 브레이크를 밟아야 했다. 지수 톨게이트를 벗어나 일 킬로미터쯤 달려오던 지점이었다. 고속도로는 자동차들로 꽉 막혀 있었다. 나는 앞을 살펴볼 요량으로 유리창을 내렸다. 피르르르-. 짐승의 울음 같은 소리를 내지르며 바람이 허공을 내달려갔다. 오른쪽 야산에 소름이 돋는 듯, 숲이 커다랗게 일렁이며 무수한 잎들을 일제히 뒤척였다.

"어이, 비가 올 모양이야."

병호의 말이 끝나기가 무섭게 앞 유리창에 물방울 하나가 툭 떨어져 작은 손바닥 모양의 무늬를 만들어 냈다.

"시팔, 아이엠에프는 다 어디로 간 거야? 실업자가 몇 백만이라는 나라에서 허랑방탕 놀러 다니는 건 도대체 어떤 놈들이야?"

"창밖으로 찍 하고 침을 내뱉고 나서 병호가 말했다. 그리고 소주병을 치켜들어 입안에 술을 부어넣었다. 입사 동기 양진수의 상가를 나오면서 그의 입에서 잠시도 떠나지 않던 술이었다. 그는 가는 곳곳마다 구석에 처박혀서 술을 들이키곤 했다. 그렇게 함으로 해서 양진수의 돌연한 죽음을 확인하고 또 확인하려는 듯했다.

수많은 딱정벌레처럼 길바닥에 들러붙어 있는 자동차들의 행렬을 의문스런 눈초리로 바라보던 나는 비로소 오늘이 일요일이라는 사실을 깨닫게 되었다. 그렇지 않고서야 아파트며 공장 등 사각의 벽돌 건물 하나 보이지 않고, 막 푸름이 돋아나고 있는 논밭과 야트막한 산들로 둘러싸인 한적한 이곳에 이토록 많은 차들이 모여 아우성을 칠 이유가 없었다.

이십 수년간 다니던 회사를 그만두면서 나는 요일 같은 것을 잊어버렸다. 날짜도 마찬가지였다. 매일 매일이 쉬는 날이었고 그저 흔하게 널린 것이 시간이었으니 그것에다가 굳이 숫자나 명칭 같은 것을 부여해 가면서 살아야 할 필요가 없었다. 15일이니 26일이니 화요일이니 토요일이니 하는 그간 익숙했던 단어들은 내게서 슬그머니 사라져 버렸다. 대신 오늘은 친구와 중앙동에서 술 한 잔 하는 날, 큰 딸년 모의고사 치는 날 하는 식으로 돌변해 버렸다. 그러나 대개는 아무런 이름도 부여받지 못한 날들이 마냥 흘러갈 뿐이었다.

내 방식대로의 달력 명칭에 의하면 오늘은 바로 어젯밤 창졸지간에 변을 당한 친구를 찾아가는 날이었다. 엊그제 만해도 국내 굴지 H그룹의 잘 나가는 판매 2과장이었던 양진수 말이었다. 시체실의 철제 냉동고에서 꺼내어지던 양진수. 그의 몸은 마네킹처럼 굳어져 있었다. 그 모습은 평상시의 모습 그대로여서 의아한 생각마저 들었다. 하지만 무슨 사연이라도 있는 듯 부릅뜬 눈을 염을 하는 사람이 아무리 닫으려 해도 닫히지 않는 것을 보고, 그의 죽음을 실감했다. 허무했다. 하기야 허무하긴 삶이나 죽음이 마찬가지였다.


앞 유리창에 서너 개의 손바닥 무늬가 툭툭 새겨지더니 이내 후드득 비가 쏟아지기 시작했다. 나는 피우던 담배를 비벼 끄고 창문을 올렸다. 씨이- 하며 유리창 틈새를 스쳐 가는 바람 소리가 귀청을 파고들었다.

똑같은 바람인데도 들을 적마다 소리가 달랐다. 길게 늘어선 차들의 행렬은 움직일 줄을 몰랐고 조수석에 앉아있는 장병호는 마치 빈 항아리에 물을 쏟아 넣듯 뱃속에다 술을 들어부었다.

－부인하고 통화했는데⋯ 조금 있으면 데리러 올 거요. 만나게 해 드릴 테니까⋯ 일단 내려오시고⋯ 내려오시면 저희가 면담을 주선해 드릴게요⋯.

거의 반사적으로 나의 모든 신경은 그 소리를 향하여 쏠려가고 말았다. 나의 의지와는 상관이 없는 반사적인 작용이었다. 그 소리는, 켜둔 채 차에 타고 있는 나나 병호가 아무런 관심도 기울이지 않고 있던 라디오에서 새어나오고 있었다. 연이어 굵직한 미성의 남자 목소리가 흘러나왔다.

－지난 토요일 오전 11시경, 경기도 수원에 있는 한 아파트에서 올해 서른아홉 살 김 모씨가 삼십여 미터 높이의 굴뚝에 올라가 자살 소동을 벌였습니다. 김 씨는 아파트 관리비를 못 낼만큼 생활고에 시달리다가 최근 가출한 부인을 찾아달라며 이런 소동을 벌였는데요, 격분한 나머지 대치하던 경찰에 벽돌을 던지기도 하였습니다.

라디오에선 실업자 문제에 관한 좌담회를 벌이고 있는 모양이었다. 요즈음 귀에 못이 박히도록 떠들어 대는 게 실업이니 해고니 하는 소리였는데 그 소릴 들을 적마다 심장이 갑자기 무서운 속도로 뛰면서 핏줄이 터질 듯 팽팽하게 부풀어 오는 느낌을 받곤 했다. 하루에도 수만 명씩 쏟아져 나오는 실직자들을 생각하기 위하여 고안되고 발설되었을 그 말들은 위로는커녕 내가 실직자임을 또렷이 각인시켜줄 뿐이었기 때문이었다. 더구나 참을 수 없는 일은 그들이 아무렇지도 않게 말하고 있는 온갖 참담하고 비극적인 상황의 주인공으로 나를 착각하게 하고 만다는 사실이었다. 텔레비전에서 지하철역 노숙자들의 모습이 방영될 때는 나도 언젠가 마누라와 아이들에게서 쫓겨나 길거리를 방황하게 될 것 같은 불길한 예감에서 헤어날 수 없었고, 제 집에 불을 지르고 동반 자살을 기도한 실업자의 보도를 접할 때는 나도 모르게 십오 층 아파트에서 두 팔을 날개처럼 펼치고 뛰어내리는 꿈을 꾸었다. 무엇인가 거역할 수 없는 힘이 나로 하여금 내 집에 휘발유를 뿌려 놓고 성냥불을 확 그어대거나, 곤히 잠든 처자식의 목을 누르게 할 것만 같은 착각에 빠져 모골이 송연해지기도 했다.

아무튼 굴뚝에 올라가 제 마누라 이름 석 자도 모를 세상에다 대고 마누라를 찾아놓으라고 화풀이를 해대던 그 어리석은 인간은 한 시간여 만에 굴뚝에서 기어 내려와 경찰에 연행되었다. 그의 아내가 돌아왔다는 소리는 끝내 들리지 않았다.

"씨발-."

뜻도 없는 욕설을 한마디 톡 내뱉은 뒤 병호는 술병을 기울였다. 나는 유리창 문을 내리고 담배에 불을 붙였다. 깊숙이 빨아 당긴 담배연기가 온몸의 세포에 스며든 팽팽한 긴장감을 조금 누그러뜨려 주었다. 차 창밖에선 요란한 소리가 끊임없이 날아들었다. 피리 소리를 수천수만 배로 증폭시켜놓은 듯한 바람 소리였다. 나는 이미 먹구름으로 빈틈없이 메워져버린 하늘을 바라보았다. 하늘에서 수상한 기운이 느껴졌다. 포한이라고 할까 아니면 살기라고나 할까? 아무튼 예사롭지 않은 바람소리로 보아 하늘 어느 한 구석에 기이한 소리를 울려내는 거대한 금속 파이프라도 묻혀 있을 것만 같았다.

"한 모금 마셔 볼래?"

병호가 술병을 내게로 내밀며 말했다. 나는 고개를 가로저었다. 음주운전이라는 유쾌하지 못한 단어가 떠오르기도 했지만 여기에서 술을 마시다간 아예 일어나지도 못할 것 같은 느낌이 들어서였다. 사실 아까부터 입안이 텁텁한 것이 술 생각이 간절하던 터였다.

"내가 이십삼 년 전 회사에 들어갔을 때만 해도 세상이 다 내 것 같았어. 나보다 열 살이나 적은 우리 마누라가 나한테 관심을 갖게 된 것도 H그룹이라는 간판 때문이었지. 그때만 해도 초봉이 국내 최고였잖아?"

나는 병호의 말에 고개를 끄덕여 주었다. 나와 병호와 양진수가 입사한 때는 1974년 오일쇼크가 일어난 직후였다. 경기는 쇠퇴하고 실업자는 부지기수로 늘어났다. 서른 명 뽑는 입사 시험에 무려 사천 팔백 명이 몰렸다고 했다. 백 육십 대 일의 경쟁력을 뚫고 회사에 입사한 우리의 기쁨은 그만치 컸고 감개무량했다. 아직은 몸에 거북스레 느껴지는 신사복을 차려 입고 맨 처음 본사 사옥에 들어섰을 때의 기억이 떠올랐다. 번들거리는 대리석 복도가 지구 끝까지라도 뻗어나갈 듯한 기세로 펼쳐져 있었다. 천장이며 벽 혹은 대형 유리창에서 날아온 온갖 불빛을 되받아 내쏘던 그 복도가 얼마나 마음을 설레게 해 주던지…. 그것은 이제부터 우리의 인생이 축제와 축복 속에 한없이 펼쳐져 나가리라는 것을 증명해 주고 있는 것 같았다.

그룹의 대표 이사는 소공동 15층 사옥의 꼭대기, 소리를 왕왕 울려내는 거대한 강당에서 우리에게 속삭이듯 말했었다. 이제 우리는 한 가족이 되었습니다. 우리 H그룹은 여러분을 배반하지 않습니다. 여러분이 최선의 노력만 해 준다면 회사는 여러분의 화려한 장래를 보장해 줄 겁니다.

"…우리한테 월차 휴가가 있었어, 연차 휴가가 있었어? 그렇다고 퇴근시간이 따로 정해지길 했어. 집이야 그저 하숙방이었지. 자넨 우리 회사 사훈이 기억나? 더 좋게 더 빨리 더 새롭게. 씨팔, 정말 뭣도 모르고 죽어라 하고 일만 했지. 우리가 봉급 적다고 스트라이크를 한번 해봤어? 진급 안 시켜 준다고 생떼를 부리길 했어. 그저 이게 내 천직이거니 하고 살았어. 그렇게 해서 오늘의 H그룹이 생긴 거야. 국내에서도 별 볼 일 없던 회사가 이젠 세계적인 재벌이 되었잖아? 회장 사장이 경영을 잘 해서? 천만에…. 인력 착취하고 세금 포탈하고 회사 돈 빼내서 엉뚱한 놈들한테 갖다 바치는 게 그놈들 한 일야. 우리가 피땀으로 이룬 거야. 그런데 이게 뭐야. 세상에 이런 법이 어딨어. 회사를 이만큼 키워온 우리가 하루아침에 백수가 되어야 하다니…. 도대체 지난 이십 수년간의 내 인생은 어딜 갔느냐구? …요즈음엔 술 먹지 않으면 아무것도 할 수가 없어. 구역질이 나고 위가 쓰려도 이걸 먹지 않으면 도대체 숨도 쉴 수가 없단 말야."

 술병에서 술이 쏟아지도록 팔을 휘저으며 기염을 토하던 병호가 말을 끝낼 즈음, 막혔던 길이 뚫렸던지 차들이 스르르 움직이기 시작했다.


 자동차가 의령을 지나 함안으로 들어섰다. 그러나 막힘없이 달려 나갈 듯하던 자동차의 행렬은 오래지 않아 멈추어 서고 말았다. 빳빳하게 날을 곤두세운 빗발은 수천만 개의 화살촉처럼 지상에 내리꽂히고 턱 끝까지 다가선 물안개가 시야를 가로막았다. 물비린내가 물씬 풍겨왔다. 미국 텍사스 지역에 폭설을, 동남아 지역엔 미증유의 가뭄과 산불을 퍼질러 놓은 엘니뇨는 해맑은 태양 아래 봄꽃들이 그 선연한 자태를 뽐내고 있어야 할, 사 월의 한반도에 이르러 비와 안개 그리고 강풍으로 돌변해 버렸다. 자연의 섭리도 인간사를 닮아 가는 것일까? 어젯밤 뉴스에선 수억 년을 버텨온 남극의 빙하에 조금씩 틈이 벌어져 머지않아 동강날 가능성이 있다는 소식을 전해 왔다. 아마도 우리 집 아파트에 물이 차오를 그 날도 그다지 멀지 않았을 터였다.

나는 자동차 라이트를 켰다. 그것은 세상을 향한 경계심의 표시였다. 자동차든 무엇이든 느닷없이 안개를 뚫고 나와, 돌진해 올 것 같은 느낌을 아무래도 지울 수가 없었다. 매사가 뒤죽박죽인 요즈음 세상에 무슨 일이 일어날지 아무도 짐작할 수 없는 일이었다.

'실직자를 생각하는 특별 생방송.' 라디오 방송국에선 성금도 모으고, 전문가들의 의견도 듣고, 실직자들의 애환을 직접 청취하고 하는 이 프로그램을 하루 종일 계속할 모양이었다. 나는 라디오를 꺼버릴까 하다가 그만두었다. 실업이니 뭐니 하는 소리를 들을 적마다 온몸에 벌레가 기어오르는 듯한 기분을 느꼈지만, 스피커에서 울컥 쏟아져 나온 사내의 어눌한 목소리가 울울한 내 마음에 커다란 점 하나를 딱 찍어놓고 말았기 때문이었.
—저도 죽으려고 몇 번 마음을 먹었습니다. 사는 게 의미가 없는 것 같아요. 이렇게 사니까… 때로는 어디 가서 약을 먹고 죽을까… 목 매달아 죽을까, 그런 생각을 수도 없이 하고…. 내, 저놈 두 새끼 때문에… 그게 마음에 걸려 가지고…. 진짜 나야 죽든 말든 애들만 마음 조금 편안하게 지냈으면 좋겠어요.

이번엔 힘찬 젊은 사내의 목소리가 뒤를 이었다. 취재 기자의 목소리였다. 젊은 혈기 탓이었는지 그의 목소리에서는 과장된 분노감이 느껴졌다.
—…실직에다 아내까지 가출해 절망에 빠진 박 씨가 그나마 버틸 수 있었던 것은 여덟 살짜리 아들 창호와 다섯 살배기 딸 희야 때문이었는데요,

그는 지갑 속에 있던 아이들의 사진을 보여주며 모처럼 웃음을 지어 보이기도 했습니다. 그러나 박 씨는 더 이상 아이들을 돌볼 수가 없어 보육원에 맡기기로 결심을 했다고 합니다. 그럼 박 씨의 말을 직접 들어 보시죠.

그리고 사흘은 내리 굶은 듯 푹 꺼진 사내의 목소리가, 담배 연기와 술 냄새 그리고 습기로 가득 찬 자동차 안에 뱀처럼 기어들었다.

−수십 번도 더 생각했어요. 어떻게 할까? 어떻게 할까? 24시간 맡기는 놀이방이라는 게 요즘 있더라구요. 그런 데다 맡겨 볼려고 하니 경제적 여건이 벅차고…. 제가 밖으로 돌아다니며 벌어 봤자 얼마 벌겠습니까? 애가 둘씩이나 되니까…. 둘을 놀이방에 맡기려니까…. 생각을 무지하게 했습니다. 그래서 제가 산소까지 가서 부모님 앞에서 제가 이렇게 됐으니까 손자 손녀 좀 잘 돌봐 달라고 빌었습니다.

−엄마가 집을 나가고 막일이라도 해야 하는 아빠마저 집을 비우면, 세 살 아래인 동생 희야를 돌보는 것은 이제 겨우 초등학교 일 학년인 창호의 몫인데요, 엄마 치마폭에서 어리광을 부릴 나이인 창호는 엄마가 하던 대로 세수도 해 주고 수건으로 얼굴을 닦아주는 등 옆에서 동생을 떼어놓질 않았습니다. 또 창호는 어린 마음에 동생을 잃어버릴까 봐 학교에 갈 때는 방문에 자물쇠를 꼭 채운다고 합니다. 박 씨가 아이들을 보육원에 보내기로 한 것은 어쩔 수 없는 선택이었습니다. 아이들끼리 두는 것보다 보육원에 있는 것이 나을 거라는 생각 때문입니다. 그런데 올해 서른네 살인 박 씨는 아이들이 자기 앞에서는 보육원에 가는 것을 싫은 내색조차 않는 것이 더욱 마음 아프다고 합니다. 과연 아이들의 심경은 어떤 것일지 아이들을 만나봤습니다.

−엄마는 지금 어디 있어요?

―회사.

―엄마 많이 보고 싶어요?

―예.

―보육원에 가고 싶어요? 가기 싫어요?

―가기 싫어요.

―왜요?

그리고 침묵이 이어졌다. 라디오에서는 지지직 하는 미세한 금속성 음향만 조금씩 공중에 띄워 올리고 있을 뿐이었다.

"병신 같은 자식, 왜라니? 지 새끼 보육원에 보내보라고 그러지. 왜 그러는가…."

병호가 게슴츠레한 눈빛에 자꾸만 알코올 기운을 끼얹으며 뇌까렸다. 그는 벌써 몸을 주체할 수 없을 정도로 취해 있었다.

"야, 술 좀 그만 먹어!"

"시끄러, 이 새끼야."

돌연 나를 바라보는 병호의 눈엔 예리한 그러나 턱없이 힘없는 불꽃이 떠 있었다. 그의 돌발적인 반응은 단순히 술김 때문만은 아닌 듯했다. 갈등과 번민이 난마처럼 얽혀 있을 게 너무나도 뻔했다. 나만 해도 그랬다. 직장을 잃은 후 수면제를 먹지 않으면 잠을 이루지 못하는 내가 아침 여섯 시면 어김없이 일어났다. 어쩌다 늦게 일어나는 날이면 내 마음은 더할 수 없이 비참했다. 모두들 먹고 살기 위하여 바삐 움직이고 있는데 하릴없이 늦잠이나 자고 있는 내 모습이 싫었다. 산다는 게 살얼음판을 딛고 있는 기분이었고, 하루하루가 벼랑 끝 위기의 연속이었다.

요즘 병호와 십 년 연하의 마누라와의 관계가 심상치 않다는 소리가 들리고 있었다. 국내 굴지의 대기업에 다닌다는 사실에 반했던 그의 아내는 더 이상 H그룹 사원이 아닌 그에게 아무런 애착도 느끼지 못하고 있을지도 몰랐다.

자동차 지붕에 와 부딪치는 빗방울 소리가 요란했다. 앞 유리창엔 빗줄기가 아예 시냇물을 이루며 흘러내렸다. 나는 윈도우브러시의 속도를 높였다. 빗속에 갇힌 채 조금도 움직일 줄을 모르는 자동차들의 일그러진 모습이 시시각각으로 형체며 빛깔을 조금씩 달리하며 눈길에 밟혔다.

그날따라 모든 것이 음침하게만 느껴졌었다. 건물 밖의 어둠이 열여덟 개에 이르는 형광등을 하나도 빼놓지 않고 환히 켜둔 사무실까지 밀려올 턱이 없었지만, 사무실 구석구석에 어쩐지 어둠의 그림자가 도사리고 있는 것만 같았다. 그날도 여전히 백 명이니 이백 명이니 하는 명예퇴직 대상 숫자가 사무실을 유령처럼 떠돌았다. 직원들의 얼굴은 하나같이 굳어 있었다. 나이깨나 먹었다 싶은 직원들은 아예 사색이었다. 그들은 초점을 잃은 눈동자로 사무실을 휘휘 둘러보거나, 하는 일 없이 앉았다 일어서기를 반복하거나, 이따금 책상이나 의자를 툭툭 걷어차기도 하였다. 젊은 친구들은 서슬 퍼런 명예퇴직의 칼날이 자신들에게까지는 미치지 않으리라는 기대감 속에서도 행여나 하는 불안을 떨쳐내지 못했다. 그들은 공연히 서류를 뒤적이거나 컴퓨터 자판을 두들겨 보며 선배들의 뒤틀린 심사를 자극하지 않으려고 애를 쓰는 이중고에 시달리고 있었다.

그렇게 네 시가 지나고 다섯 시가 지났다. 그리고 여섯 시가 지나자 사무실은 조금씩 활기를 띄어갔다. 이제 퇴근 시간을 넘겼으니 적어도 오늘만은 무사하리라는 기대감에서였다.

"야, 그렇게 도둑고양이처럼 눈깔만 굴리지 말고 저기 포장마차 가서 쏘주나 한 잔 빨자. 씨발 거. 이깐 놈의 회사 그만 둔다고 산 입에 거미줄 치겠냐?"

평소에도 말투가 곱지 않은 병호였지만 이즈음에 들어선 더했다. 어쩌면 턱없이 허약한 뱃가죽 속에다 공기를 잔뜩 불어넣은 복어새끼처럼 자꾸만 움츠러드는 자신의 마음을 걸쭉한 욕설과 객소리에 감추려는 심사였다. 아무튼 담배를 비스듬히 꼬나문 병호의 얼굴은 한결 밝아져 있었다. 이제 한 고비를 넘겼다는 안도감이 노골적으로 정체를 드러냈다. 나는 비칠비칠 자리에서 일어나 허리 뒤로 삐져나온 와이셔츠를 추스르고 넥타이를 고쳐 매었다. 회사를 그만둔다면 넥타이 맬 일도 없겠지 하는 생각이 무슨 예감처럼 떠올랐다. 생각만으로도 목덜미가 뻣뻣해지는 느낌이었다. 목덜미를 감아 조이는 그 감촉이 썩 유쾌한 것도 아니려니와, 속은 텅 빈 것이 겉만 매끄럽게 치장하는 것 같아 기분이 여간 거북살스러운 것이 아니었다. 우리는 자주 넥타이를 개 목걸이에 비유해 말하곤 했는데 터무니없는 이야기만은 아니었다. 한여름 땀이 비 오듯 쏟아지는 날, 긴팔 와이셔츠에 넥타이를 매고 거기에다 양복 상의까지 걸쳐 입은 채 거리를 나가면 온갖 사람들이 다 나를 쳐다보는 듯했다.

저녁 6시 50분. 책상 위에 널려있던 볼펜이며 스테이플러 그리고 서류 나부랭이들을 서랍 속에 쓸어 넣고 막 일어서려는 찰나였다. 사무실 안쪽 구석에서 씨익씨익 하는 소리가 들려왔다. 미세한 금속 날의 끝을 종잇장이 스쳐 가는 소리−. 나는 긴장했다. 그건 팩스가 돌아가는 소리였다. 나는 뻣뻣해진 목덜미를 돌려 팩스가 놓여 있는 쪽을 향했다. 발 빠른 젊은 녀석들 대여섯이 벌써 팩스를 둘러싼 뒤였다. 그들 틈바구니에서 벌써 회백색으로 변해버린 병호의 성긴 머리카락도 보였다. 신음인지 탄성인지 모를 소리들이 여기저기서 솟아났다. 병호가 비칠비칠 내가 있는 쪽으로 다가왔다.

"야, 나가자. 씨발 거."

그렇게 말하는 병호의 표정은 딱딱하게 굳어 있었다. 얼굴빛이 조금은 붉은 기운을 띠고 있는 듯 했고 입술을 힘주어 깨물고 있었음에도 불구하고 입가에서 바르르 격렬한 경련이 일어났다. 그의 눈은 물을 가득 담은 얄따란 비닐봉지를 연상케 했다. 조금만 건드려도 눈물샘이 툭 터져 줄줄 쏟아질 듯한 기세였다.

그의 표정이며 행동거지로 보아, 조금 전 팩스에서 쏟아져 나온 것은 이미 예상을 했던 대로 퇴직자 명단이었고 그 속에 그의 이름이 포함된 것이 확실했다. 나는 병호에게 무어라 위로의 말을 건네려 생각했다. 그러나 입술이 쉬 떼어지가 않았다. 그를 위로할 적절한 말이 생각나지 않아서였다. '참 안 됐다.' 이렇게 말하려 하니 너무 노골적인 것 같았고, 그냥 힘을 내라고 말하려 하니 뭔가 모르게 알맹이가 빠져버린 듯한 느낌이었다. 나이 오십이 턱 끝까지 찬 그에게, 이십삼 년이라는 결코 짧지 않은 세월을 명예퇴직이라는 불명예 속에 마감해야 하는 그에게 적절한 위로의 말을 찾아내는 일은 결단코 쉬운 게 아니었다.

그때였다. 한 여직원이 눈물을 글썽이며 내게로 다가왔다. 우리 팀의 미스 안이었다. 석 달 전 그녀가 사무실에서 과로로 쓰러졌을 때 내가 등에 업고 병원으로 뛰어간 적이었다. 그런 일이 있고 난 후, 안진희는 내게 각별한 친밀감을 표해 오곤 했었다.

"어떡해요, 과장님."

그녀가 덥석 나의 손을 잡아왔다. 눈에선 유리구슬 같은 눈물방울이 굴러 떨어져 내리고 있었다. 그녀의 뜻밖의 행동에 나는 당황치 않을 수가 없었다. 그리고 의아한 생각이 들었다. 남녀 직원들의 시선이 일시에 내게로 쏟아졌기 때문이었다.

"왜 그래, 미스 안."

내 말이 채 끝나기도 전에, 불에 데기라도 한 듯 온몸이 움찔했다. 400여 킬로미터 떨어진 서울 본사로부터 허겁지겁 달려온 명단 속에는 내 이름도 포함되어 있었음이 자명했다. 그동안 나는 어이없게도 나만은 해고되지 않을 거라는 터무니없는 확신에 빠져 있었다. 무엇으로도 해명될 수 없는 그 어리석음에 나는 놀라지 않을 수가 없었다. 나는 무엇을 하리라는 생각도 없이 자리에서 일어났다. 어찔한 현기증에 하마터면 그대로 무너지듯 내려앉을 뻔하였다. 무엇을 생각할 겨를도 없었다. 그 어떤 감정도 내 흉중에선 솟아나지 않았다. 강력한 환각제 주사라도 맞은 듯 허청거리는 뇌리 속으로 아내와 아이들의 실루엣이 흐릿하게 지나갔다. 아내는 지금쯤 미역국을 끓이고 있을 것이었다. 어쩌면 내가 좋아하는 소갈비를 갖은 양념간장에 재어놓고 있을지도 모르겠고, 물에 부풀린 당면을 지지고 볶아 열심히 잡채요리를 만들고 있을지도 모를 일이었다. 큰딸 지영이는 자그마한 케이크에 마흔 아홉 개 초를 꽂아 놓고, 그 안에 무엇이 들어있을지 모를 선물보따릴 제 방에다 꼭꼭 숨겨 놓고 있으리라. 아들 낳을 욕심으로 공을 들이느라 뒤늦게 얻은 초등학생 막내 아들놈은 폭죽을 손에 쥐고 그것을 터트릴 시간만을 손꼽아 기다리고 있을 터였다. 오늘이 바로 내 생일이었다. 왜 하필이면 생일날 해고 통보를 받아야 하는지, 비극적 운명이란 이렇듯

한밤중 도둑처럼 찾아드는 것인지, 어쩌면 이 기묘한 우연의 일치가 앞으로의 내 인생에 어떤 참담한 종말을 예시하는 것은 아닌지, 내 머릿속은 뒤죽박죽 뒤엉켜 가고 있었다.

여기가 어디쯤 될까? 조금씩 바퀴를 굴려가던 자동차들이 또 멈추어 섰다. 나는 눈살에 힘을 주어 밖을 내다보았다. 그러나 지면에 무섭게 내리꽂히는 빗줄기와 숨을 턱턱 막아오는 물안개뿐, 내가 서 있는 위치를 알아낼 단서는 보이지 않았다. 삐뿌 삐뿌-. 느닷없이 뒤쪽에서 경보음이 날아왔다. 잠시 후 빨간색 불을 번갈아 번쩍이며 견인차 한 대가 갓길을 따라 빠른 속도로 지나갔다. 시야에 잡히자마자 사라져 버리는 자동차의 꽁무니엔 물보라가 거대한 수레바퀴처럼 엉켜있었다. 길 앞쪽에서 사고가 난 것 같았다.

-보육원으로 떠나기 전날, 박 씨는 내일이면 보육원으로 보내야 할 창호와 희야를 데리고 평소 아이들이 먹고 싶어 하던 햄버거를 사 주었습니다. 그 순간만큼은 창호도 제 또래 아이들과 조금도 다를 바 없고 희야도 그저 즐겁기만 한 표정이었습니다. 이튿날, 창호와 희야를 보육원으로 데려다주기 위해 박 씨는 아침 일찍부터 서둘렀습니다. 아직 상황이 어떤 것인지 모르는 아이들은 소풍 가듯 들뜬 표정이었습니다. 박 씨는 보육원으로 가는 차 안에서 이것저것 당부를 했습니다….

견인차의 요란한 행진이 사그라지자 차안엔 묵직한 정적이 고여들었다. 라디오를 꺼버린 지 제법 시간이 지났음에도 나의 기억 세포 속에 속속들이 새겨져 있던 아까 그 소리들이 녹음테이프에서처럼 생생하게 재생되었다. 불그스름하던 병호의 얼굴에 문득 창백한 기운이 떠올랐다.

―이제 아빠하고 통화 안 돼. 엄마하고도….

―놀이방 가는 거야?

―…응.

―놀이방에 전화 있는데….

―거기는 달라.

―보육원이 가까워 오자 창호도 희야도 말이 없어졌고, 박 씨는 내내 창밖을 보며 눈물을 훔쳐내었습니다. 보육원에 도착해서 박 씨가 수속을 하는 사이 창호와 희야는 처음 와 보는 환경이 신기한 듯 장난을 치는 데만 열중이었습니다.

―평소 화나면 술 먹고 그러는 거 아니죠? 애들 생각난다고 술 먹고서 밤새도록 이리로 전화하고 그러면 곤란하다고….

―…그런 일 없을 거예요.

―수속도 마치고 이제는 정말로 아이들과 헤어질 시간입니다.

―아빠가 얘기했던 것 알지? 희야 잘 데리고 놀아. 싸우지 말고….

―응.

―아빠 갈 거야.

―어?

―간다, 아빠.

―어?

―아빠한테 인사도 안 해? …빠빠이.

―투정 한 번 보이지 않고 아빠를 보냈던 창호와 희야는 아빠가 보이지 않을 때까지 손을 흔들었습니다. 박 씨는 일부러 뒤도 돌아보지 않고 보육원을 나섰습니다. 아빠 앞에서 눈물을 보이지 않던 창호도 아빠가 가고 나자

참았던 눈물을 보였습니다.

　―아빠가 여기 맡겨 놓고 갔는데, 아빠가 밉지 않아요?

　―아빠가 돈 많이 벌어서 온대요.

　―그 말을 믿어요?

　―예.

　―인제 그러면 동생도 잘 보살피고 도와줄 거예요?

　―예.

　―그동안 취재진의 물음에 겨우 단답형으로만 대답하던 창호는 발길을 돌리려는 저희에게 묻지도 않은 말을 남겼습니다.

　―…엄마 보고 싶어요.

　물의 장막이라고 해도 좋을 빗줄기에 잠겨 있던 나의 시선은 한동안 거두어지지 않았다. 엄마가 보고 싶어요. 그 말이 오래 뇌리를 맴돌았다. 병호는 곯아떨어진 듯 눈을 감고 가만히 있었다. 나는 그의 손아귀에서 소주병을 빼내어 입안에 들어부었다.


　각 사무실에 일차 해직자 통고가 있었던 날, 자연스럽게 송별회가 열렸다. 퇴직 통고를 받은 직원들은 당장 내일부터 퇴직 일자까지 휴가를 실시하라는 회사의 지침이 있었기 때문이었다. 설사 그렇지 않다 해도, 자신의 해직이 결정된 마당에 출근을 할 직원이 있을 리가 없었다. 쫓겨난 사람과 남은 사람, 목이 잘린 사람과 잘라낸 사람이 한데 어울릴 수밖에 없는 거북살스런 그 자리는 뜻밖에도 최 부장의 적극적인 주선으로 이루어졌다.

　"어이, 그러지들 말고 모두 나가. 어차피 술은 한 잔 해야 되는 거구, 쇠뿔도 단김에 빼랬다고 오늘 쌈박하게 기분 한번 내고 헤어지는 거야.

알았어? 야, 관리팀장. 오늘 회식에 빠지는 놈들 명단 파악했다가 내일 보고해. 알았지?"

최 부장의 돌연한 출현에 직원들은 허를 찔린 표정을 지었다. 모두들 최 부장의 두둑한 배짱에 놀라지 않을 수가 없었다. 이번에 우리 부서에서 해직 대상에 오른 사람들의 명단이 그의 작품이라는 것을 모르는 사람은 아무도 없었다. 물론 회사의 조직원인 그로서도 어쩔 수 없는 측면이 있긴 했지만 이런 상황이 그에게도 곤혹스러울 수밖에 없었을 터였다. 그런 그가 몸을 도사리기는커녕 버젓이 얼굴을 쳐들고 나와, 자신의 손으로 목을 자른 사람들에게 선량한 위무의 손짓을 내보이고 있었다. 손을 씻는 빌라도처럼, 그는 오늘의 사태가 자신과는 아무런 관계가 없음을 그런 식으로 증명해 보이고자 했던 것 같았다.

술자리는 회사 근처 직원들이 자주 가는 돼지갈비 집에서 열렸다. 직원들은 입을 봉한 채 묵묵히 소주잔만 기울이고 있었다. 빈속에 부어댄 술이 그들을 말짱한 이성의 상태에만 붙들어 둘 리 만무했다. 여기저기서 목소리가 높아졌다. 이따금 술병이 넘어지거나 그릇이 쏟아지는 소리도 들려왔다

그 어느 때 쯤 건너편 한 구석에 물 한 모금 마시지 않고 앉아만 있던 미스 안이 나에게 다가왔다. 그녀는 내 손을 잡더니 이내 눈물을 떨궜다.

"과장님. 죄송해요. 아무래도 저 때문에… 이렇게 되신 것 같애요. 그때 제 공상 처리 때문에 부장님과 싸우시지만 않았어도 이런 일은 없었을 텐데요."

안진희가 사무실에서 쓰러진 건 석 달 전의 일이었다. 병명은 과로와 스트레스로 인한 위출혈이었다. 그 일로 인해 진희는 한 달 정도 집에서 요양을 하여야 했다. 그런데 거기에서 문제가 생겼다. 회사에서 진희의

공상 처리를 거부하고 나선 것이었다.

"위장병 난 것이 어떻게 회사일 하고 관계돼? 지 개인 문제지. 요새 젊은 것들 다이어트다 뭐다 겉멋만 들어 가지고 밥 제때에 안 챙겨먹고 밤늦게까지 쏘다니면서 술이나 마시고 사내자식이고 계집애고 할 것 없이 빠금빠금 담배나 피우고 하다가 걸린 것을 왜 회사가 책임져? 그리고 당신, 공상 처리라는 게 얼마나 까다로운 일인 줄이나 알아? 노동부에 신고해야 되고 감사도 받아야 하고…. 게다가 지금 회사가 벌이고 있는 무재해 천 일 운동은 어떻게 되는 거야? 회사 전 임직원이 눈에 불을 켜고 나서서 그 목표를 달성하기 위하여 기를 쓰고 있는데, 우리 부서에서 공상자가 생겨 봐. 도대체 내 꼴은 어떻게 되는 거야?"

그렇게 쏘아 붙이고 나서 최 부장은 내가 고심 끝에 챙겨간 관계 서류를 쓰레기통에 던져 버렸다. 나는 쓰레기통에서 서류를 꺼내어 최 부장의 책상에 도로 올려놓았다. 어쨌든 안진희는 내가 책임지고 있는 부서의 직원이었다. 그 일을 처리해 내지 못한다면 나는 직원들 앞에서 고개를 들고 다닐 수가 없었다. 누가 보아도 진희가 발병을 한 원인은 회사의 격무였다. 퇴근 시간이 오후 여섯 시고 주 근무 시간이 마흔 몇 시간이라는 회사의 규정은 이미 휴지 조각이었다. 여덟 시고 아홉 시고 직원들은 업무에 시달려야 했고 때로는 서류철을 집으로 가져가거나 휴일에도 출근을 하기 일쑤였다. 그렇다고 젊디젊은 안진희가 밤늦도록 거리를 쏘다니거나 맥주 한두 잔 마시지 않으리라는 법은 없겠지만, 그것을 이번 병의 원인과 결부시킬 수는 없는 일이었다. 나의 머리에서 발끝까지 갈고리 같은 시선으로 몇 차례 훑어대고 난 최 부장이 어이가 없다는 듯이 입을 열었다.

"이것 봐. 당신, 사람을 그렇게 못 봐? 안진희 그 애 지난번에도 말썽을 부렸잖아? 화장실에서 넘어져서 다리가 부러진 것 기억 안 나? 그것 때문에 공상 처리를 해야 하니 말아야 하니 하고 시끄러웠잖아. 지가 칠칠치 못해서 오줌 누러 가다가 넘어진 걸 왜 회사가 책임져? 회사는 물 퍼다가 장사하는 줄 알아?"

"저도 그땐 진희가 일부 실수를 한 것은 인정합니다. 하지만 그 애가 일에 쫓기다 보니 경황이 없어서 그랬던 것 아닙니까? 정말이지 화장실도 제때에 못 가고 일을 해야 하는 형편인 걸 부장님도 아시잖습니까?"

나의 그 말에 최 부장은 냅다 고함을 질러 대었다. 강파른 성정에 기어이 불이 붙은 것이었다. 그는 여하한 경우에도 변명이나 반론을 허용치 않는 특이한 기질의 소유자였다.

"도대체 당신은 누구 편야? 회사 편야 직원 편야? 그러고도 관리자라고 할 수 있어?"

나를 쳐다보는 그의 눈알에서 면도날이라도 튀어나와 내 살점을 한 조각 베어가 버릴 듯했다. 풍이라도 맞은 듯 입술이 씰룩거리고 손이 바들바들 떨리는 것이 정말이지 탁자 위에 놓인 재떨이라도 냉큼 집어던질 기세였다. 나는 물러서지 않았다. 그의 불같은 반응에서 나는 일종의 치욕감 같은 것을 느꼈고, 그것이 내게서 발작적인 오기를 불러일으킨 것인지도 몰랐다.

"그 애가 술 먹는 것 봤습니까? 담배를 피웁디까? 이유가 명백한 것을 뭘로 둘러댄단 말입니까? 지난번 사고 때도 안진희는 제 돈으로 병원비를 댔고 제 휴가를 반납하고 치료를 했습니다. 그것 때문에 직원들 불만이 얼마나 큰지 아십니까?"

"지들이 불만이 있으면 어떻게 하겠다는 거야? 그런 놈들 있으면 이리로 데려와. 모가지를 그냥 비틀어 버릴 테니까. 그리고 도대체 당신은 뭐하는 사람이야? 당신은 직원들을 그따위로 다뤄?"

그러기를 한 시간여. 나는 새로이 작성해 가져간 서류에 사인을 받는 데 성공을 했다. 서둘러 돌아서는 나를 그가 불러 세우더니 이마에 주름살을 잔뜩 잡아 올리며 말했다.

"내 똑바르게 말하지만, 당신 같은 사람 두 번 다시 보기 싫어!"

그의 말을 들으면서 그는 용기 있는 사람이라고 나는 생각을 했다. 용기라는 어휘가 그런 경우에 적절한 것인지는 몰라도, 사람을 면전에 두고 그렇게 말할 수 있는 사람을 달리 표현할 길이 없었다.

짧은 회상에서 깨어나, 나는 여전히 훌쩍거리고 있는 진희에게 손수건을 건네주었다. 그렇지 않아도 마음이 산란한 터에 이쯤에서 진희가 눈물을 그쳐주지 않는다면 내가 울어버릴 것 같은 느낌 때문이었다.

"야, 이 씨팔눔들아. 내가 뭘 잘못했단 말야."

째어지는 소리가 내 손에 들려있던 술잔을 흔들었다. 병호였다. 술에 엉망으로 취한 병호가 최 부장 옆에 앉아 있던 관리팀장을 붙들고 씨름을 하고 있었다.

"넌 뭐야. 흥, 넌 살아났다 이거지. 그래 잘 났다. 이 개새끼들아."

병호는 누구에게랄 것도 없이 그렇게 고래고래 악을 써 댔다. 그의 눈동자는 이미 초점을 잃고 풀어져 있었다. 머리칼은 마구 헝클어지고 와이셔츠며 바지는 술인지 물인지 모를 것으로 흥건히 젖어 있었다. 그의 목덜미는 최 부장의 수행비서격인 관리팀장의 손아귀에 의하여 꽉 움켜쥐어 진 채였다. 술 취한 병호는 아무래도 나이 젊은 관리팀장의 힘을 이겨내지 못했다. 관리팀장 권 과장이 한차례 팔에 힘을 가하자 병호는 맥없이 뒤로 넘어지고 말았다. 술상이 와르르 무너지며 술잔이며 반찬그릇이며 먹다만 돼지고기가 담겨있는 접시가 쏟아져 내렸다. 최 부장을 에워싸고 있던 몇몇 젊은 친구들이 참을 수 없다는 듯 자리에서 일어났다. 그들의 입가엔 병호를 향한 냉소가 묻어 있었다. 그들은 막무가내로 병호를 밖으로 잡아 끌어내려 하였다. 어딜 봐도 대선배인 병호에게 노골적인 욕설을 퍼붓는 직원도 있었다. 그때였다. 최 부장이 앉아있는 탁자에서 요란한 파열음을 내며 유리 조각이 사방으로 튀었다.

"놔 둬. 장병호 저 새끼 어쩌는가 보자. 다들 끽 소리 말고 제 자리로 가. 그리고 너, 장병호. 이리 와 앉아!"

최 부장이 목이 부러져 날카로운 이빨을 드러내고 있는 맥주병 주둥이를 휘저으며 말했다. 혼란은 순식간에 수습되었다. 관리팀장 권철호는 최 부장 옆자리로 돌아가 앉았고, 앞서거니 뒤서거니 자리를 일어났던 젊은 친구들도 모두 제자리를 찾아갔다.

"야, 장병호. 할 말 있으면 해 봐. 내 오늘 마지막 가는 놈 소원 한번 들어보자."

최 부장이 새 맥주병을 들어 또 한 번 탁자에 부딪쳐 모가지를 부러뜨리며 말했다. 병호의 얼굴 곳곳에선 자그맣게 핏방울이 배어나왔다. 유리 파편이 튀며 그의 얼굴에 상처를 낸 것이었다.

"말해 봐, 이 새끼야. 나이 값도 못하는 새끼들 지금까지 끌어안고 살아온 게 누군데, 고마운 줄은 모르고 어따 대고 쌍소리야. 니가 뭘 잘못했냐고? 그럼 내가 잘못했단 말이냐?"

이 엄청난 돌발적 상황에 모두들 말을 잃고 있었다. 일순간 세상이 광기에 젖어버린 듯했다. 나는 최 부장의 얼굴을 바라보았다. 어딜 보아도 잘생긴 얼굴이었다. 약간 검은 피부색도 시쳇말로 터프한 매력을 지니고 있었다. 그가 입은 푸른색 줄무늬 와이셔츠는 자줏빛 넥타이와 어울려 세련된 분위기를 연출해 냈다. 그런 그가 무서웠다. 그의 얼굴엔 살기가 등등했다. 외마디 비명을 지르며 쓰러진 사슴의 뒷다리를 물어뜯는 맹수의 얼굴에서도 그토록 무서운 살기는 발견하지 못할 것 같았다.

그런데 무어라고 한 마디 쯤 할 법한 병호는 고개를 푹 수그린 채 한마디 말도 꺼내지 못 했다. 술에 취했던 것이었을까? 할 말이 없었던 탓이었을까? 아니었다. 우리는 모두 그렇게 길들여져 있었다. 그렇게 길들여진 채 이십삼 년을 흘려보낸 것이었다. 우리에게 자아라는 것은, 인간적 자존심이라는 것은, 하물며 힘 있는 상사에게 거품을 물고 대든다는 것은 상상조차 할 수 없는 일이었다.

앞에 놓여 있던 두 잔의 술을 단숨에 삼켜버리고 나서, 나는 말없이 자리에서 일어났다. 그리고 병호를 일으켜 세웠다. 뜻밖에도 병호는 나를 순순히 따라 나섰다. 직원들에게서 다소간의 술렁임이 있었지만, '갈 놈들은 가라고 그래' 하는 최 부장의 단 한마디에 잠잠해져 버렸다.

병호를 택시에 실어 보내고, 나도 집으로 향했다. 이제 끝이었다. 술병을 깨는 최 부장의 모습을 마지막으로 우리는 모든 것으로부터 벗어났다. 무거운 머리를 흔들어 쏟아져 오는 아침잠을 쫓아내어야 할 필요도 없었고, 늘 목덜미를 뻣뻣하게 조여 오는 넥타이를 맬 필요도 없었다. 이제부터 어딜 가든 무엇을 하든 자유였다. 나는 침침한 실내등이 어둠을 더욱 실감케 하고 있는 택시 뒷좌석에 앉아 너털웃음을 지어 내었다. 홀가분했다. 홀가분한 가운데에서도 가슴 한 구석이 텅 비어왔고 눈시울이 뜨겁게 달아올랐다. 벌써부터 나는 깨닫고 있었다. 내가 얻은 것은 자유가 아니었다. 감옥이었다.

　집으로 돌아왔다. 식탁 위엔 불을 붙이지 않은 마흔 아홉 개의 양초가 꽂혀있는 생일 케이크가 덩그러니 놓여 있었다.
　"무슨 일로 못 먹는 술을 이렇게 먹었어요. 전화도 한 통 없이…. 그러잖아도 애들이 기다리다가 이제 막 잠들었어요."
　아내의 말에는 가벼운 짜증이 묻어 있었다. 안도감에서였을까 아니면 새로운 어감으로 다가온 집이라는 단어에서 느껴진 어떤 종류의 절망감 때문이었을까? 지금까지 허청거리는 육신을 잘도 버텨오던 나는 그만 아내에게로 무너지듯 쓰러지고 말았다.
　"미안해, 여보."
　그건 고백이었다. 난생처음 울먹이며 아내에게 해보는 고백이 하필이면 나의 무능함을 인정하는 말이었다. 처음에 아내는 나의 말을 이해하지 못하는 듯 했다. 그러나 한참 후, 뜨겁게 달구어 진 목젖으로 꺼억꺼억 울음을 토해 내고 있는 나를 아내는 말없이 쓰다듬어 주었다.
　"…괜찮아요."
　긴 한숨을 토해 내고 나서 아내는 입을 봉해 버렸다.

　바람은 미칠 듯이 날뛰며 허공을 찢어내었다. 하늘과 땅의 경계는 일찍이 허물어지고 없었다. 안개와 물보라 그리고 칠흑 같은 어둠 속에 하늘과 땅은 하나로 뒤섞여 또 한 차례 개벽을 시도하는 듯 몸부림을 치고 있었다.
　"야, 엘니뇨라는 게 뭔지 알아?"
　술이 깨었던지 입맛을 다시고 난 병호는 뜻밖의 질문을 내게 던졌다. 전방을 주시하는 데 열중이던 나는 그의 말에 적당한 답을 찾지 못하고 있었다. 병호는 자신의 질문에 답을 덧붙였다.

"그게 다 말세가 가까이 다가왔다는 소리야."

나는 라이트를 하이빔으로 올려 보았다. 그러자 마치 확대경을 들이댄 듯 더욱 굵어진 빗줄기가 하얗게 시야를 막아섰다. 나는 라이트를 내리며 대꾸를 해 주었다.

"하긴 그래. 아이엠에프나 엘니뇨나 그게 그 소리 아니겠어?"

"종욱아, 너… 과부촌이라는 데 알아?"

"왜. 그런 데 가서 술 한 잔 마시자고?"

"남편이 실직한 가정주부들이 모이는 곳이래. 술도 팔고 몸도 팔고…."

그는 여기에서 말을 멈췄다. 나 역시 입을 봉한 채로 아무런 말도 하지 않았다.

"실은 말야…."

병호는 문득 말을 멈췄다. 무슨 까닭에선지 그는 입술을 딸싹거리고만 있을 뿐 입안에 고인 말을 시원스레 쏟아내질 못했다.

"할 말이 있으면 털어 놔, 속 시원하게."

"실은… 마누라가 집을… 나갔어."

녀석의 어조가 심상칠 않았다. 나는 고개를 돌려 그의 얼굴을 쳐다보았다. 어느 틈에 차창 밖의 빗물을 뒤집어썼던 것일까? 어둠에 잠긴 그의 얼굴에서 앞차에서 날아온 붉은 불빛이 반들거리고 있었다.

"야, 우는 거야?"

정말로 울먹이는 소리가 병호 쪽에서 날아왔다.

"그동안 젊은 마누라 데리고 산다고 좋아했는데… 그게 아니었어. 이제 와서 보니 후회가 돼."

"짜기는…. 다 늙은 자식이 청승맞게…."

문득 아내의 얼굴이 떠올랐다. 나는 또 엉뚱하게도 아까 라디오에서 들은, 가출 여성들의 말과 아내의 이미지를 자꾸 연결을 짓고 있었다.

―…당연하죠. 남자들이 돈 십만 원 이상 쓰고 만나는데 그것 때문에 만나는 거지 점심 한 끼 먹고 노래방 가려고 만납니까?

회사 부도를 내고 남편이 자취를 감췄다는 한 여자의 말에 이어 또 다른 여자들의 인터뷰가 쏟아졌다. 정리해고, 파산, 보증 등으로 하룻밤에 빚더미에 올라선 주부들의 이야기였다.

―그냥 술 먹으러 가는 게 아니고요, 왜 있잖아요? …제가 세 번 경험이 있거든요. 세 번 갔었는데, 그런 분들 다 그러셨어요. 요새 남자 분들은 미스보다 주부들을 더 선호하는가 봐요. 우선 믿을 수가 있잖아요. 깨끗하고….

―애 대학도 가야 되고 고등학교도 둘이나 다니고 그러니까 안 되겠더라고요. 아빠가 전에는 벌어 가지고 좀 보탬이 됐는데, 아빠가 저렇게 되고 나니까 도저히 안 되겠더라고요. 그래서 이혼하고 나섰죠.

그런 말들이 뒤죽박죽으로 떠올라 나를 어지럽게 만들었다.

"며칠 친정집에라도 간 거겠지."

나는 일부러 큰 목소리를 지어 아무렇지도 않은 투로 말했다.

"아냐. 알아봤어."

"야, 인마. 너 지금 니 집사람을 의심하는 거야? 니가 뭐가 잘났다고 누굴 의심해."

내 목소리는 까닭 없이 증폭되어 있었다. 정작 병호 아내의 행방에 관한 의문을 떨쳐버리지 못하고 있는 것은 나 자신일지도 몰랐다. 가망 없는 실업자와 한 평생을 지내기엔 그녀는 너무 발랄했고 너무 젊었다. 아내는 하루의 대부분을 나와 함께 지내고 있었고, 그런 짓을 하기엔 너무나 순진했다. 그럼에도 불구하고 나는 이 까닭 없는 불안을 떨쳐낼 수가 없었다. 병호의 아내가 가출을 했다면 내 아내도 그러지 말라는 법이 없었다. 아내는 이따금 병호의 아내와 연락을 하고 사는 사이였다.

몇 차례 더 술병을 기울이고 난 뒤, 병호가 힘없이 말했다.

"하긴… 아까 상가를 나오면서 내 마누라야 어찌되었건 그래도 진수보다는 났다는 생각이 들었어. 그 자식 명예퇴직 당하는 걸 막아보려고 안면 있는 인사부 직원 불러내서 진탕 퍼마시다가 죽었잖아. 술이라곤 한 모금도 입에 댄 적이 없는 놈이 어쩌다 그런 생각을 다 했는지…."

나는 병호에게서 술병을 뺏어내어 한 모금 꿀꺽 삼키고 말았다. 그리고 입안을 감도는 알싸한 기운에 몸을 흔들며 진저리를 쳤다. 한달음에 온몸으로 퍼져버린 술기운 때문에 눈시울이 뜨겁게 달아올랐다. 흐릿해진 시야로 병원 시체실에서 본 양진수의 모습이 느닷없이 떠올랐다. 알코올로 등을 닦아내기 위하여 몸을 잡아당기자, 진수는 양팔을 가지런히 옆구리에 붙인 채 모로 발딱 세워지고 있었다. 생명체와 무생명체의 차이를 그가 몸소 증명해 보이는 듯했다. 생전에 그의 세상살이도 그러했다. 밀치면 넘어지고 당기면 끌려오면서, 처량할 정도로 나약하고 성실하게 살아온 그였다. 그러다 느닷없이 뇌리에 한 가닥 의문이 맺혀 들었다. 지난 이십 삼 년 동안 우리는 진정으로 살아있었던 것일까? 그걸 정말 살아 있었노라고 말할 수 있는 것일까?

끊임없이 하늘이 울었다. 무엇하나 거스를 것 없는 하늘에서 무슨 소리가 그리도 나는지 신기하기까지 했다. 바람은 서로와 서로의 몸을 부딪치고 비틀고 흩어지며 날카로운 소리를 내었다. 거기에다가 지구를 가라앉힐 기세로 비가 쏟아져 내렸다. 창문을 모두 닫아두었음에도 차안은 비릿한 물비린내로 가득 차 있었다. 자동차 행렬이 조금씩 움직여 가고 있었다. 시야는 비와 안개 그리고 어둠으로 뒤엉켜 있어 그저 더듬이를 내저으며 한 발 한 발 기어가고 있는 형국이었다. 아예 나아가기를 포기하고 껌벅껌벅 비상 라이트를 켠 채 마냥 길가에 서 있는 자동차들의 모습도 보였다. 나는 윈도우브러시의 속도를 최고로 높였다. 마찬가지였다. 한껏 물줄기를 쓸고 간 윈도우브러시 위엔 또다시 빗물이 고여 들었다.

"저길 봐, 사고가 났어. 저기 또 사람 서넛은 죽었겠구먼."

병호가 빈 술병으로 창밖을 가리켰다.

거기 거대한 방음벽 아래 서너 대의 차들이 형편없이 찌그러진 채 널려져 있었다. 사람들의 모습은 보이지 않았고, 열려진 문짝이며 깨어진 유리창으로 비바람이 휩쓸려 들어갔다. 미등 하나 켜 있지 않은 그 자동차들의 처참한 모습은 버려진 흉가를 연상케 하였다. 광란하는 밤. 정말이지 산야가 종말을 향해 줄달음을 하는 듯 요동을 치고 있었다.

어느 겨울날의 풍경

아침 7시. 어둠이 조금씩 걷히며 짙은 암청색 빛깔이 허공 가득히 펼쳐져 있었다. 여전히 깊은 수렁을 연상케 하는 아침이었지만, 그 암울한 빛깔이 엷어지며 한결 가벼워진 느낌이었다. 수평선엔 오징어잡이 어선들의 불빛이 일렬횡대로 떠 있고, 바다를 향하여 뻗어내린 산맥의 나지막한 끝자락은 아직 잠에서 깨어나지 않은 채 하늘을 치받고 있었다. 하늘을 바라보던 나의 눈에 희고 작은 입자들이 폴폴 보이기 시작했다.

"황 형. 저거 눈 내리는 거 아냐? 나, 스노체인 없는데…."

나는 차창 너머로 손가락질을 하며 막 조수석에 앉아 안전벨트를 매고 있는 황민호에게 말했다.

"김 병장님. 부산에 눈 오는 거 봤어요? 저러다 마는 거지."

"예끼. 이 사람. 병장이 뭔가. 당신이나 나나 환갑 진갑 다 넘은 나이에…. 나이로만 따지자면 대장인들 못 되었겠나."

"흐음. 치사한 대장보다는 병장이 낫죠."

황민호는 월남 시절 나의 군 후배다. 인터넷 전우찾기 사이트에서 만나 가끔 연락을 주고받는 사이로, 아득한 옛날 내가 백마부대의 한 중대본부 병기계 사수였을 때, 그는 갓 전출을 온 신참이었다. 녀석의 수다분한 성질이 마음에 들어서 내 딴에는 무척 아꼈다. 그때의 병장이라는 호칭이 사십수 년이 훌쩍 지난 오늘에 와서도 착 귀에 감겼다. 오히려 감격스러운 기분까지 드는 것은 그 시절의 일들이 우리에게 의미가 깊었다는 증거인지도 몰랐다.

나는 자동차에 시동을 걸고 액셀러레이터를 지그시 밟았다. 거침없이 흘러가는 시간을 쫓아가듯 자동차도 앞으로 나아가기 시작했다.

"상가가 산청 어디라고 그랬지?"

"산청군 지리산 무슨 작은 마을예요. 내가 알고 있어요. 오래전이긴 하지만 한 번 가 본 적이 있어요."

"그런데 말이야, 정일교 그 친구, 병원에서 장례식을 치르지 않고 집에서 하는 거야? 명색이 월남 참전 용사에다가 국가 유공잔데 보훈병원에서 치르고 국립묘지 가는 거 아냐?"

차가 신호에 걸려 멈춰 서자 나는 고개를 돌려 황의 얼굴을 바라보며 말했다. 아무리 그 사이 흘러간 세월이 그렇다 해도 너무 늙었다는 생각이 들었다. 황민호의 별명은 찐빵이었다. 적당히 살이 붙은 데다가 하얗고 고운 피부 때문에 붙여진 이름이었다. 올해 환갑이 되는 그의 얼굴은 거칠고 깡말라 있었다. 전체적으로 탁한 갈색인데다가 군데군데 잘못 태워진 고구마처럼 흙빛으로 얼룩져 있었다.

"굳이 장례식은 집에서 치러 달라고 신신당부를 했다는군요. 정 상병 그 친구 평생을 집밖에서 살았다지 뭡니까? 부상을 당해 고국에 돌아와서 곧장 병원에서만 살았으니깐요. 그러니까 죽는 것만이라도 집에서 죽고 싶다는 거 아니겠어요?"

나는 대답을 하는 대신 담배를 피워 물었다. 자동차가 속도를 냈기 때문인지 눈발이 사나워지는 것 같았다. 그래, 그랬을 거야. 나는 고개를 주억거리며 중얼거렸다. 세월도 참 빠르구나. 그게 벌써 사십일 년 전의 일이니….

그때 우리는 베트남 중부 투이호아 근처에 있는 혼바산의 485 고지를 수색 중이었다. 우리는 빼곡한 밀림의 소로를 따라 걸었다. 한 사람 겨우 지날 수 있는 넓이의 산길은 원래 베트콩들이 무기나 식량을 실어 나르는 길이었다. 위험했지만 열대의 수목이며 잡풀이 우거진 정글을 헤치며 나아갈 수는 없었다. 정글보다야 나았지만 소로도 어렵긴 매한가지였다. 이곳의 식물들은 그 자체가 또 다른 무기였다. 나뭇가지 끝에 날카롭게 돋아난 가시들이 느닷없이 얼굴이며 손등을 할퀴는 바람에 군데군데 찢겨져 피가 났다. 바위며 자갈 틈에 숨어 있던 전갈들이 순식간에 꼬리를 치켜세우고 기어 나오기도 했고, 나뭇가지엔 보호색을 띤 독사가 시뻘건 혀를 내밀며 매달려 있기도 했다. 심지어는 파리가 날아와 앉았다 간 자리마다 작은 상처가 남아 따끔거렸다. 풀숲이 뿜어내는 열기는 숨통을 턱턱 조여 왔다. 작렬하는 태양과 온몸을 짓누르는 40킬로그램에 달하는 무기와 군장. 한마디로 지옥의 행군이었다. 고국으로 보내지는 편지마다 등장하는 남십자성이 어쩌고 하는 남국의 낭만과는 거리가 멀어도 한참 멀었다. 입안은 바싹 타들어갔고 전투복은 땀으로 흥건했다. 고통의 시간이 끝도 없이 이어지고 있었다.

그 어느 순간이었다. 대열의 앞쪽에서 펑! 하는 소리와 함께, 나뭇잎들이 커다랗게 흔들리고 공기가 거칠게 흔들렸다. 아아악! 그 파열음에 뒤이은 짤막한 정적 뒤에 지구상에 살아있는 것들이 내지를 수 있는 최악의 절규가 뒤따라 들려왔다. 우리는 몸을 낮췄다. 심장이 크게 요동을 치는 바람에 맥박이 빨라지고 동공은 커다랗게 확대되었다. 혼비백산한 듯, 허공이나 풀숲을 향해 무작정 M16 소총을 휘갈기는 병사들도 있었다. 그러나 숲은 조용했다. 펑 소리는 적의 공격에서 나온 것이 아니었다. 그것은 처음부터 예견되었던 부비트랩이 터진 소리였다. 베트콩들이 자신들만을 위해 애써 닦아놓은 은밀한 산길을 적들에게 고스란히 내놓을 리가 없었다. 도처에 부비트랩이 교묘히 숨겨져 있었다. 그것 중 하나를 누군가가 밟은 것이었다. 사주 경계! 중대장의 외침과 함께 중대는 즉각 사주 경계에 들어갔다. 병사들이 만들어 놓은 원 한가운데 한 병사가 피에 범벅이 된 채 쓰러져 있었다. 중대장과 의무병 통신병 그리고 몇 장교들이 후다닥 앞쪽으로 달려갔다. 침묵과 긴장이 한순간 대지를 사로잡은 가운데 오후 세 시의 태양만 무심히 타오르고 있었다. 의무병은 쓰러진 병사의 전투복 바지를 가위로 잘라내고 지혈을 했다. 통신병은 떨리는 목소리로 대대에 사태를 보고했다. 지뢰를 밟아 쓰러진 병사는 파월된 지 채 백일도 지나지 못한 정일교 상병이었다. 그의 사타구니께는 피범벅이 되어있었다. 누군가에게는 세상에 둘도 없이 소중한 존재였을 그의 몸뚱이는 선혈이 낭자한 고깃덩이 바로 그것이었다. 숲은 여전한 녹색이었다. 어느 곳은 연녹색이었고 어느 곳은 검정색을 띤 짙은 녹색이었다. 바람이 일적마다 무성한 이파리 사이로 샛노란 햇살이 툭툭 터져 쏟아지곤 했는데, 그 아름다운 풍광이 내게는 악마의 조화처럼 보였다. 생명이 없는 곳에 무슨 아름다움이 있으랴. 물! 무울! 연한 코발트빛 하늘을 향해 몸을 누인 정일교가 고통스레 소리쳤다. 간헐적으로 이어지는 정상병의 절규는 우리의 가슴을 후벼내었다. 우리는 찢어지는 공포와 고통 속에서 한 가닥 안도도 느낄 수 있었다. 소리를 지르는 한 그는 살아있기 때문이었다.

낙동강 다리를 건널 때 나는 창문을 조금 내렸다. 강물을 좀 더 가까이 느끼고 싶어서였다. 비릿한 물 냄새가 한순간에 몰려와 가슴을 가득 채웠다. 수문에 막힌 낙동강은 거대한 호수 같았다. 낙동강 강바람이 치마폭을 스치면 군인 간 오라버니…. 노래를 흥얼거리기 시작하던 황민호는 입을 꾹 다문다. 을숙도 한편에선 거대한 굴삭기가 몇 대 보이고 커다란 트럭들이 검은 연기를 뿜어내며 진창길을 오가고 있었다. 매섭게 불어대는 바람에 강물엔 거칠게 파문이 일고 그 위에 시커먼 준설선이 금방이라도 가라앉을 듯 위태롭게 떠 있다. 그 위를 눈발은 무녀의 긴 도포자락처럼 날고 있었다.

"이거, 우리가 날짜를 잘못 잡은 거 아냐? 저기 하늘 좀 봐. 이러다 제법 눈이 내리겠어. 잘못하다간 곤욕을 치르겠는데…."

"하이고, 김 병장님도. 날짜야 우리가 잡은 겁니까? 하필 이런 날을 골라잡아 죽은 정일교가 그런 거지."

"그게 어디 정 상병 탓이겠어? 살고 죽는 거야 하늘에 매인 일인 걸."

"정일교, 그 자식. 그때 일 생각하면… 오래 살았어요. 당장 죽을 것 같았는데, 사십 년을 더 살았잖아요. 물 달라는 소리가 얼마나 끔찍했던지, 지금도 오금이 저려요."

"그 사십 년이 어디 살만한 세월이었겠어? 지옥이었겠지."

"아무튼 라디오나 좀 틀어보세요. 일기예보 좀 듣게."

나는 라디오 스위치를 눌렀다. 덤프트럭에서 와그르르 쏟아지는 자갈처럼 한 무더기의 말들이 비좁은 차안을 가득 채웠다. 몹시 흥분한 목소리였다.

—이제 유화 정책은 필요 없어요. 천안함 때 그렇게 당해 놓고 왜, 강경대응을 못합니까? 지금이라도 늦지 않았어요. 에프 십오, 에프 십육. 우리의 우수한 공군력은 뒀다 어디 씁니까?

어느 겨울날의 풍경

-맞습니다. 지금까지 소위 햇볕 정책이라는 환상에 빠져 북한의 실체를 파악하지 못했지만 이제 알았다면 정책 변화가 있어야 합니다. 대통령은 담화에서 좌시하지 않겠다고 거듭하고 있지만 행동이 없다는 게 문제입니다. 개성공단 당장 철수해야죠. 금강산 관광 같은 거, 필요 없어요. 이거 결국 김정일의 인질이 되어 버렸잖습니까?

황민호가 문득 가래침을 차창 밖으로 뱉어내었다.

"에이그. 이놈의 담배 당장 끊어야 할 텐데…."

"담배가 문제겠냐? 그렇게 피워댄 세월이 문제지."

내가 그렇게 추임새를 넣었다.

나는 속도를 조금 낮췄다. 조금 더 어두워진 하늘을 배경으로 눈발의 하얀빛이 돌올하게 드러났다. 드세어진 바람에 곡선을 그리며 뱅그르르 돌아내리는 모습이 떼로 몰려드는 수많은 날벌레를 연상케 했다. 거칠어진 눈발 사이사이로 펼쳐지는 풍광이 이상했다. 길이 전 같지가 않았다. 널찍널찍 펼쳐진 논과 소나무 배롱나무 산수유 우거진 야트막한 동산과 그곳에 한번쯤 살아봤으면 하는 마음이 솟아나게 하던 허름한 집과 마을들 사이로 구불구불 이어졌던 아스팔트 도로는 사라지고, 자로 잰 듯 반듯한 콘크리트 도로가 새하얗게 표백된 채 뻗어 있었다.

"어 이거, 전엔 없던 길인데… 난데없이 터널도 생겼네. 아니, 이거 일방통행이야. 그럼 오는 길은 어디 있는 거야? 지금 우리가 어디 있는 거야?"

"김 병장님, 글쎄요. 마산은 지난 것 같고 함안 어딘가?"

라디오에선 여전히 좌담회가 이어지고 있었다. 다른 방송을 들으려

주파수를 맞춰보았으나 지지직 소리가 섞여 나오는 바람에 원래대로 돌아오고 말았다.

―교전 규칙이라는 것도 문젭니다. 적이 몇 발을 쏘면 우리도 몇 발 쏜다…. 기가 막힙니다. 지금 우리가 무슨 올림픽 게임하고 있는 겁니까? 적들이 우리 민간인들에게까지 포를 쏴대고 있는 마당에…. 이게 바로 전쟁 아닙니까? 상대방이 전쟁하자고 덤벼드는데 교전 규칙 따질 겨를이 어디 있어요?

나는 운전대 옆에 꽂힌 녹색 플라스틱 통에서 껌을 두 알 꺼내어 입안에 던져 넣었다. 이러다 진짜 전쟁이라도 터질지 모른다는 생각에 온몸이 조금 굳어지는 느낌이었다.

"그래, 전쟁…. 멋진 구석도 있어. 통쾌하잖아? 시원하게 때려 부수고, 불 지르고, 보이는 족족 쏴 죽이고…. 그러니까 텔레비전 영화마다 범죄 영화 아니면 전쟁 영화지."

"맞아요. 월남서… 작전 나가기 이틀 전이었어요. 날짜는 생각나지 않지만, 우리가 나갈 작전 지역을 미군 비행기들이 와서 폭격을 하는데, 와아 정말 기가 막혔죠. 그게 무슨 비행기였지? 김 병장님 생각나세요? 그때 혼바산 건너 뚜봉 계곡에다 폭탄을 퍼붓던 비행기 말예요."

"팬텀 말이야? 아니면 에프 파이브 에이? 블랙이글스라는 거…."

"모르겠어요. 좌우지간 비행기에서 땅을 향해서 사선으로 불기둥이 지지직 내리 뻗었다 사라지는데, 와, 세상에 불꽃놀이도 그런 불꽃놀이가 없었죠."

"그래, 나도 생각나. 열 우라늄탄이라는 거였을 거야. 그 불꽃이 노란색 붉은색 물감을 섞어서 허공에다가 확 뿌려놓은 것 같았어. 정말 멋졌지.

한순간 마법이 하늘에서 좍 펼쳐졌다 사라지는 것 같았어. 화려하고 신비했지. 축제도 그런 축제가 없었을 거야. 결국 그건 죽음이고 살인의 빛이었는데 말이야."

"김 병장님. 죽음이라는 게 뭘까요?"

그가 문득 고개를 떨어뜨리며 말했다.

"무슨 소리야?"

"갑자기 제가 치사한 놈이라는 생각이 들어서 말예요. 그날 우리 부대에 포가 떨어졌을 때, 제가 어땠는지 아세요? 머리를 땅에다 처박고 하늘을 향해 두 손을 쳐들고는 싹싹 빌었다니까요. 하나님, 살려주세요. 제발 살려주세요. 마구 그렇게 고함을 질렀죠. 정말 간절했죠. 그것 말고는 제가 할 수 있는 일이 아무것도 없었죠. 체면이고 자존심이고 생각할 겨를이 없었어요. 살아봤자 별 것도 없는 놈이 죽기는 왜 그렇게 무섭던지, 하나님 하나님 하고 미친 놈처럼 떠들어댔다니까요. 그때나 지금이나 전 기독교 신자가 아니거든요."

아득한 세월 저 편 7월 어느 날 월남 뚜이안군 찌탄 마을. 오후 다섯 시가 조금 넘은 시각 우리는 막 배식이 시작된 취사장에 몰려 있었다. 식당 안은 식판과 숟가락이 부딪히며 내는 금속성 소리와 함께 고함소리 웃음소리로 소란스러웠다. 야! 조금 있으면 매복 나가야 하는데 힘없어 죽겠다. 밥 좀 더 퍼. 이게 뭐야. 씨벌. 씨 레이션 다 어따 팔아먹고 멀건 국물뿐이잖아. 대체로 국방색 러닝셔츠 바람인 병사들 가운데 총을 들고 방탄조끼에 철모까지 뒤집어 쓴 친구들도 섞여 있었다. 야, 몰라. 이번엔 니가 써. 아련한 포성에 바나나 이파리가 바르르 떨리고 남십자성이 유난히 반짝이는 밤, 영자씨 생각이 더욱 간절합니다. 맨날 쓰는 구절 있잖아. 거기다 몇 마디 덧붙이면 편지 한 장 뚝딱이잖아. 내가 어디 대서방이냐? 니 펜팔 편지 써주게. 한두 번도 아니고…. 야, 이번 계집앤 정말 예쁘단 말야. 끝내주게 생겼다니깐. 식사 시간이면 으레 그렇듯 긴장을 푼 병사들은 한껏 들떠있었다.

그런데 느낌이 이상했다. 취사장을 가득 채운 소음 사이사이 찰나의 정적 속에서 수상한 소리가 감지되었다. 가까이에서 무엇인가가 터지는 소리였다. 게다가 사람의 비명소리 같은 것도 얼핏 들려오는 듯했다. 어, 이거 무슨 소리야? 우리는 모두 동작을 멈췄고, 왁자하던 소음은 한순간 가라앉았다. 슈욱슉! 슈욱슉! 얕게 고인 물을 회초리로 휘젓는 것 같은 소리가 들리던 순간, 누군가가 소리쳤다. 포다! 연이어 꽈당 하는 폭음과 함께 흙먼지가 식당 안으로 밀려왔다. 식당 문 직사각형의 열려진 공간으로 연병장 저쪽에서 누군가 풀썩 쓰러지는 모습이 환영처럼 비쳐왔다. 출입문 근처에 있던 한 병사가 뛰어나가는 것을 신호로 식당 안은 곧 아수라장이 되었다. 밥을 먹던 병사들이 너나할 것 없이 좁은 문으로 몰려들었기 때문이었다. 식판이 던져지는 소리. 한쪽에 쌓아두었던 식기들이 와장창 무너지는 소리. 뛰어! 포탄이 여기로 떨어진다. 가까스로 식당 문을 빠져 나온 병사들은 연병장을 새카맣게 물들이며 달려가기 시작했다. 쨍! 슈슈슉! 쨍. 포탄은 연거푸 날아와 터졌다. 누군가는 쓰러지고 누군가는 달렸다. 한 병사는 너무나 급박하게 달렸던 나머지 군화 짝이 벗겨졌는데, 다음 순간 그 군화 위로 포탄이 떨어졌다. 어머니-. 느닷없이 어머니를 찾는 소리가 들려오기 시작했다. 가슴이며 다리에 피를 철철 흘리며 쓰러진 병사들이 내지르는 소리였다. 그 소린 처절했다. 이 세상의 도처에 널린 공포감을 모조리 모아 꾹꾹 눌러 만든 공포의 엑기스라고나 할까. 하지만 어머니가 계실 고향은 너무나 멀리 있었다. 일주일간이나 배를 타고 태평양을 건너야 하는 열대의 산야. 누군가를 죽이기 위해 파병된 군인들의 입에서 터져 나온 소리라고 하기엔 느닷없었고 어이없긴 했지만, 그 외침은 이 상황에 딱 들어맞는 소리였다. 어머니는 최후의 순간, 자신이 살아온 긴 인생과 모든 꿈과 모든 사상과 감정을 통틀어 한 마디로 말해야 하는 순간에 선택할 수 있는 가장 적절한 단어였다.

나 역시 그들 속에 섞여 있었다. 취사장에서 중대진지 외곽에 파여진 교통호까지 오십 여 미터를 달려가는 순간 내 머리를 지배한 것은 살고 싶다는 단 한 가지 생각뿐이었다. 살 수만 있다면 그 어떤 영광도 간단히 내팽개치고 어떤 굴욕도 받아들일 각오가 되어 있었다. 나는 이미 인간이 아니었다. 오직 사느냐 죽느냐만이 생의 유일한 과제인 단세포 동물이 되어있었다.

나는 담배를 피워 물었다. 황민호 역시 주머니 속에서 에쎄라이트 담배를 꺼냈다. 좁은 차안은 우리들이 뿜어낸 연기로 가득 채워졌다.

"죽음 앞에 의연할 사람이 있을까? 영화나 책을 보면 아무렇지도 않게 죽음을 맞이하는 사람도 있지만, 모르겠어. 그럴 수가 있을까. 예수도 맘 편히 십자가에 매달린 건 아니잖아. 이순신 장군이나 안중근 의사도 마찬가지 아니었을까 싶어. 어쨌든 그날 많이 죽었지. 사상자가 트럭으로 석 대나 실려 나갔잖아."

"김 병장님. 저 언제 담배를 배웠는지 아십니까? 바로 그날이었어요. 포가 떨어지던 날. 살아봐야 별 것도 없는 자식이 살고는 싶은데 덜덜 떨리는 마음을 가라앉힐 방도가 있어야지요. 그래서 옆에 있던 녀석이 피우던 담배를 빼앗아 피웠죠. 그런데 저에게 담배를 준 그 자식, 어떻게 된지 아세요? 죽었어요. 비상이 걸렸으니 급히 소대에 집합해야 한다고 참호에서 기어 나가자마자 포탄을 맞았죠."

"나도 알아. 고지식하고 좋은 친구였지."

진주가 가까워지면서 길은 급격히 좁아졌다. 공사장 안전 차단막이 도로 안쪽까지 줄줄이 들어섰기 때문이었다. 활처럼 휘어진데다가 눈까지 얇게 깔려있는 좁은 길을 차들은 거침없는 속도로 달려가고 있었다. 나는 안경을 치켜 올리고 눈을 부릅떴다. 정신을 차리느라 입안에 든 껌을 씹지도 못하고 있었다. 라디오에선 연평도 포격 사건에 대한 시민들의 반응이 길게 이어지고 있었다.

-정말 짜증납니다. 당하는 것도 한두 번이지, 왜 맨날 우리만 당해야 해요.

-암, 당장이라도 밀고 가야해요. 신형 탱크, 최신 전투기, 미사일, 쫙 쏟아 부어서 박살을 내야 해. 그 자식들 터널 속에서 포를 쏘기 때문에 우리 대포로는 못 맞춘다던데, 아파치 헬기가 있잖아요. 그거 끌고 가서 미사일로 갈기면 되잖습니까.

앞 유리창에 서린 수증기를 황이 커다란 몸짓으로 쓰윽 닦아주자 시야가 툭 틔어나갔다. 급커브길을 간신히 빠져나온 나는 속력을 조금 높였다.

"아파치 헬기라. 황 형. 우리 때도 아파치 헬기라는 게 있었나? 공격용 헬기말야."

"우리 때는 코브라 헬기라고 안 그랬나요? 기관단총 달고 옆구리에 십구공탄 같이 생긴 미사일 달고 다니던 거."

"그래. 맞아. 코브라 헬기였어. 꼬리가 길고 몸통이 날렵한 게 밑에서 보면 꼭 도마뱀 같았지."

헬기. 헬기라. 나는 라디오에서 흘러나온 그 단어를 입속에서 수차례 되뇌어 보았다. 사십 수년 전 월남의 전장에서 자주 쓰이던 단어들이 21세기 오늘에 와서 되풀이 되는 것이 의아했다. 정말로 시간이 거꾸로 흘러버린 것은 아닐까.

정일교가 총탄을 맞고 쓰러졌을 때 우리는 무엇에 홀리기라도 한 듯 어안이 벙벙했다. 너무나도 고즈넉한 정적이 우리가 있는 산야를 뒤덮고 있었기 때문이었다. 건너편 동산의 어느 틈에 몸을 숨기고 있었을 적의 모습은 더 이상 보이지 않았다. 상황은 오래지 않아 종료되었다. 우리가 황망히 헬기를 부른지 거의 한 시간이 다 되도록 헬기는 나타나지 않았다. 물! 무울! 정 상병은 쉬지 않고 물을 찾았다. 그의 온몸은 피와 땀으로 범벅이 되어 있었다. 화염 같은 햇살이 사정없이 쏟아져 내려와 지상을 태우고 있었다. 그러나 물을 줄 수가 없었다. 지혈을 방해하기 때문이었다. 물을 달라는 정일교의 갈라진 목소리는 우리 모두의 가슴을 찢어놓았다. 다행스레 시간은 조금씩 흘러갔다. 헬기가 도착하면 정 상병은 목숨만을 건질 수 있을 것이다. 파월 전 오음리 훈련소에서 병사들은 두 가지의 선택을 놓고 자주 논쟁을 벌였다. 논쟁의 화두는 죽음과 부상이었다. 둘 중에 하나를 선택해야하는 절체절명의 상황이 온다면 무엇을 선택하느냐가 그것이었다. 많은 수의 혈기왕성한 병사들은 망설임없이 죽음을 선택했다. 다리가 하나 날아가거나 팔이 없어지거나 아니면 눈이 먼 채로 살아가는 것보다는 차라리 죽는 게 낫다는 것이었다. 더구나 만약 성불구자가 된다면 그것은 최악이었다.

그날 우리들의 결론이 턱없는 오산이었음을 깨닫는 데는 그다지 오랜 시간이 걸리지 않았다. 오산이라는 말로는 부족했다. 무지였고 오만함이었다. 살아있다는 것이 바로 축복이었다. 다리 없는 병신이 되어도 좋았다. 하반신에 여러 발의 총탄을 맞았으니 성기가 제대로 붙어있을 것 같지도 않았다. 그러나 그런 것은 중요하지 않았다. 사지가 다 날아가도 목숨만 붙어있으면 되었다. 그저 숨을 쉬고 생각을 하고 몸을 조금씩이라도 움직일 수만 있다면 죽음보다는 나았다. 그는 살아야 했다. 누구랄 것도 없이 우리는 그렇게 빌었다. 물을 달라는 정일교의 절규는 끊임없이 계속되었다. 이 망할 놈의 헬리콥터는 왜 오지 않는 거야? 개새끼들, 어디서 자빠져 자고 있는 거 아냐! 누군가 가래침을 뱉어내며 쏟아낸 소리였다. 우리는 모두 긴장했다. 정일교가 저기서 저렇게… 그냥… 죽어가는 것은 아닐까. 우리들 무리에서 말이 사라졌다. 이따금 소총을 절거덕거리는 메마른 음향만 들려올 뿐이었다. 전투복이 땀으로 뒤범벅이 되고 입술은 갈라졌지만, 갈증조차 느끼지 못했다. 우리는 입을 납작 닫은 채 퀭한 눈빛으로 서로의 소금기 묻은 얼굴만 쳐다봤다. 물! 물! 혼수상태에 빠져버린 것 같던 정상병이 다시금 소리를 질렀다. 소리가 제법 매섭고 날카로운 것이 사력을 다한 외침이었다. 한 사병이 수통을 들고 달려 나갔다. 수통의 마개를 열고 정일교의 입에 물을 부으려는 찰라 근처에 서 있던 중위가 발길로 걷어찼다.

"주지 마. 개새끼야. 물 마시면 죽어."

병사들도 앞서거니 뒤서거니 고함을 질렀다. 주지 마. 주지 마.

중위의 일격에 엉거주춤 몸을 일으킨 사병이 땅바닥에 냅다 수통을 내던졌다.

"니기미. 어차피 죽는 거 물이나 실컷 먹어야 할 거 아냐."

그의 말이 옳을지 모른다고 나는 생각했다. 당장 물을 주지 않으면 정 상병은 목말라 죽고 말 것 같았다. 그러나 물을 마시면 지혈이 되지 않아 죽음을 재촉하리라는 것도 뻔한 이치였다. 이러지도 저러지도 못한 채, 우리는 공포어린 눈빛만 번득이며 그를 주시했다. 정일교. 살아라. 정신 바짝 차려, 짜식아. 우리들의 핏발 선 눈동자는 그렇게 말하고 있었다.

그러던 어느 순간, 동편 하늘에서 우다다다 폭음이 들렸다. 쪽빛 하늘에 둥둥 떠 있는 새털구름 사이로 콩알만한 점 하나가 나타났다. 헬기였다. 그러나 어찌된 셈인지 헬리콥터는 우리 쪽으로 냉큼 달려오지 않았다. 어림잡아 북동쪽으로 4킬로미터는 떨어진 곳에서 맴돌고 있었다. 통신병이 불러준 좌표가 미군 조종사들에게 잘못 전달된 모양이었다. 통신병이 수차례나 반복해서 정확한 좌표를 불러줬으나 헬기는 엉뚱한 정글 위를 맴돌 뿐이었다. 참다못한 중대장이 통신병에게서 무전기를 빼앗아 들었다. 그리고 송수화기를 잡아먹을 듯이 입술 가까이 갖다 대었다.

"이 새끼들아. 이쪽이야. 이쪽. 왼쪽, 왼쪽이란 말야. 왼쪽으로 돌아!"

그 말에 효험이 있었던지 간신히 남쪽으로 방향을 튼 헬기는 우리를 향해 곧장 날아오기 시작했다.

연막탄 터트려! 작전장교의 지시가 아니래도 우리는 벌써 연막탄의 안전핀을 뽑아들고 있었다. 팍! 쉬익 하는 소리와 함께 빨강 노랑 파랑의 연기가 세차게 뿜어져 나오기 시작했다. 돌이켜보면 내 생애 그토록 통쾌한 소리를 들은 적이 없는 것 같았다. 얼마 되지 않아 우리의 시야를 가득 채운 헬리콥터는 정글 속의 손바닥 만한 공지에 내리꽂히듯 내려앉았다. 우리의 가슴은 북받치는 환희에 덜덜 떨렸다.

그로부터 40년 세월이 흘렀다. 그리고 그는 저 세상으로 갔다. 그가 살아온 40년의 의미는 무엇이었을까. 그것은 기적의 세월이었다. 그가 어떤 모습으로 살아왔든 문제가 되지 않았다. 숨을 쉬고 말을 나누고 생각에 잠기고 때론 기쁨도 슬픔도 누리고…. 그것을 헛되다고 말할 수는 없었다.

고속도로에서 내려 지리산 산청 쪽으로 방향을 틀었다. 깊은 산중을 향해 가고 있다는 사실이 마치 하이킹이라도 가는 듯 마음을 조금 설레게 했다. 30분쯤 달려갔을 때 우리는 오른쪽에서 아담한 음식점 하나를 발견했다. 오래된 한옥을 흉내 낸 기와집이었는데 경쾌한 곡선을 그리며 내려온 처마가 인상적이었다. 백설기를 펼쳐놓은 듯 눈이 뽀얗게 깔린 식당 앞 공터에 우리는 차를 세웠다. 이때를 기다리기라도 했다는 듯이 눈발이 미친 듯이 쏟아져 내리기 시작했다. 마치 하늘을 막고 있던 둑이라도 터져버린 듯, 허공을 하얗게 메워 버렸다.

우리는 성급히 식당 문을 열었다. 석 달 만에 피를 모으고 여섯 달 만에 욕심이 생겨 열 달 십삭(十朔)을 고히 채서 이내 육신 탄생하니 그 부모가 길러낼제, 어떤 공력 드렸을까…. 김영임의 회심곡이 지평선을 넘어가는 사람들의 그림자처럼 가물가물 이어지고 있었다. 아베크족을 대상으로 하는 듯 가게 안은 아담하게 꾸며져 있었다. 출입문 가까이 자그마한 수조엔 물레방아가 돌고 그 아래 두 마리의 빨간 금붕어가 꼬리를 한가롭게 흔들며 노닐고 있었다. 우리는 수제비를 주문했다. 이 식당의 특별메뉴가 그것이었다.

"죽은 사람 색깔이 어떤 건지 아십니까?"

누런 국물 안에 잠겨있는 뽀얀 수제비가 제법 맛깔스럽게 보였다. 수제비 국물에서 모락모락 피어오르는 김을 뚱한 눈길로 바라보던 황민호가 더듬더듬 입을 열었다. 동지섣달 설한풍에 백설이 풀풀 날리는데, 그 자손이 추울세라 덮은 데 덮어주고… 은자동아 금자동아…. 그의 질문이 엉뚱하기도 했거니와, 가슴 저미는 노랫가락에 귀를 기울이느라 나는 대답을 하지 않았다.

"…흰색입니다."

"왜? 흰색 수의를 입어서?"

"아뇨. …구더기 때문이죠. 그날 포 떨어지고 나서 전사자 수송하는 일을 제가 맡았잖습니까? 나트랑 십자성부대까지 시체를 끌고 가야 하는데, 그 고생은 이루 다 말로 못해요. 수송대 쓰리쿼터에 시신을 싣고 연대 본부가 있는 투이호아 헬기장으로 갔는데, 시신을 싣고 갈 헬기가 있어야죠. 그래서 몇날 며칠을 허탕치고 돌아왔죠. 그런데 어느 날 가만히 보니까 영현 백 밖으로 진물이 흘러내리 거예요. 시체 썩는 냄새는 처음부터 각오했던 거고요. 그래서 영현 백을 열어보니, 손, 얼굴 이런 데 감아놓은 붕대가 피, 진물이 배어들어 새카맣게 변해 있어요. 그래서 가위로 붕대와 군복을 잘라내니…."

젓가락을 탁 소리가 나도록 내려놓고 나서 그는 막걸리를 기울이기 시작했다. 연거푸 세 사발을 들이켜고 나서 황민호는 다시 말을 이었다.

"구데기가 온몸에 하얗게 달라붙어 있는 거예요. 포탄 맞은 자리는 물론이고 입에서도 나오고 콧구멍에서도 나오고 눈구멍에서도 나오고…. 아무리 죽었다지만 그래도 사람인데… 저래도 되나, 씨발…. 그래서 크레졸을 구해다가 바께쓰 째로 부어 씻어내고 또 씻어내고…."

황민호는 다시 술을 마셨다. 수제비의 하얀 밀가루 덩어리가 그 때 그 일을 떠올리게 한 모양이었다. 나하아 아하아— 여보시오 사자네 노자로 갖고 가세…. 김영임의 노래가 구슬펐다.

"그 뒤로 제가 밥을 못 먹었습니다. 밥알이 바글바글 구데기같이 보여서요."

"그야 그렇지. 월남 날씨가 오죽 더워? 참, 황병장 아이들은 어떻게 돼?"

"아이들요? 없어요. 마누라 도망간 게 까마득한 옛날입니다."

"그으래?"

"아까 담배를 얻어 피웠다는 친구 말입니다. 제가 맞을 파편까지 그 친구가 모조리 맞아버렸다는 생각이 들었어요. 포탄이 바로 우리가 있던 참호 옆에서 터졌거든요. 문제는 제대를 한 후부터였어요. 밤마다 나도 몰래 고함을 지르고 식은땀을 흘리고 환청에 시달리고…. 그러다 결국 정신병원에 끌려갔는데… 퇴원을 해서 보니까 마누라가 없어졌더군요. 참… 좋은 년이었는데…."

그러면서 그는 허허 웃었다. 허허 웃는 그 눈에서 물기가 배어나왔다.

갑자기 회심곡이 사라지고 텔레비전이 환하게 켜지면서 금속성 음향이 쏟아져 나왔다. 주인 남자가 텔레비전을 켠 것이었다. 연평도 사건에 대한 특별 방송이었다. 반듯한 감색 양복에 유리알이 반짝이는 갈색 뿔테 안경을 낀 한 사내가 텔레비전에 나와 있었다. 그는 강단 있는 어조로 입을 열었다.

─…강력한 대응만이 전쟁을 억제하고 평화를 지킬 수 있다는 사실을 똑똑히 알게 되었습니다. 전쟁을 두려워해서는 결코 전쟁을 막을 수가 없습니다. …전쟁을 두려워선 안 됩니다. 이제 우리 군은 철통같이 국토를 지키면서, 공격을 받을 때는 가차 없이 대응해야 합니다. 나는 국가의 안위를 책임지고 있는 이 나라의 대통령으로서….

황민호가 고개를 들어 힐끗 텔레비전을 올려다보았다. 그건 나도 마찬가지였다. 우리는 수제비를 반 그릇 이상 남겨놓은 채, 음식점을 나왔다.

날이 추웠다. 유난스런 눈이었고 유난스런 추위였다. 사상 최고라는 수사는 더 이상 새로운 것이 아니었다. 세상이 급박하게 변해 가고 있었다. 우리는 길을 오래 가지 못했다. 커브 길에서 브레이크를 밟자, 차가 미끄러져 길가 구덩이에 처박히고 말았다. 난감했다. 차도 차지만 이러다간 정일교의 상가에 갈 수 없을지도 몰랐다. 지나가는 차 한 대 보이지 않았다. 우리 둘은 어찌 해 볼 방도를 궁리했지만 견인차를 부르는 것 외엔 방법이 없었다. 그러나 그마저도 방법이 되질 못했다. 황민호가 연락을 했지만 자동차 사고가 많아 언제 갈 수 있을지 모르겠다는 대답이었다. 우리는 차 안으로 돌아왔다. 얼어 죽든 말든 무작정 기다리는 수밖에 없었다. 처음부터 예측되었던 일이었지만 막상 당하고 보니 당황하지 않을 수 없었다. 우리는 약속이라도 한 듯 각자의 호주머니에서 담배를 꺼내어 피워 물었다. 좁은 차안은 매캐한 연기로 가득 찼지만, 뜻밖에도 그것이 오히려 안온한 기분을 들게 했다.

"수십만 아니면 수백만?"

황민호가 뜻 모를 말을 중얼거렸다.

"만약에 여기 한국 땅에서 전쟁이 터지면 그런 정도는 죽겠죠?"

"그야… 그렇겠지."

"수십, 수백만의 생명을 구더기 밥으로 만들어 놓는 일. 요즘 사람들 정말 그걸 원하는 것은 아닐까, 그걸 진정한 용기고 정의라고 생각하는 게 아닐까…. 아까 텔레비전을 보다가 그런 생각이 들었어요."

나는 그의 말을 흘려들으며 라디오 볼륨을 높였다. 일기예보였다.

—…기상청에서는 오늘 오후 한 시를 기해 전라남북도와 서부 경남 지역에 대설주의보를 발령했습니다. 특히 지리산 일원에서는 팔십 밀리미터 이상의 폭설이 내릴 것을 예보하면서 각별한 주의를 당부했습니다. 기상청에서는 영하 사십 도의 시베리아 고기압이 예상보다 빠른 속도로 이동을 했기 때문에 당초 눈을 예상하지 못했다면서….

"제기랄…."

우리는 무기력한 시선을 차창 밖으로 던졌다. 어린아이 주먹만한 눈발이 폭포수처럼 쏟아지고 있었다. 멀리 크고 작은 산봉우리들은 눈구름에 파묻혀 보이지도 않았다. 그 아래 펼쳐져 있을 산등성이와 골짜기들은 사라지고 그저 허연 빛깔의 눈밭만 산허리와 골짜기의 모습으로 펼쳐져 놓여 있었다.

"김 병장님. 나이가 들어서 그런가, 요즘 내가 전쟁터에 다녀온 게 아니라 무슨 소꿉놀이 하고 온 것 같은 생각이 언뜻언뜻 들어요."

"결국 그런 거 아니겠나. 월남서 돌아오면 세상이 달라질 것 같았는데, 마냥 그대로잖아. 전쟁? 전쟁 나면 사람이 총만 맞아 죽는 게 아니야. 굶어 죽고, 얼어 죽고, 파상풍 걸려서 죽고, 썩은 물 마시다 죽고…. 당하는 백성들만 불쌍하지."

도로 가까이 늘어서 있는 나뭇가지들은 그 위에 쌓인 눈덩이 때문에 휘어져 있었, 세상은 한 장의 거대한 흑백사진으로 변해버렸다. 그것이 사진이었다면 아름답다고 할 수 있었을 것이었다. 그러나 지금, 우리의 가슴속을 채우고 있는 것은 두려움뿐이었다. 그와 나는 볼이 옴폭하게 패이도록 담배 연기를 빨아들이며 코앞까지 내려온 회백색 하늘을 암울한 눈빛으로 바라보고 있었다. 세상을 하얗게 표백시키며 눈은 끊임없이 내리고 있었고 거친 눈발 사이로 무울 물, 하던 정일교의 단말마가 끊임없이 들려오는 듯했다.

마지막 하이킹

쿠크만(灣)을 휘돈 자동차는, 이윽고 해협 턴어게인 암(Turnagain Arm)을 따라 꺾어진 길에 접어들었다. 시속 80마일로 달리고 있는 8기통 스즈키 트럭의 듬직한 몸집이 자주 뒤뚱거리는 것으로 보아, 밖엔 바람이 몹시 불고 있는 모양이었다. 이곳은 때를 가리지 않고 맹렬히 불어대는, 차고 음습한 바람으로 이름이 난 곳이었다. 그것은 해협의 동쪽 끝을 가로막고 있는 거대한 빙하 때문이었는데, 좁은 바다의 양켠에 수직으로 치솟은 산과 암벽 사이를 스쳐 가는, 그 광포한 소리만으로도 온몸에 소름이 돋을 지경이었다.

"헤이, 킴. 저길 봐. 마운틴 호프."

프랑크 시나트라의 마이웨이를 흥얼거리며 차를 몰던 제프가 문득 한쪽 손을 치켜들며 말했다. 그의 오뚝한 콧날 위에 걸쳐진 검정색 선글라스가 무성한 콧수염과 더불어 썩 잘 어울린다는 생각을 하며, 나는 그가 가리킨 대로 해협 건너편 호프 산으로 시선을 돌렸다.

과연 호프 산의 모습은 감탄할 만했다. 은백색의 코트를 입은 여인이 머리에 금빛 깃털을 하나 꽂고 앉아 있는 형상이라고나 할까? 막 페인트 통에서 꺼내놓은 듯 눈부시게 하얀 산의 머리위로 구름이 한 점 살짝 얹혀, 때마침 지나는 햇살에 노랗게 바스러지고 있었다.

"오늘, 정말 멋진 하이킹이 될 거야. 굉장한 마지막 하이킹. 날씨도 그다지 춥지 않고 하늘도 정말 맑잖아."

마지막 하이킹. 그 마지막이라는 소리에 주기적으로 찾아오는 무슨 경련처럼 가슴이 떨려 왔다. 이제 꼭 사흘이 남았다. 내일은 대강 짐을 꾸리고 모레는 아내에게 줄 선물이라도 하나 사야겠다. 그리고 글피면….

"지금 밖엔 기온이 얼마나 될까?"

나는 자꾸만 번져오는 떨림을 짐짓 잡아 누르며 일부러 사무적인 질문을 꺼냈다.

"음, 겨우 칠 도."

그가 말하는 7도란 화씨를 말하는 것이었으므로 섭씨로는 영하 14도쯤 됨을 나는 재빨리 머리 속에 헤아려 놓았다. 한국에서 같으면 영하 14도란 결코 얕잡아볼 온도가 아니었다. 길이 얼고 강이 얼고 급기야는 사람마저 선 채로 얼어버릴 것 같은 수선함으로 온 TV 화면이 가득 차리라. 그럼에도 까짓 영하 십사 도밖에 되지 않는다는 투의 제프의 말이 일면 우습게 들려왔으며, 그 말을 아무렇지도 않게 받아들이고 있는 내가 조금은 간사하고 어리석게 여겨졌다. 그새 나도 이곳 알래스카인이 되어버린 걸까?

하긴 이곳 앵커리지에서 지내온 지도 어언 삼 년이었다. 내가 하는 일은 다이아몬드 가(街)의 화사한 빌딩의 숲 한 구석에 오도카니 자리잡은 의류 직판장의 홍보며 선전이었다. 이곳 신문이나 잡지에 한국에서도 별 이름이 나지 않은 우리 회사의 이름을 알려야했고, 천 평이나 되는 매장의 곳곳에 쓸 만한 선전 글귀도 내걸어야 했다. 처음엔 그 일이 어찌나 난감하던지, 마치 외계인에게 치약이나 라면 같은, 그들에겐 전혀 상관도 없는 물건을 팔아먹는 일같이 느껴지기도 했다. 사고를 당해서, 이곳 보험에 가입하지 않았다는 이유로 분명히 피해자인 내가 경찰의 까다로운 추궁 끝에 가해 차량의 수리비까지 물어주던 일, 밤이면 저며오는 고독감에 침대에서 소파로 소파에서 다시 방바닥으로 전전긍긍하며 밤을 하얗게 새워버리던 일….

그럴 때마다 나는 제프를 찾곤 했었다. 우리 매장의 고참 판매사원인 제프는 내게 훌륭한 상담역이자 나의 어설픈 영어를 보다 그럴 듯한 것으로 바꾸어 주는 교사였고 유일한 친구였다.

이제 사흘 후면 이곳을 떠난다. 멀리 극동의 나라를 향하여 떠나는 나의 모습은 어떤 것일까? 실로 오랜만에 만나게 되는 아내와 아이들의 표정은? 생각이 여기에 이르자 내 가슴은 꽉 찬 황홀감으로 와들와들 떨렸다.

나는 라디오에 스위치를 넣었다.

"우드달드 씨. 노인은 당신을 차에 태워주었던 착한 사람이었습니다. 당신의 말 대로 스무 대 이상의 자동차들이 고속도로에 서서 찬바람을 맞아가며 차를 세워주기를 원하고 있는 당신을 본체만체 그냥 지나쳐버렸습니다. 그런데 어떻게 해서 당신은 노인을 살해하고자 하는 마음을 먹게 되었습니까? 그때 당신이 어떤 불가항력적인 정신적 이상 상태에라도 빠져 있었단 말입니까? 아니면 계획된 살인이었다는 말입니까? 도대체 살인의 동기는 무엇입니까? 설마 그저 심심해서라고 말하진 않으시겠죠? 당신은 대학에서 문학을 전공하는 지성인입니다. 그런 당신의 양식이 이런 정도라면 도대체 우리는 이 세상 어디에다 희망을 품을 수 있다는 말입니까?"

한 무더기의 말이 대뜸 스피커에서 쏟아져 나왔다. 나는 그들이 며칠

전 케나이 산맥에서 일어났던 한 살인사건에 대하여 말하고 있음을 깨달았다. 그 사건은 늘상 그렇고 그런 보스니아 사태와 한 달 남짓 남은 주지사 선거 외에는 별다른 뉴스 거리가 없는 지방 매스컴들에겐 놓치기 아까운 호재였다. 채널이 마흔 두 개나 되는 TV 방송국들은 물론이고 라디오 신문 할 것 없이, 체포된 다음날 보석으로 풀려난 범인을 놓고 연일 토픽으로 다루고 있었다.

"그를 죽인 것은 진실로 고의가 아니었습니다. 그때 우리는 글렌 하이웨이를 벗어나 산맥을 넘고 있었습니다. 마침 해가 지고 있었죠. 나뭇잎들이 태양빛을 받아 타는 듯이 빛났습니다. 산맥은 노랑과 붉은 색의 물감을 마구 칠해 놓은 듯 황홀했습니다. 발아래 계곡에선 어둠이 마치 서서히 부피가 커지고 있는 솜덩이처럼 일어나고 있었습니다. 눈을 하얗게 뒤집어 쓴 산봉우리들은 구름 하나 없는 비취색 하늘을 더욱 날카롭게 찔러대고 있었습니다. 그리고 너무나 조용했습니다. 진정 죽음 같은 정적이었죠. 나는 내 귀와 눈을 의심하지 않을 수가 없었어요. 어떻게 그런 세계가 존재할 수 있었을까요? 그 꿈같은 대지에 살아있는 것은 오직 그와 나 뿐이었습니다. 나는 참을 수 없는 격정을 느꼈습니다. 그것은 지독한 두려움 같았습니다. 아니 모르겠습니다. 유감스럽게도 나는 무엇으로도 그때의 내 심정을 표현할 수가 없어요. 순간 나는 노인의 목을 조르기 시작했습니다. 그러나 그건 정말 예기치 못한 일이었어요. 제발 도와주세요."

"흐음―."

불안감 때문이었는지 우드달드라는 이름의 범인이 흐느낌으로 말을 끝내자, 제프는 한쪽 손을 치켜들어 어깨를 한차례 으쓱해 보였다. 그리고 기묘한 한숨을 떨구어 놓았다. 그는 정말 알 수 없는 세상이야 라고 말을 하고 있는 것 같았다. 어쩌면 외국인인 내게 그런 일이 제나라에서 일어나고 있음을 계면쩍어 하고 있는 것인지도 몰랐다.

  나는 라디오를 꺼버렸다. 그리고 그 사건을 화제의 대상으로 삼지 않기로 마음을 정했다. 한국인인 나로서도 그런 일을 당당히 거론하기에 별 좋은 입장이 아니라고 생각되었기 때문이었다. 일주일에 한 번 회사의 문서 행랑에 섞이어 배달되어 오는 고국의 신문들은 온갖 참혹하고 이해할 수없는 일들로 가득 차 있었다.

  삼십 분 남짓 더 달린 뒤, 우리는 '인디언 샛강'이라는 팻말이 세워진 곳에 이르게 되었다. 백만 년 전 거대한 지각 변동으로 형성된 이곳의 산들은 저마다 험상궂게 갈라진 틈과 깊은 골짜기를 가지고 있었다. 그것에 서마다 막대한 양의 급류가 곤두박질을 치며 쏟아져 내렸다. 빙하가 녹아 흐르는 그 물줄기를 이곳 사람들은 샛강이라고 불렀다. 그것들의 평범한 이름과는 달리 샛강은 신비한 원시의 신비를 송두리째 간직하고 있었다.

  우리의 목적지는 인디언 샛강을 건너 독수리 산과 개척자 봉우리 사이에 있는 선더버드 폭포였다. 우리는 숲으로 난 길을 따라 차로 갈 수 있는 곳까지 가다가 도보로 그곳에 이를 예정이었다.

  속력을 내지 않았음에도 숲길에 들어선 자동차는 흔들거리기 시작했다. 철판과 부속품 하나하나의 연결이 헐거워진 듯 삐거덕거리는 소리가 자동차의 앞에서 혹은 뒤쪽과 밑바닥에서 덩치 큰 아이의 엄살소리처럼 살금살금 날아왔다. 오리나무 자작나무 녹나무 그 밖에 많은 종류의 잡목과 풀들이 모진 추위에 가위눌려 숨을 죽인 채, 어느 것은 서서 그리고 어느 것은 가지가 부러지거나 뿌리째 뽑혀져 썩어 가는 모습으로 차창에 밀려왔다.

마지막 하이킹  143

태초부터 이 자리에 있어 온 듯한 온갖 식물들의 빼곡한 광경은 열대의 정글을 방불케 하는 것으로서 이곳이 일 년 내내 빙하가 존재하는 곳임을 의심케 할 지경이었다. 밀림과 빙하를 한 곳에 어울러 놓은 경이로운 신의 능력. 그것은 내가 이곳 알래스카의 산중에 들어설 때마다 느끼게 되는 점이었다.

나는 차창을 내렸다. 멀리 빙하에서 날아왔을 한줄기 바람이 혹 하고 창턱을 넘어왔다. 가솔린 냄새와 니코틴으로 찌든 가슴을 씻어낼 요량으로 나는 얼굴을 창밖에 내밀고 서너 차례 심호흡을 하였다.

"고슴도치. 저기 고슴도치가 있어."

제프가 갑자기 소리를 질러대었다. 나는 얼른 그가 가리키는 곳으로 시선을 돌렸다. 그러나 커다란 나무 밑동 아래 눈에 폭 싸여있는 풀 더미만 보이고 있을 뿐, 그가 말한 아무것도 눈에 띄지 않았다.

"미스터 킴. 사진을 찍어 둬. 좋은 기념이 될 거야."

제프가 조용히 차를 멈추어 주었다. 나는 자동차의 바로 오른쪽 눈밭에서 검은 물체를 발견하였다. 언뜻 땅에 패인 무슨 구덩이인가 했었는데 자세히 보니 작은 짐승이었다. 나는 카메라를 들고 차에서 뛰어내렸다. 이상했다. 그것의 등엔 가시가 없었다. 몸집이 큰 쥐 같기도 하고 두더지 같기도 한 놈은 명백한 적일 나의 갑작스런 출현에도 불구하고 유일한 무기인 가시를 드러내지 않은 채 조금씩 움직여가고 있을 뿐이었다. 사진 한 장을 찍고 나서 직성이 풀리지 않은 나는 근처에서 막대기를 하나 주워 녀석을 향해 던졌다. 그제야 녀석은 등에 밤송이 같은 가시를 치켜세우며 빠른 걸음으로 도망을 갔다.

"그런데 제프. 무슨 고슴도치가 저렇지?"

밑도 끝도 없는 나의 질문에 제프는 무엇을 훔쳐 먹다가 들킨 사람의 표정을 지어대었다. 하여튼 고슴도치를 철갑선의 흉악한 가시로만 생각했던 내게는 작지 않은 발견이었다.

우리가 거기에 멈추어선 것이 화근이었다. 차가 선 곳은 조금 경사가 진 곳이었는데, 그렇지 않아도 요철이 심한 길이 차의 바로 앞부분에서 유난히 뭉툭 솟아나 있었다. 평소 운전 솜씨를 뽐내던 제프도 눈길에 차가 헛바퀴질을 하거나 오히려 거꾸로 미끄러지고 있는 것을 어찌할 수가 없었다.

하는 수 없이 우리는 그곳에서 내려서 목적지인 선더버드 폭포까지 걸어가기로 하였다. 한두 시간이면 충분히 다녀올 것으로 생각한 우리는 엽총과 카메라만으로 간단히 채비를 하였다. 사실 그와 난 대여섯 벌이나 되는 옷을 한꺼번에 껴입은 상태였기 때문에 더 이상의 물건을 지니고 걷는다는 것은 생각도 못할 일이었다.

얼마 가지 않아 우리는 샛강을 만났다. 첫 번째 목표인 인디안 샛강이었다. 십여 미터는 되는 널따란 강폭에 청록색의 물이 활개를 치며 떠내려가고 있었다. 다리 위쪽에서는 물줄기가 수많은 폭포를 이루어 흐르고 있었는데, 그 모습이 내게는 수천 수만의 아이들이 와글와글 떠들어대며 퉁탕거려 계단을 뛰어내리고 있는 모습으로 보였다. 어이없게도 아이들이라니-. 그랬다. 나는 거기에서 내 아이들의 모습을 떠올리고 있었다. 이곳에서 찾아간 산과 물의 기막힌 풍광에서 느닷없이 느껴지는 한없는 그리움을 나는 다시금 느끼고 있었다.

다리 아래쪽엔 두터운 얼음이 나지막한 구릉과 골을 이루며 엉켜 있었다. 어쩌다 보인 얼음의 갈라진 틈으로, 강바닥이 투명하게 흐르는 연녹색 물줄기 위에 떠올라 있었다. 나는 그곳에 카메라를 들이밀었다. 무심코 카메라의 줌을 당겨 크로우즈 업 시키는 순간, 나는 앗! 하는 외마디와 함께 카메라를 눈에서 떼어내고 말았다. 시야에 가득한 시퍼런 물줄기가 너무나 빠른 속도로 회전을 하며 흘러가는 통에 내 몸뚱이가 금방이라도 휙 쓸려가 버릴 것같이 느껴졌기 때문이었다.

"헤이 킴. 만약 강물에 떨어지면 어떻게 될지 알아맞혀 봐."

제프의 질문에 나는 몹시 추워서 금방 얼어 죽을 것이라고 말해 주었다. 그러자 제프가 말했다.

"아니야. 사람의 몸은 바다에서나 찾아질 거야. 물론 죽어서지. 물의 깊이는 어른 허리 정도밖엔 되질 않지만 물살이 세어서 도저히 헤어날 수가 없어."

그 말이 내게는 무시 못할 충격이었다. 나는 입을 봉한 채 한동안 고개만 끄덕이고 있었다.

폭포는 제법 먼 곳에 있었다. 토끼, 여우, 늑대, 큰사슴 그리고 곰의 발자국이 어수선히 깔려 있는 눈길을 따라 한 시간 남짓이나 걸어갔을 때, 우리는 길 왼편에 들어찬 전나무 숲 건너편에서 우렁찬 물소리를 들을 수 있었다. 허공을 압도해 오는 그 거대한 음향만으로도 폭포의 위세를 능히 짐작할 수가 있었다. 우리는 조금씩 흥분해 있었던 탓에 아무런 주저함도 없이 길을 벗어나 숲으로 들어섰다. 지름길을 택해 숲을 가로지를 셈이었다. 뜻밖에도 숲은 우리의 행진을 완강히 방해하였다. 이십 미터는 넉넉히 되는 나무들로 하늘을 볼 수가 없었고 수많은 넝쿨과 가시 달린 메마른 가지들 그리고 도처에 널려 있는 구덩이와 바위들로 꼭 지뢰밭을 걷는 기분이었다.

가까스로 숲을 빠져나와 벼랑에 나와 섰을 때, 딱 벌어진 입이 다물어지지 않았다. 그것은 진정 폭포가 아니었다. 수직으로 세워놓은 또 하나의 강이었다. 물줄기는 이천오백 미터 독수리산 정상에 얹혀 있는 만년설에서부터 흘러내리는 것이었는데, 산허리가 구름으로 가려 있어 흡사 허공에서 쏟아지는 듯한 느낌을 주었다. 심장의 불규칙적인 박동을 애써 짓누르며, 나는 정신없이 셔터를 눌러대었다.

그러나 사진을 한 장 한 장 찍어갈 적마다 과연 내가 이 비경의 천분의 일, 만분의 일이라도 오롯이 옮겨 담을 수 있을까 하는 의구심이 떠올랐다. 그것은 너무나 무모한 짓이었다. 신기를 받고 태어난 사진예술가라면 몰라도 나로선 불가능한 일이었다. 아니 어쩌면 그들조차도 이 엄청난 경이로움에 놀라 산산이 부서진 가슴만을 안고 힘없이 돌아설지도 모를 일이었다.

- 어떻게 그런 세계가 존재할 수 있었을까요?

불현듯 우드달드의 말이 떠올랐다. 자연의 아름다움에 관한 한, 그의 말이 옳았다. 그의 말대로 무엇인가를 철저히 파괴하고 싶은 격정이 있다면, 바로 이런 경우일 것이었다. 허공에서 태어나 한동안 용트림을 계속하다가 남쪽으로 난 험준한 벼랑의 밑동을 휘감아 돌며 시야에서 사라져가는 물줄기에 넋을 잃고 앉아있는 내게 제프가 다가왔.

"자, 일어나자고. 해가 빨리 떨어지니까 서두는 편이 좋겠어."

나는 결연한 마음으로 궁둥이를 털고 일어났다. 마음 같아선 몇 날 며칠이고 이대로 지키고 앉아 시원한 물줄기에 가슴을 씻어내고 싶었다.

"미스터 킴. 갈 땐 우리가 왔던 길로 가지 말고 이 숲을 따라 곧장 내려가자고. 가다 보면 곧 인디언 샛강이 나올 거야. 아마도 아까 우리가 건넜던 다리 근처가 되겠지. 그게 빠를 것 같애. 새로운 모험도 해 가면서…

, 어때?"

딴은 제프의 말이 옳을 것 같았다. 우리가 왔던 길은 방향을 어림잡아 보니 활처럼 휘어서 빙 돌아온 길이었다. 굳이 그 길을 되돌아가느니 제프의 말처럼 숲을 타고 곧바로 내려가다가 적당한 곳에서 꺾어 돌면 설사 다리는 나오지 않는다 하더라도 숲을 가로질러 나 있는 산길과 분명히 마주칠 터였다. 태양이 중천에서 서쪽으로 상당히 어긋나 있기는 했지만 앞으로 두어 시간은 충분할 것 같았다. 돌아가는 길은 고작해야 시간 반 거리이니 망설일 이유가 없었다.

나는 힘 있게 첫발을 내딛었다. 그러나 길도 없는 알래스카의 정글을 걷는다는 것이 결코 용이한 일은 아니었다. 숲을 다 지나쳐 왔는가 하면은 또다른 숲이 검은 아가리를 벌리고 있었고 길을 찾았다고 환호를 짓다 보면 그것은 숲 한가운데에 난 비좁은 공간에 지나지 않음을 깨닫게 되었다. 마를 대로 말라 회초리같이 된 잔가지들이 얼굴이고 손등을 사정없이 후려갈겼고 가시 돋친 덩굴들이 땀에 흠뻑 젖은 털모자며 옷자락을 잡아채었다. 나는 기력을 상당히 잃고 있었다. 그런 사정은 제프도 마찬가지였다. 빨갛게 익은 그의 얼굴 한가운데 콧수염엔 숨이 얼어 고드름처럼 매달려 있었다.

그렇게 걸어온 지 한 시간만에 우리는 길을 찾아내었다. 2미터도 채 되지 않는, 자동차 한 대 겨우 지나갈 수 있는 너비의 길이 어찌나 시원한 감동을 주던지 나는 막혔던 숨이 한순간 툭 터지는 듯한 희열을 느꼈다. 길에 내려선 우리는 약속이라도 했던 듯 바지춤을 열고 나란히 서서 오래 참아왔던 오줌을 시원하게 뽑아내었다.

기쁨도 잠깐이었다. 백 미터쯤 나아갔을 때 길은 사라져 있었다. 독수리산과 개척자 봉우리는 우리에게 더이상 길잡이 노릇을 하지 못하였다. 그리고 우리가 들어선 이 길은 몇 시간 전 지나왔던 길과는 판이함을 깨닫게 되었다. 도대체 이 드넓은 숲에 길이 오직 한 개뿐이리라 생각을 한 것부터가 오산이었다. 결국 우리는 길을 잃고 만 것이었다.

쉴 사이 없이 몰아쳐오는 냉기에 발부리가 잘려나갈 듯 아려왔고 관자놀이가 뻐근한 것이 정신을 차릴 수가 없을 지경이었다. 하지만 추위에 신경을 쓸 계제가 아니었다. 이삼천 미터가 넘는 산들이 죽순처럼 돋아나 있는 이곳을 지도 한 장 없이 빠져나가기란 쉬운 일이 아니었다. 한국에서도 해마다 겨울 산행을 나섰다가 실종되는 사고가 발생하고 있지 않은가. 더구나 이곳의 사정은 설악산이나 한라산에 비길 바가 아니었다.

제프는 벌써부터 말을 잃고 있었다. 사실 이 지경에 이르러 나눌 화제는 별로 없었다. 내 고국에 관해서도 그랬고 우리가 늘 토론을 벌이던 아메리카 최고봉 맥킨리 산이나 콜롬비아 빙하 아니면 지금 이 순간에도 불을 뿜고 있을 리다우트 화산에 대해서도 그랬다. 나는 이곳 선더버드 협곡의 지리에 관하여 아는 바가 전혀 없었고, 이곳 태생이 아닌 그도 거의 비슷한 형편이었다. 그렇기 때문에 우리가 할 수 있는 것은 그런 대로 우리 몸에 배어 있는 방향 감각과 육감에 의지하여 조금씩 앞으로 나아가는 일뿐이었다.

그러던 중에 우리는 대화를 나누지 않으면 안 되는 순간에 이르게 되었다. 그것은 뜻하지 않은, 아니 처음부터 충분히 예견되었던 곰의 출현이었다.

"제프!"

빽빽이 늘어선 나무들 사이로 어슬렁거리며 움직이는 검은 물체를 발견한 나는 황급히 제프의 목덜미를 잡아끌었다. 순간 제프의 얼굴에서 핏기가 싹 사라졌다. 우리는 가까이 서 있는 나무 뒤로 정신없이 뛰어들었다. 간신히 몸을 하나씩 감출 수 있는 정도의 나무였다.

"꼭꼭 숨어! 움직이지 마!"

제프의 실낱같이 가는 목소리에 나는 눈짓으로 알았다는 신호를 보내었다. 성질이 포악하기로 소문난 흑곰 한 마리가 오십 미터 전방에서 우리 쪽으로 천천히 이동해 오고 있었다. 몸집이 큰 편은 아니었지만 사람 하나둘쯤 간단히 해치우기엔 충분할 것이었다. 놈은 고개를 늘어뜨리고 걷고 있었는데 발을 내딛을 적마다 살찐 목덜미와 등어리가 기묘한 리듬으로 출렁거렸다. 동물원에서 같으면 조무래기들의 조소를 한 무더기나 받아낼 몸짓이었지만, 내겐 큰 공포의 대상이었다. 그 우스꽝스러움이야말로 어떤 음모를 예비한 의미심장한 동작 같이만 보였기 때문이었다.

나는 엽총의 자물쇠를 힘주어 풀고 가슴팍 가까이 치켜들었다. 실탄이 장전되었는지 확인해 보고 싶었지만 그럴 수가 없었다. 어느 순간이 되면 나는 단 한 방에 곰을 쓰러뜨려야 했다. 첫발이 빗나가고 나면 곰은 순식간에 내게로 달려와 쇠스랑같이 억센 발톱으로 나의 어깨며 등을 사정없이 후려칠 것이었다. 그러나 내가 들고 있는 모스버그 22 구경 소총의 새끼손가락 만한 총알을 가지고 저렇게 육중한 몸을 단번에 쓰러뜨릴 수 있을 것 같지가 않았다. 어쩌다 연속해서 몇 발을 휘갈길 기회가 온다 해도, 실탄이 말썽 없이 재장전될지 의문이었다. 평소에도 실탄이 장전되지 않아 애를 먹은 경우가 자주 있었던 것이었다. 결국 곰이 제발 이쪽으로 오지 않기만을 비는 수밖에 없었다. 이 하잘 것 없는 총 한 자루에 목숨을 송두리째 의지한다는 것이 얼마나 허망한 것인가를 나는 뼈저리게 깨닫고 있었다.

곰은 지금 어디에 와 있을까? 혹시 그 흉악한 핏빛 눈알에 우릴 담아

노려보며 어느 걸 먼저 해치울까 궁리하고 있는 것은 아닐까? 아니면 우리 쪽에서 제풀에 겨워 이 옹색한 은신처에서 기어 나와 항복하기를 여유 있게 기다리고 있는 것일까?

크릉 크르릉! 거친 숨소리와 함께 곰의 육중한 몸무게에 무참히 짓밟히고 있는 잡초더미와 돌 그리고 나뭇가지들이 으깨지고 꺾이고 바스러지는 소리가 끊임없는 아우성처럼 들려왔다.

그렇게 얼마간의 시간이 흘러갔다. 한순간 나는 참을 수 없는 두려움에 눈을 내밀어 놈이 있는 곳을 내다보고 말았다. 그리고 정말 기적 같은 일이 일어나고 있음을 확인할 수 있었다. 어찌된 셈이었는지, 곰이 다른 방향으로 몸을 틀어 느적느적 걸어가고 있는 것이었다. 마치 잘 가게 하고 팔을 내저어 보이며 돌아서는 동네 아저씨의 뒷모습 같은 편안한 몸짓이었다. 나는 나무줄기에 바짝 붙은 몸을 떼지 않은 채 가쁜 숨을 몰아쉬었다. 불과 몇 분간의 일이었지만 적어도 서너 시간은 숨을 쉬지 못한 느낌이었다.

"휴우, 정말 운이 좋았어. 곰이 배가 불렀던 모양이야."

제프가 내게 다가와 악수를 청했다. 우리는 한동안 서로의 손을 놓지 못했다.

행군은 다시금 시작되었다. 위기에서 구사일생으로 벗어났음에도 우리의 표정은 그다지 밝은 것이 아니었다. 또 무슨 위험이 닥치게 될지 그리고 언제 끝날지도 모르는 막연함. 마치 황막한 우주의 한 공간을 한없이 유영하고 있는 듯한 느낌이었다.

지루하게 이어진 눈밭에 장승처럼 서 있는 나무들이 말없이 우리를 스쳐갔다. 추위는 무슨 천형의 멍에라도 되는 듯이 우리의 지친 어깨를 모질게 잡아 누르고 있었다. 태양은 거의 다 기울어 건너편 개척자 봉우리 머리 위에만 희누런 빛을 겨우 떨구어놓고 있을 뿐이었다.

－그리고 너무나 조용했습니다. 진정 죽음 같은 정적. 나는 내 귀를 의심하지 않을 수가 없었어요.

빌어먹을! 어느새 나는 또 그 우드달드라는 녀석의 말을 되뇌고 있었다. 까닭 없이 뇌리에 떠오른, 아니면 어쩌다 우연히 듣게 된 노래 구절을 자신도 모르는 사이 자꾸만 읊조리게 되는 경우가 있듯이, 한 손으로 얼음덩이같이 차가워진 엽총을 움켜잡고 다른 손으로는 허리춤에서 연방 달그락거리는 탄알 주머니며 카메라를 추슬러 가며 재촉하고 있는 내 발길을 녀석은 끈질기게 방해하고 있었다. 도대체 녀석이 무엇이기에 자꾸만 생각나는 것일까? 나는 TV에서 보아온 녀석의 얼굴을 떠올렸다. 시 나부랭이나 끄적이고 있어야 어울릴 그 얼굴 어디에 그런 음험한 살의가 숨겨져 있었는지 알다가도 모를 일이었다.

정신병자 같은 녀석! 나는 냅다 고함을 지르고 말았다. 가래침을 돋궈내듯 돌연 튀어나온 나의 외마디를 들었던지 제프가 발길을 멈추고 뒤를 돌아다 보았다. 그는 나보다 10미터는 앞서 있었다.

"헤이 킴. 서둘러야 해. 여기에서 날이 어두워지면 정말 위험하다고."

나는 위험에 빠지고 말 거라는 제프의 말에 쓴웃음을 짓고 말았다. 그 말은 너무나 순진했고 또 강도가 턱없이 약한 표현이었다. 만약 이대로 어둠이 진다면, 우리에게 닥쳐올 일은 죽음뿐이었다. 무성한 가지를 늘어뜨리고 장벽처럼 늘어선 나무들과 가시덩굴 그리고 고랑과 웅덩이의 늪에 갇혀 한 발짝도 나아가지 못한 채, 모진 추위에 얼어 죽고 말거나 밤의 열기에 몸이 달아 더욱 포악해진 맹수들의 간식거리가 될 것이었다.

얼마나 헤매었을까? 팔목에 감긴 시계를 들여다볼 겨를조차 없이 달려왔기 때문에 정확한 시간을 알 수는 없었지만, 우리가 선더버드 폭포를 떠난 지 세 시간쯤 될 것으로 짐작되던 때였다. 머리 위를 덮고 있던 숲의 행렬이 갑자기 끊겨지고 눈앞 언덕의 무성한 잡초 위로 짙은 코발트빛 하늘이 홀연히 모습을 나타내었다. 우리는 정신없이 언덕을 기어 올라갔다. 모처럼 훤히 펼쳐진 하늘을 보자 그간의 긴장감과 피로가 단숨에 물러가는 듯했다.

언덕의 아래엔 강이 있었다. 그러나 투명한 물줄기가 수많은 폭포를 이루며 흘러내리던 그 샛강은 아니었다. 그것과는 견줄 수 없을 정도로 물이 적었다. 무수히 깔려 있는 자갈들 사이로 얼음으로 변한 물이 한줄기 가느다란 띠를 이루며 간신히 이어져 있을 뿐이었다.

버걱버걱 소리를 내지르는 자갈들 위를 걸어가며, 우리는 여기가 오전에 건넜던 그 지점의 상류이리라고 생각을 하였다. 그렇다면 이 강을 따라 내려가기만 하면 바로 그 다리에 이를 것이 자명했다. 그러나 우리의 판단이 잘못된 것일지도 모른다는 조짐이 조금씩 나타나기 시작하고 있었다. 얼마 가지 않아 우리는 더욱 큰 물줄기와 마주쳤던 것이다. 그 강줄기는 우리가 걸어왔던 자갈밭의 본류(本流)로서, 보다 먼 곳을 휘돌아온 것임이 분명했다. 뿐만이 아니었다. 우리는 물가를 따라 겨우겨우 이어진 흙 위를 걷고 있었는데, 갑자기 길이 끊기고 물이 나타나는 것이었다. 그 새로운 물은 강의 오른쪽에 서 있는 거대한 가문비나무 밑 얼음에서 솟아나고 있었다.

자세히 보니 우리가 딛고 서 있는 것은 흙이 아니었고 얼음이었다. 얼음 위에 두텁게 눈이 덮여 있어 우리가 미처 알아채지 못한 것이었다. 어디에선가 한줄기로 흐르던 강이 여기에서 천방지축으로 갈라지고 흩어져 지천을 이루고 있었다. 강의 천국이라고나 할까? 우리는 지금 여러 개의 강줄기가 얼기설기 얽혀진 어느 지점에 와 있었다. 그렇다면 우리는 오전에 건넜던 그 다리가 있는 곳으로부터 형편없이 하류로 내려와 있는 것이 확실했다.

난감한 일이었다. 해는 이미 서편 독수리산을 넘어가 있었다. 산중에서 어둠은 매우 빠른 속도로 다가옴을 우리는 알고 있었다. 길을 다시 거슬러 올라가기엔 시간이 너무 부족했다. 그렇다고 하류를 향하여 내려갈 수도 없었다. 거기엔 더욱더 많은 양의 물이 요소요소에 함정을 파고, 한결 복잡하게 얽히고설켜서 우리를 기다릴 것이었다. 우리는 분명 진퇴유곡의 경지에 있었다.

회반죽을 뒤집어쓴 듯 제프의 얼굴은 새하얗게 질려 있었다. 그는 떨고 있었다.

"이럴 줄 알았으면 후라쉬라도 가져올 걸 그랬어."

그때 내가 한 말은 순전히 경색된 분위기를 바꿔보려는 의도에서였다. 그러나 부질없는 그 말에 효험이 있을 리 없었다. 우리는 다시 긴장된 침묵에 빨려 들어갔다.

"제프. 우리 차분하게 생각해 보자고. 이 강을 따라서 저 아래로 갈 수가 있다고 생각해?"

제프는 고개를 가로 저었다.

"설마 우리들 자동차가 강 안쪽에 와 있는 것은 아니겠지?"

"그래."

"그럼 여길 건너보자고. 그게 우리가 해볼 수 있는 유일한 길이야."

나는 우리 곁을 스쳐 지나고 있는 시퍼런 강줄기를 가리키며 말했다. 대번에 그의 눈동자가 커다랗게 확장되었다. 무슨 똥딴지같은 소리냐 하는 투였다. 그러나 그의 눈동자가 차츰 오므라들며 한순간 빛을 발했다.

"그래, 바로 그거야. 강을 건널 수 있는 방법이 생각났어. 저 위쪽이야."

우리는 다시 활기를 찾을 수 있었다. 가능성이야 어떻든 한 가닥 희망이 남아 있다는 사실만으로도 힘을 내기에 충분했다. 사실 그때 기분으로는 사람이 희망만 잃지 않는다면 무슨 일이든지 해낼 수 있을 것 같았다.

우리는 오던 길을 거슬러 올라갔다. 우리가 이른 곳은 강이 여러 갈래로 퍼지기 전 한 줄기로만 남아 있는 지점이었다. 강은 대체로 두꺼운 얼음으로 덮여 있었다. 그러나 군데군데 구멍이 뚫리거나 갈라져 있었고 더구나 강의 건너편 줄기는 전혀 얼음이 얼지 않은 상태였다. 얼음 위를 걸어가기란 불가능하였다. 결국 우리는 강물 위 허공을 통하여 건너가지 않으면 안되었다. 나는 주위를 둘러보았다. 행여나 강변의 높은 나무에 길다란 동아줄이라도 하나 매달려 있을지 모른다는 허무맹랑한 기대감에서 였다. 하지만 그것이 현실일 리 없었다.

"킴. 저걸 어떻게 생각해?"

제프가 가리킨 것은 샛강을 가로질러 쓰러져 있는 두 그루의 죽은 나무였다. 20여 미터 넓이의 강의 한복판엔 제법 큰 바위 하나와 흙더미가 조금 돋아난 섬 같은 것이 있었는데, 한 그루의 나무는 이쪽에서 섬까지 다른 한 그루는 섬에서 건너편 기슭까지 비스듬히 뉘어 있었다. 섬까지 건너가는 데에는 그다지 큰 어려움이 없을 것 같았다. 그러나 섬에서 건너편으로 이어져 있는 나무의 끝은 겨우 어른 팔뚝만 한 굵기에 불과했고 그 아래엔 시퍼런 물줄기가 커다랗게 아가리를 벌리고 있었다. 문제는 거기에 있었다. 나무의 삼분의 이 지점까지는 그럭저럭 버텨낸다 해도, 두꺼운 옷을 껴입어 그냥 걸어가기도 힘든 몸을 이끌고 그 가느다란 가지 위를 이삼 미터나

걷는다는 것은 아무리 생각해도 어려운 일이었다. 더구나 우리의 손엔 장총이 들려있었고 목이며 허리엔 온갖 잡동사니들이 주렁주렁 매달려 있었으며 우리가 신고 있는 무거운 방한화도 외줄을 타기에 결코 적합한 것은 아니었다.

그런데 이상한 것이 인간의 정신이었다. 외계로 연결된 유일한 통로로 돌변한 고목을 뚫어져라 쳐다보던 제프가 문득 고개를 돌려 '준비됐어?'라고 물었을 때 나는 마치 재미나는 게임이라도 벌이는 듯 '물론' 하고 흔쾌히 대답해 주었던 것이다.

"오케이, 간다."

언제나 그랬듯이 제프가 앞장을 섰다. 그가 나무 위에 올라섰을 때, 나의 시야는 허공에 매달린 그의 모습으로 가득 차 있었다. 금방이라도 나의 머리위로 와락 쏟아져 버릴 것 같은 느낌에 나는 마음속으로 소리를 질러대었다.

—이 자식아, 정신 차리란 말야, 제발!

다행스럽게도 그는 강을 건너설 수 있었다. 나무의 끄트머리에서 자칫 추락해 버릴 듯 휘청거렸지만 제프는 날쌔게 몸을 날려 건너편 언덕에 내려앉았던 것이었다.

"해냈어! 넌 해냈어."

나는 기쁨에 겨워 마구 떠들어대었다. 이에 화답이라도 하듯, 제프는 머리 위에 두 손을 모아 쥐고 힘차게 흔들어 보였다.

이젠 내 차례였다. 다만 해야 한다는 의무감으로 나무 위에 올라섰다. 나무 위엔 눈이 깔려 있어 나를 적이 당황케 했다. 미처 염두에 두지 못한 부분이었다. 커다랗게 이어진 제프의 발자국 사이사이로 짐승들의 작은 발자국이 보였다. 아마도 늑대나 승냥이려니. 그런데 이상스레 그 발자국들이 내게 힘을 모아 주고 있었다. 이 위험한 다리를 건넌 것은 우리가 처음이 아니라는 생각. 그건 나에게 참으로 큰 위안이었다. 그것이 인간이건 짐승이건 내겐 이미 문제가 아니었다.

가까스로 문제의 삼분의 이 지점에 도달할 수 있었다. 시퍼런 물줄기가 어지러이 망막에 뛰어들고 있었다. 그것은 나를 후려 삼키기 위해 서서히 몸의 부피를 늘려가고 있는 괴물처럼 느껴졌다. 다리가 후들거렸다.

-사람의 몸은 바다에서나 찾아질 거야. 물론 죽어서지. 물살이 세어서 도저히 헤어날 수가 없다고.

하필이면 그때 제프의 말이 서슬 퍼렇게 가슴에 돋아났다. 몸이 잘 움직여 주질 않았다. 마치 꿈속에서 너울너울 춤을 추고 있는 듯한 느낌도 들었다. 순간, 날카로운 제프의 한마디가 가물가물해 진 나의 뇌리를 화살처럼 꿰뚫어 왔다.

"뛰엇!"

나는 몸을 날렸다. 한쪽 발이 나무의 저만큼 위에 닿았고 다른 한쪽 발이 다시 다른 곳에 얹혀졌다. 그러고 나서 균형을 잃은 나의 몸은 허공을 날아갔다. 무엇인가 딱딱한 것에 온몸이 호되게 부딪치는 느낌. 그와 동시에 수천 도의 강렬한 불꽃같은 환희가 솟구쳐 올랐다. 그것은 땅이었다.

"괜찮겠어?"

제프가 내 앞에 쪼그려 앉아 나를 들여다보고 있었다. 그리고 담배를 한 대 권했다. 나는 그것을 제프의 손에서 빼앗듯이 뽑아 입에 물었다.

순식간에 날은 완전히 어두워 있었다. 이미 어둠에 익숙해 있던 눈으로도 일 미터 앞을 분간할 수가 없었다. 몹시 목이 말랐다. 그러나 방금 우리가 건너온 강물은 쳐다보기도 싫었다. 우리는 일어섰다. 이번엔 깎아지른 듯한 벼랑이 시야를 막아서고 있었다. 단 일분일초의 시간이라도 절약해야 했다. 어둠 속에 조금씩 섞여 있는 한줌의 빛은 우리에게 남아 있는 공기와도 같았다. 얼마 남지 않은 그것마저 다 소모해 버리고 나면 우린 그만 질식하고 만다.

우리는 벼랑을 향하여 천근이나 되는 다리를 조금씩 움직여 갔다. 할 수만 있다면 이대로 벌렁 드러누워, 세상이야 어찌되었건 잠이나 실컷 자버리고 싶었다. 마른입에서 쓴 물이 솟아났다. 힘을 내야 했다. 그러나 앞으로도 얼마나 더 이런 고행이 계속될지, 벼랑 위엔 도대체 무엇이 있을지 아무도 몰랐다. 나는 암담한 기분에 빠져들고 말았다. 외나무다리를 건너기까지도 느끼지 못했던 감정이었다. 그땐 그래도 희망이 있었다. 다리만 건너면 그것이 무엇이든지 우리가 뜻한 바를 이룰 것만 같았다. 그러나 그것을 이루었음에도 끝나지 않는 고난에 나는 절망해 있었다. 제프의 고개도 한결 늘어져 있었다. 그의 꿈도 이미 다 소진해 버렸으리라.

마지막 하이킹. 별 생각 없이 지어 붙인 그 이름이 우리의 불행한 말로를 예시했던 것만 같았다. 이러다 나의 생이 끝나버리는 것은 아닐까? 고국에서 칠천 킬로나 떨어진 이곳 알래스카의 숲에 영원히 갇혀버린 나를 아이들은 어떻게 생각할까? 눈앞이 캄캄했다. 진정 이것이 내 생의 마지막 순간이 될지도 모른다는 위기감이 거대한 파도를 이루어 너울너울 밀려오고 있었다.

그때였다.

"헤이. 빨리 와 봐! 길이 있어. 진짜 길이라고."

진정 그것은 죽음의 동굴에서 맞은 한 줄기 강렬한 빛이었다. 벼랑 위에 기어오른 제프가 그 너머로 톡톡 손가락질을 해가며 악을 쓰고 있었다. 어둠 속에 길게 늘여놓은 실같이 생긴 그것은 과연 길이었다. 나는 제프를 얼싸안고 환호를 했다. 인간의 조형물 속에 들어섰다는 사실 하나만으로 이렇게 기뻐하기는 난생 처음이었다.

우리는 춤을 추듯 걸어 내려갔다. 그리고 어디쯤에서 드디어 인간의 빛을 발견하였다. 그 빛은 황량한 숲속에 지어진 동화 속의 오두막 같은 한 목조 건물에서 새어나오고 있었다.

"제프. 이젠 살았어. 빨리 저 집으로 가서 여기가 어딘지 알아보자구. 물도 한 잔 얻어 마실 수 있으면 좋겠어. 배도 고프고…."

내 말대로 배가 고팠고 갈증이 난 것도 사실이었다. 그러나 보다 절박한 감정은 인간에 대한 그리움이었고 반가움이었다. 이런 깊은 산속에서 천신만고 끝에 사람을 만났으니 당장 달려가 사람 사는 냄새도 맡고 그들과 어울려 나도 한 개 인간임을 자부하고 싶었다.

"쉿! 조용히 해."

제프의 반응은 뜻밖의 것이었다. 그는 마치 우리가 더할 수 없이 포악한 맹수라도 만난 듯 긴장해 있었다. 어조가 너무나도 단호했기 때문에 그의 엉뚱한 반응에 대한 숱한 의문과 궁금증에도 불구하고 나는 소리를 낮출 수밖에 없었다. 나는 작은 목소리로 말했다. 마치 도둑질이라도 하는 듯 소곤거리고 있는, 전혀 예기치 못한 나의 모습이 못내 우스웠다.

"무슨 소리야, 제프. 우린 숲에서 길을 잃어버린 사람 아냐? 그들은 우릴 보살펴 줄 거야."

그러자 제프는 손가락을 치켜들어 제 머리통을 콕콕 찌르는 시늉을 해 보였다.

"여기에 누가 있는 줄 알면 당장 총을 쏠 거야. 누구냐고 묻지도 않아. 여긴 사람이 잘 다니지 않는 곳이기 때문이야. 더군다나 우리는 총까지 들었잖아."

왜! 왜! 그런 의문이 머리끝까지 솟았지만 나는 그 말을 꺼내지 않았다. 우리가 언쟁을 벌이기엔 주위가 너무 조용했다. 그리고 제프의 말에 까닭 모를 긴장감이 엄습해 온 것도 사실이었다. 하지만 정말 그럴까? 여기가 인적이 뜸한 곳이라는 사실이 그리고 우리가 총을 들었다는 사실 하나가 당장 죽을 수도 있는 정당한 이유가 되는 것일까? 오늘 아침 폭포로 가던 길에서 만난 고슴도치가 생각났다. 고슴도치는 제가 진실로 위험하다고 느끼기 전에는 등가죽을 펴지 않았다. 그악스러운 곰도 여차하면 자신을 쏘아 죽일 기세에 있던 우리를 거들떠보지 않았다. 나는 그럴 리가 없다고 결론을 지었다. 마치 각개전투를 벌이듯 은폐와 엄폐를 해 가며 전진을 하고 있는 제프의 뒤를 살금살금 따라가기는 했지만, 당장이라도 제프의 등뼈에서 우두둑 소리가 나도록 두들기며 뱃속에 고여든 웃음을 시원스레 쏟아내고 싶었다.

사방은 먹물을 뿌려놓은 듯했다. 약 백 미터 앞의 민가에서 번져 나오는 불빛만 없다면 한치 앞을 분간치 못할 어둠이었다. 어둠은 내게 평화와 안식의 표상으로 변해가고 있었다. 이제 나는 어느 때보다 험난했고 인상 깊었던 마지막의 하이킹을 훌륭하게 해치운 셈이었다. 내게 남아있는 일은 수만 가지 추억과 진기한 무용담을 안고 고국으로 돌아간다는, 생각만 해도 가슴 뻐근한 일뿐이었다. 뼛속까지 얼얼하게 하는 혹독한 추위와 여전히 이국의 냄새를 짙게 뿌려오고 있는 우람한 전나무 숲만 아니었더라면, 저녁 식사 후 한가로운 산책에서 집으로 돌아가고 있는 듯한 착각이 일 지경이었다.

샘의 바닥에 다시 물이 솟아나듯이, 평정을 되찾은 내 가슴엔 어느새 또다른 상념이 자리를 잡아가고 있었다.

-산맥은 물감을 마구 칠해 놓은 듯 황홀했습니다. 난 내 귀와 눈을 의심하지 않을 수가 없었어요. 어떻게 그런 세계가 존재할 수 있었을까요? 그 꿈 같은 대지에 살아있는 것은 오직 그와 나 뿐이었습니다.

우드달드는 자연의 아름다움이 자신의 살의를 충동질이라도 한 듯이 말하고 있었다. 마치 너무 예뻤던 나머지 꽃 한 송이를 꺾어 버렸을 뿐이라고 설명하는 듯한 거리낌없는 태도였다. 나는 마른침을 우러내어 탁 하고 뱉어내었다. 정말 인간은 세상에 잘못 내몰린 늑대의 무리일까? 혹시 인간은 누구나 자신의 내면 깊숙이 잔인한 공격성을 숨기고 사는 것은 아닐까? 어떤 심리학자의 말처럼 옛날 맹수의 자리를 오늘에 이르러 인간이 대신하는 것일까? 이미 하루 종일을 매달렸음에도 조금도 풀어내지 못한 의문에 나는 오리무중으로 다시금 빠져들고 있었다. 제프는 병정놀이를 하듯 여전히 몸을 낮추고 어둠에 휩싸인 동화 속 오두막집을 멀찌감치서 휘돌아가고 있었고, 나는 어정쩡한 자세로 뒤를 따르고 있었다.

그 어느 때였다. 한순간 천지에 가득한 정적을 뿌리째 뒤흔들며, 한 소리가 매섭게 고막을 때렸다. 심장의 박동을 딱 멈추게 하는, 무시무시하게 큰 소리였다. 밀폐된 금속관이 터지면서 주변의 모든 것을 갈갈이 찢어내는 음향. 악의에 찬 누군가가 일부러 나의 귀에다 대고 터트리고 있는 듯한,

그 저주받을 소리가 한 발도 아니고 대여섯 발이나 연달아 터지고 있었다. 그리고 내가 어느새 한 나무의 육중한 둥치 아래 팽개쳐지듯 주저앉아 있다는 사실을 깨닫게 되었다. 그제야 나는 사태의 심각성을 깨우치기 시작하였다. 누군가가, 정말로 누군가가 우리를 향해서 총을 쏘아대고 있었다.

터무니없게도 총탄은 조금 전 내가 물이나 한 잔 얻어 마시고 싶어했던 민가에서 날아오고 있었다. 순간, 섬뜩함이 허공에 휙휙 내리그어지는 예리한 칼날처럼 온몸을 휘젓고 내려갔다. 거의 본능적으로, 나는 몸을 움직여 보았다. 뜻밖에 팔다리가 가볍게 움직여졌다. 몸의 어떠한 부위에서도 총을 맞은 것 같은 통증이 느껴지지 않았다. 나는 앞장을 서 가던 제프 쪽으로 황망히 시선을 던졌다. 그러나 분명 거기 어디엔가 있어야 할 제프의 모습이 보이질 않았다.

"제프!"

황급히 앞으로 나아가던 나는 무엇인가에 발길이 채여 꺾어지듯 나동그라지고 말았다. 제프였다. 그는 눈발이 엉겨 붙은 갈대더미에 머리를 처박은 채 미동도 하지 않고 있었다. 나는 그의 어깨를 잡아 흔들었다. 그러나 끄떡도 하지 않았다. 그는 거짓말같이 죽어버린 것이었다. 제프! 내가 제프를 부르는 말은 입밖을 튀어나오지 못했다. 너무나도 어이가 없었고 너무나 갑작스러웠으며 너무나도 무서웠기 때문이었다.

찰카닥! 찰카닥! 연달아 엽총의 노리쇠를 후퇴시키는 금속음이 십여 미터 떨어진 민가의 분홍빛 창문에서 날아왔다.

"걱정 말아요. 허니. 밖에서 뭐가 얼씬거리는 것 같아서 몇 발 갈겨 봤어. 짐승 같으면 문제없지만 사람이라면 어떡할 거야. 요즘 같은 세상엔 그저 조심하는 게 상책이라니깐."

그것이 환청이었던가? 겁이 많은 아내를 달래는 한 사내의 자상한 목소리가 그쪽에서 들려왔다. 그리고 아직까지도 그 뜻을 헤아릴 수 없던 한 소리가 수라장이 된 내 가슴으로 까물까물 날아들었다.

—그건 예기치 못한 일이었어요. 내겐 죄가 없어요.

나는 자꾸만 식어가려는 제프의 가슴에 엎드린 채 거칠게 몰아쳐오는 호흡을 참아내느라 안간힘을 쓰고 있었다. 가시를 펴지 않던 고슴도치와 어기적어기적 궁둥이를 흔들어대며 사라져가던 곰의 뒷모습이 환영처럼 눈앞을 스쳐갔다. 그리고 우리가 지나왔던 눈과 얼음의 험로가 정겨운 고향의 들녘처럼 아스라이 펼쳐지고 있었다.

한참이 지난 후, 나는 눈을 씻었다. 어느새 떠올랐던지 시리도록 맑은 별들로 가득 찬 암청색 하늘이 아름드리나무의 가지에 꽂힌 무수한 파편 같은 모습으로 쳐다보였다.

아들의 십자가

상처 입은 새의 날갯짓처럼 형광등은 한참을 퍼덕이다가 겨우 불을 밝혔다. 순간 어지러운 방안 모습이 숱한 의문과 애매한 불안으로 뒤죽박죽인 내 가슴에 쑤시듯 달려들었다. 반쯤 열려진 검정색 호마이카 농 문짝 사이로 마구 뒤헝클어진 옷가지들이 무슨 짐승의 내장처럼 들여다보였고, 천정을 오가는 전깃줄과 텔레비전 안테나선이 냉큼 목을 달아맬 듯이 낮게 늘어져 있었다.

"아이고, 아버님이 오셨습니까?"

그새 잠에서 깨어났던지, 아들 형진이가 낡아빠진 미닫이문을 밀치고 비슬비슬 건너왔다. 녀석은 큰방을 놔두고 창고처럼 쓰고 있는 골방에 곯아떨어졌던 모양이었다. 유난히 커다랗게 여겨지는 이불 한 구석에 몸을 동그랗게 옹크리고 잠들어 있는 손자 녀석을 한쪽으로 밀어놓고, 나는 아들과 마주앉았다. 언뜻 보기에 눈동자가 조금 풀어진 듯하고 머리카락이 고철 더미 속의 녹슨 철사 줄처럼 마구 뒤엉키긴 했어도, 교회 청지기 노인의 말같이 기괴한 행패를 부린 얼굴은 아닌 듯 해서 마음이 조금 놓였다. 그러나 아무래도 말투가 수상했다. 평소 아들의 목소리는 세상의 골머리를 혼자서 다 앓고 있는 듯 어둡고 맥 빠진 것이었다. 그런데 조금 전 아이구 어쩌고 하던 말은 전에 없이 허풍스럽기 짝이 없었다. 어찌

들으면 애비의 권위를 은근히 깔아 뭉개버리려는 의도가 숨겨져 있는 듯도 했다.

"간밤엔 무슨 일이냐? 고야 에민 어떻게 된 거구."

나는 온몸의 촉각을 곤추세우고 부지런히 눈알을 굴려대면서도 짐짓 차분한 목소리로 물었다. 그러나 아들은 들은 척도 하지 않았다. 손바닥으로 애꿎은 방바닥을 이리저리 쓸어보고 옷소매를 팔꿈치까지 걷어붙인 뒤 제 팔뚝을 곰곰이 들여다보기만 하는 것이었다. 아들 녀석이 나의 말에 대꾸조차 하지 않는 일은 육십 평생에 처음 겪는 일이었다. 나는 께름칙한 기분을 지워댈 요량으로 담배를 피워 물고 눈을 감았다. 혼란스럽기 짝이 없는 나의 사고는 스르르 풀려진 태엽처럼 노인에게로 돌아가고 말았다.

내가 노인의 전화를 받은 것은 다섯 시간 쯤 전, 지난밤 막 깊은 잠에 빨려들려던 시간이었다.

"보이소. 거기 김영수 상사라카는 사람 댁 아닙니꺼?"

전화통에서 쏟아져 나온 가르랑거리는 목소리의 노인이 대뜸 하는 말이 그것이었다.

"거 대관절 누구쇼. 아닌 밤중에⋯."

나는 입에서 욕설이 벌컥 튀어나오려는 것을 참으며 그렇게 말했다. 새벽 두 시에 전화를 건 소행도 그렇거니와, 육년 전 군복을 벗은 나에게 자발스럽게 붙여온 상사라는 딱지가 심사를 여지없이 뒤틀어놓고 말았다.

"야심한 시간에 죄송하게 되었습니다마는, 혹시 서른 쯤 먹은 김형진이라 카는 젊은이를 알고 기시능교?"

아닌 밤중에 홍두깨라고 노인의 말 가운데 돌연 튀어나온 아들 이름에 나는 당황치 않을 수가 없었다. 내 방 천장을 망연히 바라보던 나는 떠듬떠듬 말을 꺼냈다.

"내가 그 애 아비 됩니다만…."

무슨 까닭에선지 숨결이 갑자기 툭 끊겨지는 것 같은 기척이 수화기로 전해오는 것이, 놀라긴 저쪽도 마찬가지인 모양이었다.

"머시라꼬예. 아이고 크게 실례했심니더. 지는 고마 김집사 성님이거나 삼촌 뻘이나 되는강 했지 뭡니꺼. 고것도 마 이상하지예. 와 춘부장 어른 존함을 그렇게 불렀시꼬."

크게 당황해 하는 양이 필시 무슨 곡절이 있을 것만 같았다.

"지는 김 집사님이 그러니까 선생님 자제분이 댕기고 있는 부산 영도 하나님의 교회 청지기 일을 보고 있는 박이라 카는 사람올습니더. 그런디 이거 머시라꼬 말씸을 디려야 오를지…."

노인이 혀를 끌끌 차는 소리가 전화줄을 건너왔다. 어디서부터 이야기의 실마리를 풀어야 할 지 허둥거리고 있는 것 같았다.

"우쨌든 자제 분께 문제가 생겨도 단단히 생긴 것만큼은 틀림이 없습니데이. 다시 말씸을 디리자 카몬 정신에 이상이 왔다 그깁니더."

순간 머릿속으로 불덩이가 치솟아 오르는 것 같은 충격이 느껴졌다. 나는 자리를 차고 일어나 앉았다.

"그게 무슨 소리요. 밑도 끝도 없이 내 자식이 돌다니요."

내 감정은 상당히 복잡한 것이었다. 무엇보다도 먼저 머리를 쳐든 것은 극에 달한 불쾌감이었다. 한밤중에 일어나 망령 든 노인한테서 조롱을 당하고 있다는 느낌이었다. 한데 이상한 일은 그와 거의 동시에 가슴 한 구석에 슬그머니 저며 오는 정체모를 불안이었다. 마치 이런 일을 예상이라도 했던 것처럼, 드디어 올 것이 오고 말았구나 하는, 논리적으로 전혀 해명할 길이 없는 터무니없는 느낌이 그것이었다.

"시외통화라 상세한 말씸은 디릴 수가 없고, 퍼뜩 이리로 좀 와 보시이소. 아드님한테 가시기 전에 여기 우리 예배당으로 꼭 좀 왔다 가이소. 알겠십니꺼?"

노인이 하도 급하게 몰아치는 바람에 잠시 머뭇거릴 틈도 없었다. 나는 그길로 일어나 자동차로 두 시간을 달려가 노인을 만났다.

"지난밤 따라 철야 기도를 하는 사람도 없고 해서 일찌거니 단도리를 마치고 방에 들어와설랑은 안 누벗겠십니꺼. 그런디…."

나이답지 않게 아리잠직한 구석이 있어 보이는 칠십 노인이 선잠으로 부석부석해진 얼굴을 쓸어내리며 말을 꺼냈다.

"그때가 밤 열한 시나 되었나 그랬을 껍니더. 방 안에서 우리 할망구하고 텔레비전 보고 있는데, 바깥에서 배란간 이상한 소리가 살살 들려오는 기 아니것습니까. 뭐시라고 할까, 무신 구렁이 한 마리가 살곰살곰 기오는 거 같이 밸시럽게 기분 나뿐 소리였지예. 그래서 마누라 방 안에 꼼짝 말고 있으라 캐놓고 후라시 챙겨 들고 밖으로 나갔지예."

소리는 예배당 안에서 들려오고 있었다고 했다. 어흠 하고 헛기침을 두어 차례 돋우고 난 뒤, 노인은 손전등을 휘저으며 가까이 다가갔다. 어이없게도 그 소리는 한 남자의 기도 소리였다. 이렇게 야심한 때 도둑질하드키 예배당에 숨어들어와 기도를 디리다니, 거참 답답은 사람도 다 봤다. 긴장이 풀리면서 밀려온 싱거운 생각에 노인은 피식 웃음을 흘렸다. 한데 한 소리가 우악살스레 터져 나왔다. 내 주는 강한 성이오 방패와 병기되시니…. 찬송가였다. 그 소리가 어찌나 요란하던지, 오장육부가 한순간 움씰

하며 숨이 넘어갈 듯했다. 가슴을 찢어내며 쏟아지는 듯한 비장한 음성의 찬송가는 한동안 계속되었다. 그러다 안에서 무슨 사단이 났는지, 안에서 무언가 우지끈거리는 소리가 들려와 노인은 냉큼 뛰어들어갔다.

출입문 오른쪽에 있는 전기 스위치를 켜 올리자 샛노란 불빛이 사방 구석구석에서 곤두박질을 치며 내려왔다. 순간 그 사람은 하던 짓을 멈추고 고개를 획 돌려서 노인을 쏘아보았다. 활활 타오르는 듯한 눈초리가 얼마나 무섭던지, 노인은 숨조차 쉴 수가 없었다고 했다. 사탄이 바로 그것이었다.

"…그카는 걸 찬찬이 뜯어보니, 아, 그 사람이 움펑눈이 김 집사가 아닌교. 나도 잘 알고 있는 사람이지예. 하는 행실이 점잖고 말수 적은, 우리 교회 뒤 산만디이 사는 김형진이, 핵교에서 무얼 잘못 가르쳤다고 쫓겨났다는 소릴 들었지예. 요즘 세상이 하도 무섭다 무섭다 캐싸잖습니까."

평소에 그렇게 순하고 얌전하던 김 집사 그가 하는 짓이 정말 괴상했다고 노인은 말을 이었다. 강단에다가 의자란 의자는 죄다 쌓아놓고 그 위에 올라서서는 천정에 매달려 있는 십자가를 향하여 손을 바둥거리고 있었다. 거기에다 대고 기도를 하자는 것인지 아니면 그냥 만져보고자 하는 짓인지는 모르겠으되, 의자가 무너져 코가 깨지고 이마에서 피가 흐르는 것도 아랑곳하지 않고 다시금 씨근덕거리며 의자를 쌓곤 하는 것이었다.

마침 놀라 달려온 할멈 덕택에 정신을 차린 노인은 그에게 다가가 뜯어말리기 시작했다. 그러나 그 약한 몸 어디에서 힘이 나오는지 둘이 붙어서 말리는데도 끄덕도 하지 않았다. 그러다 피라미드 모양으로 쌓여진 의자 더미 위에 올라선 김 집사는 연장 하나 쓰지 않고 그 큰 십자가를 떼어냈다. 사탄아 물러가라! 분명히 김 집사가 내질렀다 싶은 섬뜩한 불호령과 함께 육중한 십자가가 예배당 한가운데 메다꽂히고 말았다.

"이우제 사람덜이 그 난리 소릴 듣고 달려들 왔기에 망정이제 심장이 달달 발동기 달린 거 맹쿠로 떨려서 고마 명을 잃을 뻔 했심더. 그렇게 해서 사람덜이 붙들고 앉아서 그 양반을 살살 달개는데 김 집사 그 사람도 기력이 다했는지 가만 앉아설랑 숨만 헐떡거리다가는 난데없이 전화번호 하날 일러주면서 김 머시라 카는 육군 상사님 조곰 찾아달라고 하는 기 아니겠십니꺼. 그러다 그냥 시적시적 나가버렸는디, 우리덜끼리는 저 사람 안사람이 집을 나간 기 괴롭아서 못 먹는 술을 먹었는지, 죽을라꼬 약을 먹었는지 아무튼 마귀가 씌어도 보통 씬 게 아니라고 말을 하기도 했십니다마는, 아무래도 정신에 이상이 온 기 틀림이 없을 기구만요."

노인은 가쁜 숨을 몰아 내쉬었다.

형광등 불빛에 눈이 부셨던지, 다섯 살배기 손자 녀석이 눈을 비비며 일어나 앉았다. 그리고 잠시 나를 향하여 끄먹끄먹 풍한 눈길을 주다가는 다시 쓰러지고 말았다. 간밤의 난리에 잠을 제대로 이루지 못했던 모양이었다. 나는 그다지 서두르지 않는 몸짓으로 아이를 안아 올렸다. 썰렁하기만 한 방안 공기에도 불구하고 녀석의 이마엔 땀방울이 송골송골 맺혀 있었다. 살이 끼었던지 그다지 보고 싶다는 생각도 없이 아들네와 떨어져 살면서도, 이따금씩 소식이 궁금해지던 유일한 녀석이었다.

"아까 교회 노인네 하는 말이 에미가 집을 나갔다던데 무슨 소리냐? 지금 어딜 간 거야? 이 어린 것을 놔두고."

그때까지 아무 말도 없이 제 팔뚝을 훑듯이 들여다보고 있던 아들이 갑자기 벽 쪽으로 기어가 창문을 활짝 열어 제쳤다. 순간 유리창에 가득 쌓여 있던 냉기가 곤두박질을 치며 내려왔다. 나는 이불을 손자의 목까지 끌어당기며 소리쳤다.

"문은 왜 열어, 이놈아. 어린애 감기 든다."

"방에서 냄새가 나요, 아부지."

"냄새는 무슨 냄새야. 다 네 땀 냄새지."

"아녜요. 뭔가 썩고 있는 냄새예요. 어제는 안 그랬어요."

"그래도 닫아."

나는 단호히 명령했다. 그렇게 말하는 것은 나의 버릇이기도 했지만, 아들이 심상치 않다고 느끼던 터에 어떻게든 녀석의 기를 꺾어놔야겠다는 생각도 없지 않았다. 아들은 난처한 표정을 지으며 나를 물끄러미 바라보았다. 그러다가 한참이나 지난 뒤 창문을 닫는 듯 하더니만, 이내 다시금 반쯤 열어놓았다. 자리에 기어와 앉더니 아들은 또 기이한 수작을 계속하였다. 러닝셔츠를 걷어 올려 제 뱃살을 곰곰이 들여다보다가 거기에서 무엇인가를 찾아내기라도 한 듯이 손가락을 집게처럼 동그랗게 오그려서 잡아떼는 시늉을 하는 것이었다. 그리곤 마치 더럽고 지저분해서 견딜 수가 없다는 표정으로 그것을 째려보았다.

"에민 어딜 갔느냐?"

나의 질문에 아들은 흠칫 놀라는 듯했다. 그리고 그 앙당그러진 자세를 조금도 풀지 않은 채 더듬더듬 말을 꺼냈다.

"그 사람과 저는 오래… 진짜로 오래 고민을 했습니다."

"고민하긴 뭘 고민했다는 말이냐. 에미가 집을 나갔다는 게 사실인 모양이구나."

"아버지. 이젠 고민하지 않습니다. 그냥 용서하기로 했습니다."

"뭘 말이냐. 집 나간 네 처를 용서한단 말이냐?"

"아닙니다. 꼭 용서해야 될 불쌍한 사람이 있습니다. 육년 전⋯."

아들은 거기에서 자르듯 말을 끊고 내 얼굴을 빤히 쳐다보았다. 아들의 표정엔 당혹해 하는 빛이 역력했다. 녀석이 내게 무엇인가를 숨기고 있음이 분명했다. 그것은 반드시 며느리의 가출과 또 아들의 정신 상태를 이 지경으로 만든 것과 깊은 관계가 있으리라 나는 생각하였다. 어린 아이를 두고 간 것을 보니 뭔가 긴한 일이 생기긴 한 모양이었다. 아무리 급해도 그렇지, 하고 나는 끌 하고 혀를 찼다.

"용서고 뭐고, 무슨 까닭으로 애를 키우는 여자가 집을 나가느냔 말이야?"

사실을 말하자면, 며느리가 집을 나갔다는 느닷없는 소리에도 나는 별다른 마음의 동요를 느끼지 못하고 있었다. 그 애와 나 사이엔 세대차라던가 대화의 장벽이라는 말로도 풀이할 수 없는 이질감이 느껴오던 터이었다. 생각해 보면 야무지고 참한 구석도 없진 않았지만, 지나칠 정도로 말수가 적다는 사실이나 표정이며 행동거지에 도사리고 있는 그늘진 기색이 내게 엄펑스런 느낌을 안겨주곤 했었다.

어찌된 셈이었을까? 무르춤해져서 기도 펴지 못하던 아들이 한순간 고개를 빳빳하게 치켜세우며 지청구를 퉁기듯 말을 하는 것이었다.

"왜 에미가 집을 나갔냐고요? 그건 바로 살아남기 위해서지요. 무슨 일이 생길 적마다 숨어야 한다는 것이 그 여자가 터득한 생존의 비법이지요. 그 여잔 헌신과 희생의 정신으로 세워진 이 태평성대의 문둥병자 아닙니까?"

"무슨 잠꼬대야. 도대체!"

아들이 제정신이 아닌 것은 분명했다. 동자가 풀어지고 희누르스름한 흰자만 휑하니 남은 눈알이 그걸 증명하고 있었다. 나는 아직 잠에서 깨어나지 않은 손자 고야를 깊숙이 끌어안았다. 미치광이가 된 아들로부터 손자를 보호하려는 심사에서였다. 아니 어쩌면 아들도 어찌할 수 없는 손자의 그늘에 숨어 이제 어떤 모습으로 돌변할지 모를 아들로부터 나 자신을 보호하고자 했었는지도 몰랐다.

"아버진 아직 그 무자비한 살육을 기억하고 계시겠죠? 육 년 전…."
"이놈이 또 무슨 소릴!"

내 가슴은 철렁 내려앉았다. 어딜 가서 저런 소릴 했다가는 쥐도 새도 모르게 잡혀가기 십상이었다. 지금은 이른바 민주화라는 단어가 전가의 보도처럼 휘둘러지던 70년대 말의 세상이 아니었다. 그때 이 땅을 잠시 휘젓고 다니던 개혁바람은 권력욕과 이기심에 찬 야당 지도자들의 분열로 깨끗이 사그라지고, 강단 있고 사상 확실한 새로운 정권이 터를 잡은 지 오래였다. 한때 이 땅을 뼈저린 한숨 속에 잡아두던 폭력 소요 사태는 급격히 줄어들었고, 매양 세상일을 이리 뒤집고 저리 비틀어대던 신문이 조용해졌으며, 망둥이가 뛰니까 빗자루도 뛴다고 덩달아 들까불어대던 온갖 것들이 원래의 자리를 찾아가 다소곳이 앉은 것이었다. 모름지기 개혁이란 있는 듯 없는 듯 해야지 조자룡 헌 칼 쓰듯 했다가는 망하기 마련이라는 것이 나의 지론이었다. 그렇다고 하여도 현재의 사회를 뒤덮고 있는 두터운 침묵이 까닭 없이 부담스럽고 답답한 면도 없진 않았다.

어쨌든 아들 녀석이 큰일이었다. 약이나 지어먹고 그만 수그러들면 좋겠지만, 만약 정신병원에라도 가야 하는 날이면 정말 문제였다. 차가운 쇠창살과 전기쇼크 그리고 몽둥이질…. 그것도 치료의 한 방법일지는 모르겠으나, 아무래도 대를 이어갈 아들을 맡기기엔 섬뜩한 기분이 앞섰다.

"그러니까 그해 오월, 솔숲이 우거진 광주 신월마을에서의 일입니다."

아들은 슬픔이 깃든 눈을 하고서 마치 하늘을 망연히 바라보듯이 전깃줄 하나가 몸을 비틀며 지나간 천정 한구석에 그윽한 시선을 매달고 천천히 입을 열었다. 무대에 처음 오른 신출내기 배우처럼 자못 심각하고 긴장된 그리고 턱없이 과장된 신파조 어투였다.

"산과 저수지 그리고 짙푸른 수풀 사이로 뻗어나간 이차선 아스팔트 도로 위에 가득 고인 정적을 깨며, 콩을 볶아대듯이 총성이 울렸습니다."

"이놈아. 어서 옷이나 꿰입어. 약방엘 가든 병원엘 가든 해야 할 거 아냐."

"어느 순간 젖소가 비명을 지르며 쿵 하고 쓰러지는 소리가 그 아비규환 속에 들려왔습니다. 그때까지 사지를 벌벌 떨며 부뚜막 아래로 머리를 처박고 있던 농부의 아내가 마당으로 정신없이 뛰어나갔지요. 그리고 그녀의 전 재산인 다섯 마리의 소가 모두 피를 뿌리며 죽어가는 모습을 보았습니다. 그 어리석은 여자는 총부리가 자신의 머리를 겨누고 있다는 사실도 잊고, 길길이 악을 쓰며 사립문 밖으로 뛰쳐나갔습니다."

"이 녀석이 그래도. 어서 일어나지 못해!"

"농군의 아내는 가난과 허기에 지친 네 식구의 생명줄을 무참히 잘라 가버린 그들을 향해 달려가려 했습니다. 그러나 그러질 못했습니다. 어깨에 총을 맞고 쓰러져 버렸기 때문입니다. 일은 거기에서 그치질 않았습니다. 잠시 후 착검한 엠십육 소총을 앞세운 일단의 군사가 그곳에 들이닥쳤습니다. 총탄에 쓰러진 아내를 지켜보느라 눈알이 뒤집힌 농부는 낫을 손에 쥐고 그들에게 돌진해 갔습니다. 그땝니다. 아버님, 들어보십시오. 누군가의 입에서 쏴 하는 짤막한 구령이 떨어졌고 이어 터진 수발의 총탄 속에 농사일밖에 모르던 그 철없는 사내는 피를 쏟으며 죽고 말았습니다."

"이놈아. 그런 상식 밖의 일이 이 나라에서 일어나기나 했을 것 같으냐? 그게 다 불순분자들이 과장해서 지어낸 말이야. 넌 모르지만 난 알아."

순간 아들의 얼굴이 험악하게 일그러졌다. 새빨갛게 충혈된 그의 눈엔 언뜻언뜻 물기까지 내비치고 있었다.

"그렇지요. 아버진 훈장까지 타신 분이니까요."

그의 말은 비장했고 나를 쏘아보는 눈빛엔 붉은 핏발이 섞여 있었다. 그 눈길이 어찌나 매섭던지 가슴이 다 찔깃해 올 지경이었다. 다음 순간 강파른 기운이 혼연히 녹아들더니, 아들은 느닷없이 처연한 웃음을 터트리기 시작했다.

나는 창밖으로 시선을 돌리고 말았다. 날이 훤하니 밝아 있었다. 지금쯤 거리엔 뭇사람들이 지난날의 찌꺼기를 훌훌 털어내고 가득 쏟아져 나와 있을 것이었다. 난감했다. 돌아도 완전히 돌아버린 것이었다. 아들이 한 말은 염두에 둘 필요조차 없었다. 어쨌든 그것은 이미 끝난 일이었고 나와 아들과는 상관이 없는 일이었다. 또 나라의 큰일을 치르다보면 억울한 희생쯤은 한두 건 생겨나기 마련이었다. 그런데 아들이 왜 그 일에 그토록 집착을 해야 했는지, 나는 막연히 떠오르는 불안한 생각을 떨쳐버릴 수가 없었다.

아들은 슬픔에 찬 커다란 눈을 돌려 내 쪽으로 향했다. 그리고 한참이나 나를 살피더니, 한순간 손가락을 집게처럼 모아 쥐고 새가 먹이를 쪼듯 나의 어깨에서 무엇인가를 집어내었다. 한 올의 머리카락이었다. 녀석은 자신의 손가락에 낀 그것을 짐짓 회심에 찬 눈빛으로 바라보았다. 그리고 부엌까지 달려가 쓰레기통 깊숙이 그것을 묻고 난 뒤, 녀석은 내 몸에서 평생을 털어내도 모자랄 터럭이라도 찾아내려는 듯이 눈에 불을 켜고 다가앉았다.

"무슨 짓을 하는 거야. 어서 세수나 하지 못해!"

"아녜요. 아부지. 여기서 이상한 냄새가 나요. 자꾸만요."

참다못한 내가 아들의 멱살을 잡아끌었으나 녀석은 꿈적도 하지 않았다. 삼손이가 살아 돌아왔다던 청지기 노인의 말이 무슨 불길한 예언이나 되는 듯이 시퍼렇게 되살아났다.

우여곡절 끝에 차를 몰고 달려간 곳은 미문화원이 들어서 있는 시내 한복판 번화가였다. 늘어나는 자동차를 주체할 수가 없었던지 간선도로 대부분이 좌회전 금지, 일방통행, 주정차 금지, 진입 금지 등으로 묶여있었기 때문에 나는 진땀을 빼야 했다. 길을 지나다 언뜻 병원 간판을 발견한 나는 근처 골목에 서둘러 차를 세웠다. 종합병원이라면 정신과도 있을 터였다.

"캬ㅡ."

높다란 나무에서 뛰어내리는 타잔의 모습을 흉내 내며 차에서 내린 아들이 들입다 외마디 소리를 질러댔다. 카페며 비어홀 의상실 또 대형 성인오락실이 늘어선 대로변에서 행인들이 혼비백산을 하며 흩어졌다. 아들놈의 자세는 참으로 기묘했다. 닭모가지처럼 구부려 든 오른팔을 가슴에서 얼굴께로 곤추세우고 그것과 직각을 이루어 다른 팔을 명치로 가로지르고 있었다. 다리는 엉거주춤 반원을 그리며 벌린 상태ㅡ아마도 홍콩영화에서 지긋지긋하게 보아온 쿵후이거나 그와 비슷한 호신술의 어떤 자세 같았다. 이렇듯 별쭝맞은 태도에 비하여 눈빛은 너무나도 형편없었다. 한 가닥 남아있는 오기가 오히려 처량해 뵈는, 막다른 골목에 몰린 병든

짐승의 그것과 흡사했다.

"이얍!"

기어코 녀석은 흰 이를 드러내며 공세를 취하기 시작했다. 녀석의 공격 목표는 곁에 비취색 고급 승용차가 서 있는 앙상한 미루나무 가로수였다. 어마맛! 검정 초록 그리고 노랑 빛깔의 요란한 머플러로 머리를 온통 휘감은 젊은 여자가 황망히 차에서 튀어나와 열댓 걸음 뒤쪽으로 도망을 쳤다. 아들놈의 어처구니없는 짓에 난데없이 뺨이라도 한 대 얻어맞은 기분이었다. 나는 재빠른 몸짓으로 녀석의 팔을 낚아채어 허리 뒤로 꺾어 올렸다. 그리고 눈을 부라리며 말했다.

"꿇어앉아!"

어떻게 해서 그런 행동이 나오게 되었는지 얼른 생각이 나지 않았다. 아마도 오랜 군대 생활에서 몸에 밴 습관일 것이었다. 어쨌든 그 말에 효험이 있었다. 놈은 일시에 동작을 멈추고 꺾어지듯 무릎을 꿇었다. 나를 올려다보는 녀석의 눈동자엔 공포가 가득 차 있었다. 겁어질린 녀석의 눈빛을 대하는 순간, 나의 의식은 육 년 전의 그 현장으로 곤두박질을 쳐 갔다. 대가리 박아. 무릎 꿇어. 움직이지 마! 포로가 된 수많은 폭도들 사이를 누비며 부하들은 그렇게 명령하고 다녔다. 새파랗게 겁에 질린 폭도들은 그 명령 하나하나에 개처럼 기거나 개구리처럼 넙죽 엎드리기도 했다. 그때의 희열과도 같은 사명감, 나라의 운명이 내 어깨에 걸렸다는 강렬한 자부심이 짤막하게 회상되었다.

하지만 지금은 극에 달한 비참함뿐이었다. 상대는 폭도가 아니라 아들이었다. 더구나 호기심 어린 수많은 눈동자들이 나와 아들이 벌이고 있는 기이한 행각을 주시하고 있는 터였다.

"일어낫! 꼼작 말고 걸어!"

나는 다시금 명령했다. 위기에서 벗어나는 길은 그 방법뿐이었다.

"울 아빠야. 할아버지고요."

두어 걸음 뒤에서 폴짝거리며 따라오던 손자 녀석이 누군가와 말을 나누는 모양이었다.

"느네 아빠 돌았니? 혹시 미친 거 아냐?"

나는 걸음을 늦추고 뒤를 돌아다보았다. 손자에게 말을 건네는 사람은 아까 비치색 승용차에서 튀어나왔던 빨강머리 그 여자였다. 때마침 뒤를 돌아본 아들과 시선이 마주치자, 여인은 기겁을 하고 달아나 버렸다.

"아빠, 미칭 게 뭐야? 할아버지, 미친 거가 뭐예요?"

"고야, 그건 바로 저 아줌마 같은 사람을 말하는 거란다. 저것 봐. 머리에다가 빨강약을 바르고 울긋불긋한 붕대로 칭칭 감았지? 머리가 아파서 그래. 히히…."

아들이 허리를 굽혀 소곤소곤 일러주었다. 아들의 그 말에 불현듯 아내의 모습이 떠올랐다. 그녀가 간 지 벌써 이 년이었다. 술에 취한 10대가 마구 몰아댄 자동차에 치어 어이없이 가버린 것이었다. 나는 아내의 죽음을 이해할 수 없다는 말로밖엔 표현할 수가 없었다. 세상의 이미 타락과 방종의 도가니에 휩쓸려 있었다. 요즈음 젊은이들에게 히로뽕은 단순한 오락도구 그 이상 아무것도 아니었다. 이러자고 이 한 목숨을 걸었던가. 길바닥에 즐비한 온갖 사치스럽고 퇴폐적인 간판들에 눈을 부라리며, 나는 입버릇처럼 중얼거렸다. 이 나라의 밑바닥이 이토록 허망하게 추락하고 있음을 느낄 때마다 나는 참을 수 없는 의분을 느껴야 했다.

그런대로 별다른 말썽 없이 오십여 미터를 나아갈 수가 있었다. 그러나 거기에서 또 다른 난관에 봉착하고 말았다. 문화원을 지키던 전투 경찰이 길을 막아선 것이었다.

"못 갑니다. 돌아가요."

헤묽은 녹색 전투복과 커다란 방석모로 몸을 감춘 전경대원이 바깥쪽으로 난 차도를 턱짓으로 가리키며 말했다. 딱딱한 말투도 그렇거니와 아주 고압적인 태도였다.

"사람 다니라고 만들어 놓은 길인데 왜 못갑니까?"

뜻밖에도 아들이 씨우적거리며 나섰다. 녀석은 아예 노골적인 적의를 드러내고 있었다.

"이 자슥이 미쳤나. 웬 잡소리가 많아."

철망 안으로 깊숙이 들어앉은 전경의 눈동자에서 불꽃이 튀었다.

"못 가. 무엇 때문에 길을 막아놓고 찻길로 돌아가라는 거야. 내가 자동차야?"

"이 새끼, 여기가 어딘지 몰라서 물어? 다들 고분고분 잘만 돌아가는데 뭐 잘났다고 떠들어. 혼쭐이 나봐야 알겠어?"

"좋아. 나는 여길 지나갈 수 있을 때까지 한 발짝도 움직이지 않을 테니까 맘대로 해. 내 발로 어딘들 못 간단 말야."

연해 씩둑거리며, 아들은 퍼더버리고 앉았다. 그리고 머리를 조아리고 깍지 낀 두 손을 가슴에 고정시킨 채 무어라고 씨부렁거리기 시작했다. 저들을 용서하소서. 저들은 하는 짓을 모르나이다. 아마도 그런 말 같았다.

사람들이 다시금 모여들고 있었다. 그들의 따가운 시선이 내 온몸의 살갗으로 느껴졌다. 가슴 속에서 끝없이 너펄거리는 낭패감. 나는 녀석의 어깨죽지를 우악스럽게 잡아당기기 시작했다. 그러나 녀석의 몸뚱이가 꼼짝을 할 리가 없었다. 하는 수 없이 전경에게 사정을 해보는 수밖에 없었다. 신념과도 같던 퇴역 육군 간부로서의 자존심을 지긋이 깔아뭉개고 되도록 낮게 그러나 은근한 위엄을 잃지 않도록 애를 써가며 말했다.

"이보게, 젊은이. 미안하네만 좀 지나갈 수가 없겠는가?"

"안됩니다."

전경의 짤막한 말이 무뚝뚝하게 돌아왔다.

"여긴 통제 구역입니다. 아무도 통과시키지 말라는 명령입니다."

자꾸만 찌들어 가고 있는 자존심도 자존심이려니와 평생을 엄한 규율과 명령 속에 살아왔던 나는 더 이상 사정해 볼 이유를 찾지 못하고 있었다. 그저 아들의 팔을 잡아당겨볼 뿐이었다. 일어나! 일어나 걸어 인마. 몇 차례 되풀이 명령도 해보았지만, 그것도 구겨진 내 자존심처럼 이미 효능을 잃은 뒤였다. 잠시 나아진 듯했던 정신분열 증세가 다시 도진 게 분명했다. 나는 허리를 반쯤 굽히고 엉거주춤 선 채로 녀석의 귀에다 사정조의 말을 마구 쏟아 넣기 시작했다.

"이놈아. 제발 일어나. 이게 무슨 망신이냐. 어서 일어나, 제발."

전경은 동상처럼 허리를 꼿꼿이 펴고 서서 무표정하게 내려다보고 있었고, 주위에 몰려선 구경꾼 가운데에선 킥킥 안정머리 없는 소리들이 튕겨 나오고 있었다. 나는 애원하듯 전경에게 매달렸다. 들짐승 같이 사납던 부하들을 호령하던 기개도 이젠 유리 상자 속의 골동품에 불과했다.

"여보게, 자네 소임은 충분히 이해하네만, 실은 이 녀석 머리가 지금 정상이 아니야. 돌았어. 그러니 한 번만 사정을 봐주게."

"미쳤다고요?"

전경의 빡빡한 얼굴에 일순간 핏기가 돌더니 커다랗게 웃음이 터져 나왔다.

"사람아. 그렇다고 그렇게 크게 떠들 건 없고."

전경은 더 한 차례 데퉁스럽게 웃어 제꼈다. 그리고 비아냥거리듯 말했다.

"지나가세요. 미치갱이야 누가 뭐라겠어요."

"고마우이. 억지로 떠다 맬 수도 없고…."

그 말을 다 듣고 있었던 듯 아들은 무릎을 펴고 일어났다. 그리고 아무도 건널 수 없던 탄탄한 보도블록을 밟고 휘적휘적 걸어갔다. 그럴 땐 하는 짓이 말짱했다. 그런데 때아닌 구경거리에 넋이 나간 사람들이 무심코 우리 뒤를 따라왔던 모양이었다.

"못 간다고 했잖아요!"

전경의 노기에 찬 한마디가 일순간 쨍하고 솟구치고 나서 뒤쪽이 잠잠해졌다.

"우리 아빠 최고. 할아버지, 저 사람들은 못 오지? 울 아빠가 최고지?"

손자 녀석이 막무가내로 떠들어 대는 통에, 나는 알밤이라도 한 대 쥐어박고 싶은 심정이었다. 문제는 거기에서 끝난 것이 아니었다. 열댓 명의 전경 대원이 물샐 틈 없이 막아선 미문화원 정문에 이르러, 녀석은 메카를 향해 엎드린 회교도처럼 나부죽이 가꾸러지고 말았다. 순간 대여섯의 전경들이 후드득 달려왔다. 흡사 허공에서 날아오기라도 한 듯한 재빠른 몸짓이었다.

"이 사람 뭐하는 겁니까?"

어깨에 파란 견장을 단 대원이 거기에서 말을 끊었다. 나는 그가 하지 않은 말의 나머지를 능히 짐작할 수가 있었다. 혹시 불순분자 아닙니까?

아들의 십자가

머리에 빨강물이 든 놈 아니냐고요. 바로 그것일 것이었다. 생각이 거기에 이르자 나는 몹시 다급해졌다.

"아, 아닙니다. 정신병 환잡니다. 실은 제 아들놈입니다만… 염려마세요. 어떻게 해보지요."

나는 녀석의 멱살을 움켜쥐고 잡아끌었다. 일어나. 일어나란 말야, 이 망할 자식아. 내 가슴의 밑바닥을 박차며 솟아난 명령조의 말은 목젖을 넘어서기가 무섭게 하소연으로 돌변해 버리곤 했다. 아들은 번잡한 길 한복판에 주저앉은 자동차처럼 애만 태우고 있었다. 그렇게 십여 분이 흘러갔다.

"더 이상 이러시면 안 됩니다. 웃분들이 보시면 큰일 납니다."

아까 전경보다 한결 나이가 들어 보이는, 지휘자인 듯한 사내가 재촉을 해왔다.

"선생. 미안하지만 부하들을 시켜서 요 앞 병원까지만 이 앨 데려다 줄 수 없겠소?"

나는 길 건너 육층 건물에 붙어 있는 병원 간판을 가리키며 말했다.

"곤란합니다. 근무 중이라서 병력을 맘대로 뺄 수가 없습니다."

"그래도 이렇게 꼼짝을 않으니 어쩔 수가 없잖소. 불과 일이 분이면 될 텐데 부탁 좀 합시다 그려."

연이은 호소에 마음이 움직이는 듯, 그는 잠시 고개를 수그렸다. 그러고 나서 뒤쪽을 향해 소리쳤다.

"야. 거기 네 명만 이리와."

순식간에 네 명의 전경이 뛰어왔다.

이 사람 잡아 올려서 길 건너편으로 데려가. 인마. 단단히 해. 불순분자

연행하듯이 팔다리 하나씩 책임지란 말야. 그리고 너. 히프를 좀 더 받쳐. 그렇지."

 땅속에다 뿌리를 단단히 박고 있는 바윗덩어리같이 꿈쩍을 않던 아들의 몸뚱이가 지휘자의 간단한 명령 몇 마디에 신기하리만치 가볍게 달랑 들어 올려졌다. 아들은 발버둥을 치고 내리 고함을 질러댔지만 소용없는 일이었다. 아들을 달아맨 전경 대원들은 자동차의 물결을 가르며 날렵하게 차도를 건너갔다.

 "고맙습니다. 정말로 고맙습니다."

 지휘자를 향해 몇 차례 굽적거리고 난 뒤 나는 손자 녀석의 손을 불끈 움켜쥐고 그들의 뒤를 바삐 쫓아갔다.


 "안정제 주사를 놓아주었으니, 이제 몇 시간 자고 나면 좀 나아질 겝니다."

 아들을 따라 치료실로 들어간 뒤, 두어 시간 만에 돌아온 의사가 하는 말이었다.

 "상태가 어느 정돕니까?"

 "저 정도면 두말할 필요 없이 최악의 상태지요. 정말로 이상한 일이지요. 풍요의 새 시대에 들어선 지도 한참인데 저런 환자가 날로 늘어만 가고 있으니 말입니다. 보십시오. 저것도 정신병동으로 쓰일 겁니다."

 의사는 나를 향해 한차례 히죽 웃어보였다. 그런 다음 병원 뒤쪽에 신축 중인 건물에 눈길을 주며 말했다. 나는 이 병원에 처음 들어섰을 때의 광경을 떠올리지 않을 수 없었다. 칠십 평 남짓한 대합실은 포달을 부리고 혀를 빼물고 연해 히쭉거리고 모질음을 써가며 노래를 부르는 정신병 환자들과 시름에 찬 그들의 보호자들로 가득 차 있었다. 정말 세상이 온통 죄악과 질병의 소굴인 듯한 느낌이었다.

"환자와 여러 가지 대화를 나누고 왔습니다. 부친을 꼭 만나보고 싶어 하더군요. 무슨 할 말이라도 있는 듯한 눈치던데, 맘에 집히는 거라도 있습니까?"

나는 연달아 헛기침을 우려내었다. 의사의 말이 아들의 병과 나 사이에 어떤 연관을 짓고 있는 듯이 들려왔기 때문이었다. 그것은 터무니없는 추단이었다. 나는 아들의 마음을 혼란스럽게 할 어떤 짓도 한 적이 없었다. 내 평생 아들에게 무엇을 강요하거나 부담을 지워본 일도 없었다. 오히려 아들과 나는 서로의 영역 밖에 있다고 말하는 편이 옳았다. 그렇다고 부자의 정마저 끊긴 것은 아니었다. 다만 그렇게 하는 쪽이 편했기 때문에, 대부분의 가정에서처럼 자연스레 이루어진 일이었다.

"실례 같습니다만, 육 년 전 광주에서의 일을 기억하시는지요."

왜 자꾸만 그 말이 나오게 되는 것인지 의아했다. 그러고 보니 아들 녀석이 병원에 들어와서 한 짓도 그것과 관계되어 있었다. 총을 쏘고 발길로 차고 또 게거품을 물고 죽어가는 시늉을 해 가며 온 대합실을 휘젓고 다니는 바람에, 대여섯 명의 건장한 남자 간호사들이 진땀을 흘려야 했다.

"예, 군 시절 작전에 참가했었습니다."

"당시에 사돈되시는 분이 충격으로 사망하셨다는데 알고 계셨습니까?"

순간 뇌리에 번쩍 불똥이 튀었다. 괴기스럽기 짝이 없던 아들의 절박한 웃음. 그 신월마을이라는 곳에서의 일이 아들 장인 이야기였던가. 나는 그만 망연자실을 하고 말았다.

"금시초문입니다. 전 그 양반이 오래전에 무슨 병으로 돌아간 것으로만 알고 있었습니다만."

"그렇다면 아드님이 그 사실을 숨겨왔다는 얘기군요."

왜 그랬을까? 무엇 때문에 그 사실을 숨겨왔을까? 대학시절부터 무슨 일로인가 광주엘 자주 내려가던 녀석이 느닷없이 한 처녀를 데려와 아내로 삼겠다고 했다. 말은 그렇게 했지만, 내 허락 같은 건 아예 필요 없다는 투였다. 기가 막혔지만 놈의 기세가 뜻밖에도 완강해서 어찌해 볼 방도가 없었다. 나는 더 이상 입에 담지 않았다. 요즘 젊은 애들 하는 짓이 으레 그러려니 했었고 저러다 말겠지 싶기도 했다. 직장 때문에 타지에서 혼자 사는 아들에게 누군가 살림을 맡아줄 사람도 필요하겠지 하는 생각도 들었다. 그랬던 것이 벌써 육 년이었다. 결혼식 같은 것은 올리지 않았고, 여태껏 사돈 얼굴 한번 보지 않았다. 한데 그 일에 녀석은 무슨 음모라도 감추고 있었던 것일까? 불 난 장터 같은 나의 머릿속엔 온갖 궂은 상상이 어지러이 활개를 치고 있었다.

"혹시 김… 영수라는 이름을 가지고 계신 분 알고 계십니까?"

그가 이상스러운 방식으로 내 이름을 말하고 있었다. 자신의 앞에 놓인 진료 카드의 보호자란에 적혀있을 내 이름을 새삼스러이 그렇게 말하는 저의가 나는 정말 의심스러웠다. 창문 건너 신축 병동을 한동안 바라보던 의사가 나지막이 입을 열었다.

"그러니까 며느님이 집을 나간 시점이라고 생각됩니다만, 당시 어깨에 총상을 입고 불구로 살아온 환자의 장모가 끈덕진 노력 끝에 남편을 쏘라고 명령했던 사람의 이름을 알아낸 모양입니다. 그런데 그 이름이 바로… 김영수였습니다."

그가 나를 뚫어지게 바라보았다. 나는 이미 제정신이 아니었다. 이건 도저히 용서할 수 없는 억지였고 모함이었다. 나는 이 무서운 혼돈의 늪에서 헤어나고자 발버둥을 쳤다.

"아닙니다. 사실이 아녜요. 오늘 아침 아들에게서 그런 이야길 들었습니다만, 나는 전혀 모르는 일이었어요. 맹세할 수 있습니다. 신월마을이란 데 가본 일도 없고 어디에 있는지도 몰라요."

그 말을 하면서, 나는 황급히 주위를 휘둘러보았다. 다행히 손자 고야의 모습은 보이지 않았다. 그새 복도에 나가 사람 구경이라도 하는 모양이었다. 사실의 진위와 관계없이 그 아이가 듣기엔 너무나도 무서운 일이었다.

"그렇군요. 저도 우연히 이름 석 자가 같은 것일 뿐이라고 생각했었습니다. 아드님께도 그렇게 일러두었죠. 물론 환자의 치료를 위해서 그랬던 겁니다만…. 아무튼 이렇게 짜 맞춘 듯한 악연이 존재하기란 힘드니까요."

의사는 아직도 의심을 완전히 풀지 않은 눈치였다. 그러나 내가 아들의 장인을 죽이지 않은 것만은 명백한 사실이었다. 짧은 한숨이 꽉 막힌 목구멍을 뚫고 기어 나왔다. 연이어 한 가닥 의문이 떠올랐다. 그것은 아들은 왜 그 사실을 내게 직접 확인해 보지 않았느냐 하는 것이었다. 그랬더라면 이 엄청난 소용돌이를 피할 수 있었을 것이었다. 조금은 어리석다는 생각이 들었지만, 나는 그것을 의사에게 물어보았다.

"만약에 그것이 사실이었다고 상상해 보십시오."

답답하다는 듯이 의사는 말을 끊고 나를 빤히 쳐다보았다. 그 시선이 따갑게 여겨져서 나는 시선을 슬그머니 돌려대었다.

"그래서 스스로 그럴 가능성마저 깡그리 부인하고 이겨 내려 했겠지요. 그것이 병으로 되었던 겁니다."

나는 말을 잃고 말았다.

"이 환자의 병은 어떤 불합리한 기억이나 고정관념에 사로잡혀 있을 때 생겨나는 일종의 자폐증입니다. 말하자면 초상이 났는데 상여를 내어가지 못하고 있는 형국이라고나 할까요? 반드시 풀어야 할 응어리를 해소내지 못해서 일어나는 현상입니다. 우리는 이런 증상을 통틀어서 광주증후군이라고 부르고 있습니다만, 누가 붙인 이름인지 제법 시사하는 바가 크지요."

말을 마친 의사는 너털웃음을 흘려내었다. 그가 쑤시개질을 하듯이 퍼 넣은 온갖 알쏭달쏭한 말들로 나의 머리는 한껏 혼란스러워져 있었다. 나는 터질 듯한 머리통을 두 손으로 감쌌다. 사탄아 물러가라! 불현듯 아들의 모습이 떠올랐다. 고래고래 악을 쓰가며, 제 목숨보다도 더 소중하게 여겼을 십자가를 내던지던 그 참렬한 절망. 그것은 어디에서 오는 것일까? 소스라쳐 놀라고 찡등그리고 비트적거리던 아들의 온갖 표정과 모습들이 여러 장의 흑백사진처럼 시야를 스쳐갔다. 머리뼈가 으깨어지고, 피투성이 어깨에 누더기가 된 팔 하나가 대롱대롱 매달린 시체들의 끔직한 형상들이 연이어 흉중에 나타나 너펄거리기 시작했다. 그들 중엔 내가 내린 명령에 쓰러진 사람도 끼어 있을지도 몰랐다. 나는 그를 죽이지 않았다. 그것으로 끝난 일이 아닌가. 그러나 그것이 진정 끝일까?

순간 심장의 박동이 뚝 끊겨지는 것 같은 충격을 느끼며, 나는 으스러져라 주먹을 움켜쥐었다. 처참하게 일그러진 아들의 얼굴이, 이해할 수 없이 격렬했던 몸부림이 대형 스크린에 펼쳐진 영화의 한 장면처럼 내 가슴 가득히 떠올랐기 때문이었다. 비록 아들의 장인은 아니었다고 하나, 나는 정녕 누군가를 죽이는 데 일조를 했다는 자각이었다. 내가 받은 무공훈장이 그걸 증명하고 있었다. 눈에 불을 켜고 앉아 내 몸에 묻은 터럭을 털어내던 일, 나의 반대에도 불구하고 며느리와의 혼인만을 고집하던 그것이, 내가 무슨 일을 저질렀던지 인식조차 하지 못했던 나를 대신한 참연한 속죄의식이 아니고 무엇이던가? 나는, 아들이 더 할 수 없는 절망감 속에 내던져야 했던, 그리고 그가 평생을 지고 다녀야 할 십자가였다.

　잠에 들었는지, 아들은 눈을 감고 꼼짝을 하지 않고 있었다. 아니 어쩌면 꼼짝을 할 수가 없었던 지도 몰랐다. 암회색의 두터운 헝겊띠가 아들의 몸을 단단히 조이며 지나가고 있었다. 머리 위에 매달린 링거 주사병만 아니었다면, 영락없이 포박된 죄인의 모습 바로 그것이었다. 더구나 그를 잡아 가둔 사람은 나라는, 정작 차가운 침대를 등에 지고 죽은 듯 갇혀 있어야 할 사람은 아들이 아닌 바로 나라는 참담한 자각이 더할 수 없는 비탄 속으로 나를 잡아끌었다.
　"압빠!"
　손자가 비슬거리며 다가와, 아들의 얼굴에 손을 얹고 있었다. 언제나 생기가 넘쳐흐르던 녀석의 얼굴에도 그들먹하게 그늘이 드리워져 있었다. 나는 눈가에 맺힌 물기를 찍어내며 아이를 껴안았다.
　"내일엔 외할머니한테 가 보자. 가서 엄말 모셔와야지."
　생각해 보니 그날 이후 6년 만에 처음 가보는 그곳이었다.
　북쪽으로 열려 있는 유리창에선 아직 뼈대만 앙상한 건물 꼭대기에 시멘트 반죽을 부어넣는 기계소리가 끊임없이 날아오고 있었다. 십여 미터는 족히 파고들어간 그 밑바닥에서 서너 아름은 훨씬 넘을 거대한 기둥들이 하늘을 꿰뚫을 듯 세워져 있었다. 이제 얼마나 많은 병자들이 저 병동을 채울는지…. 기어이 나는 아들의 여윈 가슴에 얼굴을 파묻고 말았다.

먼길

차는 어느덧 구마 고속도로로 접어들고 있었다. 고속도로라고는 하지만 왕복 이차선의 좁은 길이 산과 들판 사이로 구불구불 이어져 있으니 그저 조금 형편이 나은 시골 국도라고 해야 함이 옳았다.

어둠 속으로 퀭하니 뚫려 있는 자동차 앞 유리창 아래 작은 구멍에선 야광 시계가 11시 54분임을 보여주고 있었다. 사방은 암흑천지였다. 분명 거기 어디엔가 있을 산이며 방죽이며 들판과 마을들은 아예 사라져 버렸다. 그저 겹겹이 쌓인 어둠만이 깊은 물처럼 괴괴히 고여 있을 뿐이었다. 시각은 호흡하는 기능에마저 영향을 미치는 것일까? 나는 공연히 가슴이 답답해 옴을 느꼈다. 분명 빛이 있긴 있었다. 이따금 맞은편 도로에서 다가와 스쳐지나가는 자동차의 불빛이 있었다. 그러나 그건 빛이 아니었다. 그저 꽁무니에 불을 달고 스쳐지나가는 총알을 보는 듯한 살벌한 느낌을 주었을 뿐이었다.

목적지인 안양까지 도착하자면 앞으로도 대여섯 시간은 차를 몰아야 했다. 그것도 눈앞으로 희무끄레하게 드러나는 차선을 보물찾기하듯 해서 가야할 길이었으니 그저 아득하기만 했다. 나는 껌을 꺼내 입에 넣고 질겅질겅 씹기 시작했다. 벌써 피곤감이 몰려왔다.

내가 형의 전화를 받은 것은 오늘 오후 퇴근 무렵 회사에서였다.
"야, 동식아. 아버지가 위독하대나 봐. 너 어쩔래?"
"위독하다고…. 어느 정돈데?"
"마지막일 수도 있나봐. 의사가 집으로 가라고 그랬대. 가망 없다고."
그 말을 듣는 순간 나는 바삐 담배를 찾았다. 내가 조금 허둥거렸던지, 오른쪽 바지주머니에 들어있는 그것을 찾아내기까지 제법 많은 시간이 소요되었다. 아무튼 나의 심정은 꽤나 복잡한 것이었다. 맞부닥뜨리기도 싫고 그렇다고 피해갈 수도 없는 일을 당했을 때의 어정쩡한 기분, 그것이었다. 뿐만 아니라 훨씬 더 무겁고 차갑고 어쩌면 슬프기까지 한 감정이 내 가슴을 짓누르고 있었다. 내 몸 깊숙이 도사리고 앉아 도려낼 수도, 그렇다고 그런 채로 묵혀둘 수도 없는 어떤 깊은 상처 위로 돌멩이 하나가 냉큼 날아든 듯한 아픔이었다.
"…형은?"
한참의 침묵 끝에 내가 생각해 낸 답변이 그것이었다.
"아무래도 가 봐야지 뭐. 차를 회사에 갖다 넣고 나서."
서울에서 택시 운전을 하는 형의 음울한 말이었다.
결국 나는 아무런 언질도 주지 못했다. 그저 알았어 하는 말로 싱겁게 전화를 끊고 나서 집으로 돌아오고 말았다. 그리고 여느 때처럼 세수를 하고 저녁상을 물리고 아내의 성화에 못 이겨 아이 녀석 공부를 봐주는 척하다가 일찌감치 잠자리에 들었다.
잠이 오질 않았다. 나는 일체의 생각을 하지 않으려 했지만 갖가지 상념들이 꼬리를 물고 떠올라 머리를 어지럽히고 있었다. 잠을 자야지. 너무 피곤해. 젠장 맞을 세상, 어디 산 속에나 가서 한 달쯤 늘어지게

쉬다 오는 수는 없을까? …위독? 도대체 위독하다는 말의 정체가 뭐야? 문자 그대로 숨이 끊어질 듯한 급박한 상황이라 이건가? 아니면 애비가 아파 누웠는데 와 볼 생각도 않느냐는 공갈 협박 같은 말에 불과한 것인가? 지난번에도 그랬었지. 애비가 숨이 끊어질 지경인데 늬들놈의 자식들은 궁금하지도 않냐? 그 소리가 아직도 귀에 찌렁찌렁해. 그런데 그 소동은 딱 하루 만에 가라앉았잖아. 무슨 주사의 쇼크로 그랬다던가….

아무튼 나는 오래 전부터 언젠간 닥쳐올 아버지의 죽음을 은근히 두려워하고 있었다. 아버지의 죽음은 지금까지 회피해 왔던 아버지와 나의 관계에 대하여 어떤 식으로든 정의를 내려야 하는 순간을 의미했다. 아버지의 주검을 눈앞에 두고 내가 과연 눈물을 흘릴 수 있을 것인가에 대해 강한 의구심이 솟아나기도 했다. 따져보기로 한다면 단 한 순간도 아버지를 향한 원망과 증오를 버리지 않고 살아왔던 나는 눈물을 뿌릴 자격이 없었다. 만약에 내가 슬픈 듯이 울어 젖힌다면 세상이 다 나서서 나를 조롱할 것이었다. 그렇다고 눈물 한 방울 뿌리지 않는다면 우리의 삶이 너무나도 비극적인 것이었다. 나는 그것이 두려웠다. 그래서 아버지의 죽음만큼은 끝끝내 피하고 싶었다.

아버지의 병에 관한 장면들로 끝도 없이 이어지던 필름을, 나는 자리를 박차고 일어나 물을 한잔 들이키는 것으로 잘라버리고 말았다. 그리고 다시 누웠다. 그러자 텅 비워진 내 마음의 스크린엔 어느새 새로운 영상이 떠오르기 시작했다. 이번엔 형에 관한 것들이었다. 형은 수재였다. 적어도 중학교 삼 년 동안은 그랬었다. 아이고 우리 수재 오는구나. 그것은 어머니나 아버지가 하던 소리는 아니었다. 아득한 옛날 응봉동 달셋집에서 우리 옆방에 살던 아줌마의 소리였다. 시장에서 순대 장사를 하는 그 아줌마는 어머니 아버지와는 사이가 좋질 않았지만 우리 형제들은 끔찍이 좋아했다. 어머니는 한 번도 우리에게 새벽밥을 지어 먹여주지 않았다. 그래서 전차를 타고 한 시간이나 가야하는 곳으로 학교를 다녀야 했던 형은 집안 식구들이 잠을 자는 첫새벽에 부엌으로 기어들어가 도둑처럼 찬장을 뒤져 밥을 챙겨 먹곤 했다. 그런 사정을 모를 리 없는 이웃집 아줌마는 이따금 김이 무럭무럭 나는 순대를 그릇에 담아오곤 했다. 어쨌거나 형은 공부를 잘 했었다. 하지만 형이 중학교를 졸업한 뒤 택해야 했던 진로는 고등학교가 아닌 동네 자동차 정비소 견습공이었다. 그리고 수십 년이 지난 지금 택시 운전수가 되어 있었다. 수재 중학생과 택시 운전수라는 커다란 골에는 물론 가난이라는 현실이 놓여있었다. 한편 우리는 거기에서 아버지의 모습도 어김없이 발견을 해내곤 했다. 지금쯤 차고에 차를 넣어놓고 지금쯤 아버지의 집에 가 있을 형의 심정은 어떤 것일지 못내 궁금했다. 더 이상 잠을 이룰 수가 없다고 결론을 지은 나는 불쑥 자리에서 일어나 주섬주섬 옷을 챙겨 입었다.

"안양에 다녀와야겠어. 집에 무슨 일이 있나봐."

눈알이 휘둥그레져서 골목길까지 따라나온 아내의 얼굴에다 그 말을 던져놓고 나는 낡은 르망 승용차에 시동을 걸었다.

길은 좌우로 구불구불 휘어져 있을 뿐만 아니라, 위아래로도 굴곡을 이루고 있어서 차가 느닷없이 비상을 하는 듯 치솟는가 하면 스르름 혹은 쿵하고 내려앉기도 했다. 어둠 속으로 재빠르게 다가와 바퀴 아래로 기어드는 지형을 채 익힐 겨를이 없던 탓에 허공을 둥둥 떠다니는 기분이었다. 마법의 양탄자를 타고 드센 바람에 얹혀 알 수 없는 어떤 곳으로 떠밀려가는 느낌이 바로 이런 것일 것이었다.

나는 무엇보다도 이런 식으로 직접 차를 몰고 떠나는 혼자만의 여행을 좋아했다.

―옛 사람 이래로 사람들은 먼 곳이 있다는 사실을 위안으로 삼는다. 그 먼 곳을 향해서 떠나는 일을, 위안을 넘어서 구원으로 삼기까지 한다.

누구의 말인지 기억은 나진 않지만 난 그 말을 내 생의 좌우명처럼 여겨왔다. 내가 고향을 떠나 이곳 마산에 살게 된 것도 그런 측면으로도 해석이 가능했다. 그러니깐 나는 지금 내 인생이라는, 시간이 좀 걸리는 여행의 한복판에 있는 셈이었다. 언제 고향으로 돌아갈지는 알 수 없었지만 언제든 나는 돌아갈 것이었고, 설령 그러지 못한다 해도 돌아갈 날을 꿈꾸며 살아갈 터였다. 이 한밤중에 훌쩍 집을 떠나 길을 나서게 된 것도 바로 그런 떠남의 즐거움을 맛볼 좋은 기회였기 때문인지도 몰랐.

재작년 가을 직장 동료에게서 백오십만 원을 주고 산 자동차는 아무 탈 없이 잘 달려주고 있었다. 지난 이 년여 동안 어느새 정이 들어서, 단순한 소리 하나만으로도 그것의 상태를 가늠할 수 있었다. 지금의 성능은 완벽했다. 속도를 백 킬로미터만 넘기면 금방 공중분해라도 되어 버릴 듯이 떨리긴 했지만, 추풍령이나 대전 쯤에서 연료만 채워 넣으면 이 세상 끝까지라도 달려갈 수 있을 듯했다. 끊임없이 웅웅거리는 자동차 엔진음이 고막을 부드럽게 두들기고 있었다. 나는 그 소리를 좋아했다. 마누라의 바가지 긁는 소리처럼 무엇이 깨지고 부서지는 소리만 아니라면 지구상의 모든 소리가 다 좋았다. 소리는 없는 것보다 있는 게 좋다는 게 일찍이 내가 얻은 결론이었다.

고등학교 일 학년 때였던가. 그 당시 나는 내게도 가정이라는 것이 있다는 사실을 새롭게 인식하고 있었다. 가정이란 사랑의 보금자리이며 최후의 안식처라는 사실이었다. 그러니깐 나도 마냥 부정하고 외면만 할 것이 아니라 내 집안에서의 행동을 보다 활기차고 당당하게 해야 하리라는 것이었다. 더군다나 나는 대학입시를 앞두고 공부에 몰두해 있는 학생이었다. 그러니까 어느 정도 무리한 요구도 할 수 있을 것이라고 생각했다. 어느 날이었다. 학교에서 늦게 돌아와 늘 하던 대로 부엌에서 밥을 차려 먹고 있던 나는 불쑥 이렇게 말했다. 안방에 있는 새어머니를 향해서였다.

"도시락 밥은 아침에 해주세요. 하루 전날 해 둔 밥은 학교에 가져가면 쉰단 말예요. 여름철이라서요. 그리고 고기 좀 먹었으면 좋겠어요. 요즘 힘이 좀 없거든요."

그 말을 하면서 나는 목소리의 톤 조절에 각별히 신경을 썼다. 지나치게 공격적이어서도 안 되고 그렇다고 노래라도 부르듯이 가벼워도 안 되었기 때문이었다. 잿빛 유리문 건너편 안방에선 아무런 반응이 없었다. 짧은 그러나 어색하고 긴장된 침묵이 흘렀다. 십여 초 정도의 시간이 지났을까? 유리창 문을 흔들며 넘어온 것은 뜻밖에도 화가 난 아버지의 음성이었다.

"너 이 자식, 이리 들어와."

나는 수저를 놓고 방안으로 들어갔다. 어찌된 셈인지 아버지의 얼굴은 벌겋게 충혈되어 있었다. 짜식이, 버릇없이 굴어. 이런 말을 들은 것 같았다. 가만히 보니깐 요즘 이 새끼 안하무인야. 이 집에 너만 사냐? 그런 말도 들려왔던 것 같았다. 그러던 사이 뺨에서 몇 차례 불똥이 튀었고 어느새 얼얼하게 굳어져 가고 있었다. 아버지로부터 몇 방 얻어맞았다는 사실을 깨달은 순간, 나의 눈망울은 화끈 달아올랐다. 그리고 더욱더 뜨거운 기운이 걷잡을 수 없는 기세로 몰려들고 있었다.

그날 나는 집을 나와 버렸다. 그러니까 그 뒤로 열댓 번이나 이어졌던 무단 가출 가운데 맨 첫 번의 것이었다.

집을 나오긴 했으나 마땅히 갈 곳이 없었다. 헤아릴 수조차 없이 많은 집들과 가게와 건물들이 있었지만 내가 들어갈 수 있는 곳은 하나도 없었다. 그것들은 모두 나와는 상관없는 것들이었다. 호사스런 세상은 눈에 보이지 않는 견고한 성벽을 둘러치고 있었고, 나는 성 밖에 있었다. 수중에 동전 한 닢 있을 턱이 없었다. 배가 고팠다. 느닷없이 일을 당하는 통에 두어 술 밥을 뜨다 말았던 것이었다. 배고픔보다도 더 두려운 일은 밤을 지샐 곳이 없다는 사실이었다.

몇 시간 동안을 그렇게 쏘다니다가 통금 시간에 임박해서 겨우 생각해 낸 곳이, 내가 한때 사환으로 일했던 출판사 사무실이었다. 물론 사무실 문은 닫혔을 터이지만 나는 그곳의 비밀 통로를 익히 알고 있었다. 그곳 화장실에 달린 작은 유리창 문은 웬만한 바람만 불어도 고리가 벗겨져 나가곤 했었다.

그곳에서 밤을 새우며 나는 정적이라는 것의 무서움을 뼈에 사무치도록 깨달아야 했다. 창백한 회색 빛살을 내쏘고 있는 형광등에서 웅 소리가 들려왔다. 소리는 오직 그뿐이었다. 사무실 천장, 책상 밑, 쓰레기통 그리고 철제 캐비닛 뒤 어두운 공간에서 정적은 쉴 사이 없이 쏟아져 나왔다. 그것은 두터운 콘크리트 바닥이나 벽면을 뚫고 스며 나오기도 했다. 사무실 가득 솜덩이를 채워놓은 듯 답답했고 무서웠다. 이, 뜻하지 않은 고요는 먼지 낀 소파에 드러누워 꼼짝을 하지 못하고 있는 내게 뛰어들어 무어라 표현할 수 없는 감정을 만들어내고 있었다. 풀 한 포기 보이지 않는 광막한 황야가 내 가슴을 가득 채워버렸고 절망, 고독, 죽음 등 온갖 유치하고 파괴적인 유혹이 제멋대로 날뛰었다. 소리가 없다는 것, 그것은 정녕 악귀의 음흉한 심장 속이었다.

저만치 검정 빛깔의 대지 위로 어둠을 조금씩 들추어내며 희뿌연히 불빛이 떠올랐다. 이어 노랑 빛깔의 기둥이 머리로부터 서서히 모습을 드러내었다. 고속도로 휴게소임을 알리는 입간판이었다. 진한 크롬 옐로우 색깔로 빛나는 그것은 어지간한 고층 건물의 높이로 서서 발아래 수많은 빛덩이들을 거느리고 있었다.
휴게소였다. 그것에는 현풍이라는 지상의 이름만으로 설명될 수 없는 무엇이 있었다. 그것은 보인 모습 그대로 어둠 속의 빛이었다. 고난의 황야에 자리 잡은 한 무더기 평화 같은 것일 수가 있었으며 어둠으로 상징되는 모든 것들, 일테면 증오와 자기비하, 교만, 편집, 우울 등과 그 반대적인 것들로 대비될 수 있었다. 그것에는 분명 활기가 넘쳐 있었고 평화와 안식 그리고 어떤 희망적인 것이 나를 기다리고 있는 듯한 착각을 불러일으키기에 충분하였다.
나는 그곳으로 차를 몰아갔다. 형형색색의 불빛이 어둠을 뚫고 돋아나 점차 분명해졌다. 피로의 두께가 얇아지고 있었고 눈망울에도 한결 힘이 주어졌으며 바삭바삭 타들어 가던 입안에도 어느덧 군침이 돌기 시작하였다. 휴게소에서 내려, 아득하게 펼쳐져 있는 하늘을 바라보며 원도 없이 심호흡을 하고 호두과자며 진영 단감 등속이 진열된 진열장을 기웃거리고 소싯적 군대에서 익힌 솜씨대로 제자리에서 쪼그려 뛰기를 열아홉 차례나 실시하고 난 뒤, 나는 다시 차로 돌아왔다. 입안에서 감미로운 커피 향기가 아련한 뒷맛을 남기며 맴돌고 있었다. 나는 정말 커피를 좋아했다.

"제발 커피 챙겨 먹듯이 몸에 좋은 것 좀 챙겨 먹어요."

아내가 곁에 있었다면 또 한차례 호된 잔소리를 들어야 했을 것이었다. 몸에 좋은 것. 하루에 열댓 잔 씩 커피를 마셔대면서도, 커피가 어째서 몸에 좋지 않은 것인지 아직 깨닫지 못하는 나였지만 몸에 좋다고 이것저것 곶감 빼먹듯 해가면서 살아가기도 싫었다. 그것은 귀찮고 무의미한 일이었다. 장가를 들어서 아이도 하나 두고 살고는 있지만, 여지껏 나는 내 몸의 소중함을 깨닫지 못하고 있었다. 나라는 존재는 참으로 가치 없는 것. 그것은 일종의 고정관념, 오랜 세월을 두고 길들여진 나에 대한 습관적 인식이었다.

내 인식의 그러한 습관은 물론 어머니의 갑작스런 죽음에서 배태된 것이긴 했다. 하지만 당시 초등학교 2학년생이던 나는 그 일을 심각하게 의식하지 못했다. 어머니가 죽었다고 해서 나에게 변할 것은 아무것도 없었다. 아니 죽음이라는 게 뭘 뜻하는 것인지조차 나는 알아챌 수가 없었다. 진하게 화장을 한 채 관속에 드러누운 어머니의 입술에 뽀얗게 씻은 쌀알을 떨어뜨려 주면서도 머릿속을 맴돌고 있는 것은 다만 무섭고 께름칙하다는 느낌뿐이었다. 한여름 밤 갑작스레 찾아온 어머니의 죽음은 난생 처음 겪는 사건이긴 했지만, 그것은 그저 때로는 덧없이 때로는 번잡스럽게 스쳐가는 인생사의 하나였을 뿐이었다.

어머니의 시체를 눈앞에 두고서도 알아채지 못하던 그 의미를 깨닫게 해 준 것은 다른 데 있었다. 그것은 어머니의 죽음과 마찬가지로 뜻밖에 찾아온 아버지의 결혼이었다. 아버지가 새장가를 든 것은 이듬해 봄이었다. 그날은 참으로 이상했다. 전날까지만 해도 사람들이 찾아오고, 지지고 볶고 삶아내는 음식 냄새가 코를 찌르고, 이것저것 별반 소용도 없을 것 같은 물건들을 사들이느라 더할 수 없이 부산했던 집안이 턱없이 조용했던 것이었다. 때마침 일요일이어서 아침부터 하릴없이 머리를 뒹굴리고 있던 나는 식모 할머니에게 그 연유를 물었다. 끈질긴 질문 공세 끝에 내가 얻어낸 해답은 사람들이 아버지의 결혼식에 참석하기 위하여 나갔다는 것이었다.

그때 나는 내 평생 결혼식이라는 단어를 처음으로 들었던 것 같다. 가까이 결혼 적령기에 든 일가친척이 없었던 까닭이었던지도 몰랐다. 결혼식. 더구나 우리 아버지의 결혼식이라니. 눈알이 휘둥그레지지 않을 수가 없었다. 결혼식이란 어떤 것일까? 소풍이나 운동회 같은 것? 아버지의 색시는 얼마나 예쁠까? 아마 과자랑 찜빵 같이 맛있는 것들도 산더미같이 쌓였을 거야.

"나도 갈래!"

벼락같이 내 입에서 튀어나온 소리였다. 거의 동시에 내 볼따귀에 따끔하고 불이 켜졌다. 어느새 다가왔는지 형이 주먹을 또다시 치켜든 채로 씩씩거리며 내 곁에 서 있었다.

"너 죽을래?"

형이 나에게 해 준 말은 딱 그거 한 마디뿐이었다. 당연히 내가 왜 맞아야 했는지 나는 알 수가 없었다.

그날로부터 사나흘이나 지났을까? 좀 늦은 저녁 무렵이었다. 새 옷을 말끔히 차려입은 아버지의 뒤를 이어 달덩이 같이 새하얀 얼굴의 낯선 아줌마가 우리 집엘 들어왔다.

"인사들 하거라. 너희들을 키워주시기 위해서 아버지가 모신 분이시다."

그렇게 해서 새색시는 우리로부터 어머니라는 이름으로 불리게 되었다.

그러나 일이 이상하게 꼬여 가기 시작했다. 우리를 잘 키워주기 위하여 새엄마가 우리 집에 들어온 그 이듬핸가 형이 새엄마가 시집 올 때 해 온 장롱에 도끼 자루를 박아놓고 집을 나가 버렸고, 때 아닌 부엌데기 노릇에 지쳤던지 누나는 같은 공장에 다니는 어느 놈팡이 녀석과 배가 맞아 줄행랑을 놓고 만 것이었다.

현풍을 지나 한 시간이나 달렸을까? 까마득한 부피로 쌓여있는 어둠은 여전히 대지를 압살하듯 짓누르고 있었다. 산맥이며 들이며 강 같은 지상의 것들은 어둠의 입자로 산산히 부서져 흔적도 없이 사라지고 없었다. 그러던 어느 즈음이었다. 유리창에 긴 수증기 탓에 하나의 거대한 늪처럼 느껴지는 북쪽 하늘 아래, 도시의 불빛이 자오록이 떠오르고 있었다. 대구였다. 도시는 수많은 우여곡절과 아귀다툼과 속앓이를 잠재우고 여기저기 어지러이 떠오른 전등 불빛 아래로 납작하게 엎드려 있었다.

나는 담배 연기로 찌든 차 안의 공기를 갈아 넣으려 창문을 내렸다. 부부북—. 요란한 소리를 내며 시원한 바람이 안으로 몰려들었다. 가슴팍을 파고드는 바람은 제법 서늘하기까지 했다. 가을? 어느새 가을인가? 그러고 보니 추석이 얼마 남지 않았다. 생각이 여기에 이르자 나의 두뇌는 잠시 사고를 중단했다. 추석. 고향을 찾기 위하여 매년 수천 만 명의 사람들이 전국의 도로를 메워버리는 날. 제기랄, 나는 추석이 싫었다. 제발 추석 없는 세상에서 살아갈 순 없을까?

지난해, 코앞까지 다가선 한가위 명절에 온 세상이 은근한 맘 졸임을 시작하던 어느 때였다.

"아빠. 추석이 뭐야?"

초등학교 삼 학년짜리 딸 녀석의 느닷없는 질문이었다.
"추석이 뭐긴, 그냥 추석이지."
"그런데 그게 뭐냐꼬. 선생님이 글짓기 해 오래."
여기에서 나는 멈칫거리지 않을 수가 없었다. 아이는 여지껏 추석이라는 것을 제대로 즐겨본 적이 없었다. 추석이라고 해서 아이를 어디로 데려가 본 적이 없었기 때문이었다. 표면적으로는 내가 종사하고 있는 유통업체의 일이 바쁘다는 것이 이유였다. 그러나 그건 완전한 이유가 못 되었다. 마음만 먹으면 추석 전날 올라갔다가 당일쯤 내려올 수도 있었다. 그러나 나는 아이가 첫돌을 맞던 해 딱 한 번을 제외하고는 추석날 아버지 집에 가질 않았다. 내 사십삼 년 인생의 갈피마다 덕지덕지 끼어있는 한과 비탄을 그럴듯한 미소로 포장을 해놓고, 아버지 새어머니 그리고 이복동생들과 얼굴을 맞대고 앉아있어야 한다는 사실이 천연덕스럽게만 여겨졌기 때문이었다.

가슴에 아로새겨진 본심을 피하고 가까스로 이어지던 모처럼의 덕담은 언제나 아버지의 생활비 같은 현실의 문제로 굴러 떨어지기 마련이었다. 우리에게 있어서 현실의 어떠한 문제도 즐거울 것이 없었을 뿐만 아니라, 생활비에 관한 한 아버지는 단호하였다. 그동안 키워놓은 공이 있으니 빚을 내서라도 아버지를 먹여 살려야 한다는 것이었다. 장성한 자식이 몇이나 있는데 힘없는 노인네가 이렇게 외롭게 산다고 동네 사람들이 웃는다는 아버지의 말대로, 이런 경우 세상의 온갖 정의는 아버지 편이었다. 문자 그대로 아버지는 버려진 노인이었고, 우리는 제 부모도 모르는 불효자식이었다. 사실 말이지, 세상 사람들이 효는 그토록 강조하면서 그 반대적인 것은 왜 그렇게 두리뭉실 넘어가고 마는 것인지 억울해 한 적이 한두 번이 아니었다. 구십만 원 남짓의 봉급에서 여윳돈을 찾아내기 힘든 것이 내 형편이거니와 아버지를 위하여 매달 상당한 돈을 남에게 꾸어대야 할 적절한 이유를 나는 찾아내지 못하고 있었다. 수재 중학생에서 택시 운전사로 전락한 형을 생각하거나, 함께 줄행랑을 놓았던 놈팡이에게 차인 뒤 복막염을 앓다가 치료비를 구하지 못해 죽어버린 가여운 누이를 생각해서도 그랬다.

"추석이 뭐기는. 아침에 음식상 차려 놓고 조상들에게 절하고 함께 성묘도 가고 송편도 먹고 하는 게 추석이지."

내 흉중을 헤아렸던 듯 설거지를 하던 아내가 거들고 나섰다. 제법 자상한 그 설명도 아이는 이해하기엔 어려웠던 모양이었다.

"그래도 모르겠어, 씨. 그러면 내 생일잔치 같은 거야?"

남의 아픈 상처를 꼬치꼬치 파들어 가는 아이가 얄미웠던 것일까? 아니면 하필이면 그 순간 빤짝 빛을 내던 녀석의 눈망울에서 느닷없는 슬픔의 기운이라도 발견해 내었던 것일까? 나는 자신도 모르게 버럭 소리를 내지르고 말았다.

"그런 건 왜 물어, 임마. 어린이 백과사전이나 찾아보지."

밤길은 암담하게 계속되었다. 헤드라이트가 만들어 놓은 한 움큼 빛의 공간을 따라 자동차는 시속 백이십 킬로미터의 속력으로 달려가고 있었다. 어둠 속에서 문득 시야에 떠오른 가로수들이 격렬하게 팔을 흔드는 여인들의 모습으로 사라져 갔고, 우둔한 산짐승처럼 달려온 암청색 아스팔트가 허겁지겁 차 밑으로 기어들었다. 이따금 외롭게 스쳐가는 차들, 그 너머 희뿌끄레한 산맥의 자취 그리고 더할 수 없는 두께로 쌓여든 정적. 새벽

두 시의 산야는 흡사 칙칙하고 암울한 빛깔로 연출해 놓은 연극 무대 같았다.

나는 구미와 김천을 한달음에 내닫고 나서 추풍령을 향하여 바삐 기어오르고 있었다. 이제 반쯤이나 왔나 보다. 그렇게 생각하니 새삼 어깨가 뻐근했다. 나는 추풍령에서 기름도 채워 넣고 차도 한 잔 하면서 쉬어가야겠다고 생각했다. 자주 다니는 길은 아니었지만 추풍령에만 오면 꼭 쉬어가고 싶은 유혹을 난 느끼곤 했다. 내게도 회상할만한 가치가 있는 과거가 있었던 것일까? 구름도 쉬어 넘는다는 구성진 옛 노래가 부린 조화였다.

주차장에 차를 대고 화장실에서 볼일을 마친 내가 커피를 마시기 위하여 걸음을 옮겨갈 때였다. 한 공중전화 앞에서 문득 발길이 멈추어 졌다. 죽 늘어선 공중전화 박스 가운데 왼쪽에서 첫번째. 그랬다. 지난 1월 아버지의 생일에 맞춰 가족을 이끌고 안양으로 올라가던 길에 전화를 걸었던 바로 그 공중전화였다. 순간 그날 이 전화기 앞에서 시작되었던 일들이 어둠을 깨고 비치기 시작한 영화의 한 장면처럼 훤하게 되살아났다.

명절을 제외하고 일 년에 한 번 아버지 생일에 나는 꼭 본가를 찾았다. 명절이란 떠들썩한 축제 같은 것이어서 나와는 상관없는 일로 치부해 버릴 수도 있었지만, 아버지의 생일은 달랐다. 그건 자식으로서 최소한의 도리와 관련된 일이었다. 또한 내 가슴에 한가닥 양심으로 남아있는 효심을 시행해 볼 유일한 창구였으며, 어설프기도 했고 공연히 불안한 마음이 들기도 했지만 아직도 우리가 한 가족임을 확인해 볼 수 있는 유일한 기회이기도 했다.

바쁜 일과 탓으로 마산을 출발하면서 사전에 연락을 하지 못한 나는, 바로 여기 이 공중전화에서 본가와 통화를 시도했었다. 그러나 통화는 실패였다. 저쪽에서 아무도 전화를 받지 않는 것이었다. 두 명의 이복동생들이 모두 결혼을 하여 분가해 간 후, 노인들만 남아 있는 집이 비어있다는 것은 흔한 일이 아니었다. 더구나 아버지의 생일이 바로 내일이니 지금쯤 제수씨들이 찾아와 한참 북적이고 있어야 마땅할 노릇이었다.

잠시 동네로 바람이나 쏘이러 나갔거니 하고 생각한 나는 다음 휴게소에서 다시 연락을 하기로 하고 거기를 떠났다. 지난 십 년 동안 한 번도 빼먹지 않고 이루어진 일이니 굳이 연락을 하지 않더라도 문제될 것은 없었지만, 그래도 내 입으로 이렇게 달려가고 있음을 알리고 싶었다.

연이은 전화도 번번이 실패였다. 금강, 죽암, 천안 삼거리. 휴게소마다 차를 세워 공중전화 박스에 달려가 십여 분씩 줄을 선 끝에 다이얼을 돌려대었지만 허사였다. 마지막으로 망향의 동산 휴게소에 이르러 나는 아내의 말에 따라 동생 집에 전화를 걸었다. 그런데 한참만에 전화에 나온 제수의 말이 전혀 뜻밖의 것이었다.

"저희 집 그이가요, 내일 출장을 가걸랑요. 그래서 아버님 생신을 오늘로 하루 앞당기기로 하였어요. 저도 지금 막 그리로 가는 참이에요. 목동 일신 호텔 뷔페 식당요. 벌써 끝날 시간 다 되었어요."

제수의 무덤덤한 그 말에 무엇이 얻어맞기라도 한 듯 머리가 띵해졌다.

"그러면 미리 연락이나 해줄 것이지…. 아니 해마다 내가 올라오는 걸 몰랐어요?"

"글쎄요. 그건 저도 모르겠네요."

"형한테는 연락했어요?"

"어제 갑자기 그렇게 된 일이라 잘 모르겠네요."

"아무리 갑작스러워도 그렇지…."

"아주버님. 죄송해요. 저 지금 시간이 없는데요."

나는 힘없이 수화기를 내려놓았다. 그리고 한참 후, 그곳에서 차를 돌려 마산으로 돌아오고 말았다. 그날따라 따갑지도 않은 겨울 햇살에 어찌나 눈이 시리던지, 나는 수백 번도 더 눈알을 껌벅이고 눈꺼풀을 부비고 해 가면서 차를 몰아야 했다.

대전을 지나면서 불빛이 눈에 띄게 많아졌다. 오가는 차량들의 숫자도 많아졌을 뿐만 아니라 크고 작은 불빛을 뿜어내는 건물들도 많아졌다. 아직은 어둠투성이었지만 동편 하늘에선 벌써 태양을 밀어낼 기미가 보이는 듯도 했다.

나는 오산에서 고속도로를 벗어나 국도를 택했다. 신갈이나 안양 유원지 쪽에서 꺾어드는 방법도 있었지만, 난 이 길이 좋았다. 차량의 통행이 한결 덜한 도로 사정이 그랬고 시야에 들어차는 작은 동네며 시골 사람들 그리고 들판과 나무들의 행렬이 그랬다.

이제 넉넉잡아 한 시간이면 본가에 이를 것이었다. 바야흐로 꿈이 끝나가고 현실에 돌입하기 시작한 것이었다. 당연스레 나의 뇌리는 아버지에 관한 상념들로 가득 차기 시작했다. 이번엔 정말로 아버지의 병이 위급한 것일까? 혹시 공연한 법석을 떤 것은 아닐까? 만약 그렇다면 당장 집으로 돌아가야지. 그런데 아버지가 정말로 위독하다면…. 아니, 어쩜…. 나는 담배를 입에 물고 서둘러 불을 붙였다. 하지만 거기에서 나의 두뇌 활동이 중단된 것은 아니었다. 나의 뇌세포는 더할 수 없이 거친 기세로 의식의 밑바닥을 헤집어 해묵은 번민들을 하나하나 게워내기 시작하였다. 만일 아버지가 세상을 뜬다면 자식인 나는 당연히 울어야 했다. 하지만 그게 가능할까. 평생 아버지에게 저주만 퍼붓고 살아왔던 내가 천연덕스레 울 수 있을까. 아니 눈물이 나오기나 할까. 아니면 그냥 가만히 있어? 마치 나하고는 상관없는 일이라는 듯이 시치미를 뚝 따고…. 나는 자동차 시트에 등과 머리를 기대고 아주 잠깐 동안 눈을 감았다. 할 수만 있다면 자동차야 어디로 굴러가건 몇 시간이고 잠이나 자버리고 싶었다.

수원 시내에 접어든 나의 낡아빠진 르망 승용차는 수원역 로터리를 지나 의왕을 거쳐 안양으로 뻗은 한적한 길로 들어서고 있었다. 이제 고단했으나 그런 대로 견딜 만했던 내 긴 여행의 종착지가 운명처럼 다가서고 있었다.

내가 본가가 있는 아파트에 도착했을 때, 어둠은 한결 엷어져 있었다. 밀물처럼 달려와 하늘 높은 줄 모르고 쌓여있던 암흑 덩어리는 어느덧 사라지고 그 자리를 여명의 한 자락이 잔잔한 파도처럼 적시고 있었다.

형은 복도에 나와 있었다. 그의 얼굴은 오래된 추억 같은 담배 연기에 잠겨 있었다. 벌써 삼 년 전 담배를 끊었던 그였다. 형은 내게 아버지의 임종이 다가왔음을 일러 주었다.

"어서 들어가 봐."

아무렇지도 않은 듯 말을 하고 있었지만, 그의 음성은 이제 막 변성기에 들어선 소년의 그것처럼 탁하게 갈라져 있었다. 자동차를 몰고 먼 길을 달려온 탓이었을까? 그 말을 듣는 순간 나는 심한 어지럼증을 느꼈다. 나는 형의 눈가를 적시고 있는 물기에 만감이 교차하고 있음을 느끼며 현관문을 들어섰다. 아주 오래전부터 바로 이런 순간을 두려움에 찬 마음으로 응시해 왔던 나는 여전히 내가 앞으로 어떠한 태도를 취해야 할지 아무런 결론을 내리지 못한 채였다.

　아버진 안방에 누워 있었다. 머리맡에 새어머니가 앉아 있고 방구석을 돌아가며 두 명의 이복동생들과 제수들이 나란히 앉아 있었다. 모두들 피로 때문이었는지 아니면 체념 때문이었는지 조용한 얼굴이었다. 얼핏 나를 향하여 희미한 미소를 띠는 듯하던 어머니가 이내 고개를 돌리며 긴 한숨을 토해 내었다. 사람들로 가득 차 있었음에도 집 안은 안개에 휩싸인 새벽 숲처럼 적막했다.

　나는 아버지의 곁으로 다가가 무릎을 꿇었다. 아버지의 얼굴은 가면처럼 보였다. 탈색이라도 시킨 듯 거칠고 창백한 피부에 어지러이 박힌 짙은 갈색의 반점들. 어느새 세월이 이만치 흘렀던가. 참으로 오랜만의 상봉이라는 생각이 들었다. 나는 눈을 감았다. 순간 뜨거운 기운이 몰리는가 싶더니 눈에서 주르륵 흘러내리는 게 있었다. 나로서는 전혀 예기치 못했던 반응이었다. 무엇을 뜻하는 것인지도 모를, 무엇 때문인지도 모를 그것은 분명 눈물이었다. 그리고 오래지 않아 깨닫게 되었다. 나는 아버지를 열망하고 있었다. 내 가슴에 차곡차곡 쌓여진 채 한 번도 펴 보이지 못한 그리움을 속 시원히 쏟아 부을 대상이 난 필요했다. 그는 바로 아버지였다. 친어머니가 돌아가던 날, 우리들의 손을 부여잡고, 어린아이처럼 뜻밖에도 많은 울음을 쏟아내던 아버지. 명절날 수많은 인파에 파묻혀 발을 동동 굴려가면서 달려가야 하는 까닭을 백과사전이 아닌 체험으로 아이에게 가르쳐야 했던 바로 그 아버지였다. 그것이 지난겨울 아버지의 생일잔치를 향해 달려가던 길을 되돌려야 했던 순간, 내 가슴에 복받쳤던 감정이었던 것이었다.

　나는 고개를 더욱 수그렸다. 목구멍에서 자꾸만 터져 나오려는 오열을 어떤 식으로든 수습해야만 했다. 나는 가슴 저 깊은 곳에서 솟구쳐 오르는 이 돌연한 감정을 무자비하게 짓누르기 시작했다. 나는 울고 있는 게 아냐. 밤새도록 올빼미 눈을 하고 운전을 했기 때문에 눈이 시려서 그런 거야. 조금 지쳤던 거야. 먼 길을 달려왔잖아. 그래, 너무나 먼 길이었어.

그때 아버지의 이부자락을 뜻도 없이 만지작거리고 있던 나의 손에 슬며시 다가와 적셔지는 온기가 있었다. 그것은 아직은 따스한 아버지의 손이었다.

그 길고 허망한

―주월 한국대사관이 29일 문을 닫았다. 이날 방콕 한국대사관에 의하면 대사 등 직원 15명은 이날 오후 4시경 미군 CH46 헬리콥터 편으로 붕타우 항에서 160km 떨어진 남지나 해상의 미 해군 항공모함으로 옮겨져 태국 방콕으로 향했다. 이로서 1956년부터 월남의 하늘에 태극기를 휘날렸던 우리 대사관은 수천 명의 미국인과 월남인 사이에 끼어 19년 만에 황급히 사이공을 떠나야 했다.

그러고 보니 오늘이 그날이었다. 공항 대합실 텔레비전에서는 월남 패망에 관한 시리즈물을 방영하고 있었다. 4월의 마지막 날, 늦은 오후. 땅거미가 지고 있었다. 청사 앞 가로등이 비눗방울처럼 허약한 빛을 하나 둘 허공에 띄우기 시작했고, 조금 전까지만 해도 세상을 통째로 삼켜버릴 듯이 붉은 혓바닥을 날름거리던 태양은 활주로 건너편 야산 위에 작디작은 피멍 자국으로 남아있었다.

대합실에선 오사카 행 비행기에의 탑승을 재촉하는 방송이 인파를 들쑤셔대고 있었다. 허겁지겁 작별 인사를 나누고, 크고 작은 선물이며 보따리를 한 손에 움켜쥐고 다른 한 손으로는 또 하나의 짐을 찾아 허둥대는 사람들 그리고 화장실에 간 일행을 악다구니를 써 부르며 입가에 흘러내리는 콜라 거품을 게걸스레 닦아내는 사람들로 대합실은 만원이었다. 그들을 바라보노라니 이 세상이 어떤 종류의 열병에 휩싸여 있는 것만 같았다.

친구와의 약속 시간까지는 아직도 한 시간의 여유가 있었다. 미국으로 이민을 떠나는 경호를 전송하기 위하여 공항에 나왔던 나는 눈앞에 펼쳐지고 있는 광경을 국외자의 뜨악한 눈길로 바라보고 있었다. 그것은 내게 누군가의 해석이 요구되는 거대한 환각처럼 비쳐오고 있었다.

그러다가 문득 한 남녀에게 시선이 멈추었다. 그것은 오십 대의 곱슬머리 일본인 사내와 한 젊은 여인의 이별 현장이었다. 사내는 구멍이 숭숭 뚫린 거무튀튀한 얼굴에 유난히 번쩍이는 크리스천 디올 금테 안경을 끼고 있었는데 걸핏하면 앞니가 툭 불거져 나왔다. 여인의 모습은 깨끔한 인상이었다. 이십 오륙 세나 되었을까? 물방울무늬가 연하게 수놓아진 쑥색 스카프에 받쳐진 하얀 얼굴이 크게 미인이랄 것은 없어도 세련되고 정갈한 분위기를 풍기고 있었다. 그러나 눈가엔 그늘진 기운이 아롱져 있었다. 그녀는 '누구든 죄 없는 자가 돌로 쳐라'는 예수의 선언이 내려졌을 그런 부류의 여자임이 분명했다.

간밤의 쾌락을 음미하려는 것일까? 사내는 여인의 자그마한 등을 쓸며 귀엣말로 무엇인가를 소곤거리고 있었다. 물방울무늬 여자는 시선을 내리깐 채 가만히 서 있기만 했다. 한순간 크리스천 디올 안경테에서 금빛의 반사광이 번쩍이더니 사내는 출국 대합실 입구를 향하여 성큼 발길을 내딛기 시작했다. 그러자 갑자기 여인의 몸이 황급히 그쪽으로 쏠려졌다. 사내에게 무어라고 말을 건네는 듯했다. 사내의 앞니가 다시 한 번 힐쭉 불거지고 나서 사내의 손이 호주머니에서 불쑥 튀어나왔다. 검정 털이 보송보송 돋아난 사내의 손엔 갈색의 일만 엔짜리 한 장이 쥐어져 있었다.

사내는 이내 총총걸음으로 사라져버렸다. 출국 대합실 통로는 끝없이 먹이를 집어삼키고 있는 짐승의 아가리처럼 휑하니 열린 채 붉은 양탄자에서 반사되는 빛으로 벌겋게 물들어 있었다. 출국장 입구에 몰린 인파를 헤쳐 나온 여인은 빈 의자에 털썩 주저앉았다. 그리고 핸드백 위로 두 손을 모아 얼굴을 감쌌다.

나는 기둥 하나를 사이에 두고 그녀와 마주보고 있는 건너편 소파에 슬그머니 몸을 걸쳤다. 십년지기 군대 친구 경호가 제 덩치만 한 이민가방을 끌고 공항을 들어서기까지엔 아직 사십분 여의 시간이 남아있었다.

여인은 아직 돌아갈 기미를 보이지 않았다. 또다시 그녀의 연인이 될 누군가를 기다리는 것인지도 모를 일이었다. 더욱 움츠려진 그녀의 가녀린 어깨에선 여전히 짙은 절망의 기운이 묻어났다.

—…이날 포드 미대통령은 사이공 주변 특히 공항의 군사 정세가 악화됨에 따라 월남 잔류 미국인들에게 철수 명령을 내렸다. 이 명령에 따라 오후 이날 오후 3시 30분부터 철수가 시작되었으며 이날 밤 12시경 끝났다. 이날 8-900명으로 추산되는 미국인들의 철수를 위해, 월남 해안에서 대기 중인 미 해군 함정에서 발진한 헬리콥터 81대와 월남 공군 소속 헬리콥터 여러 대가 동원되었다. 사이공 미 대사관과 탄손누트 공항 및 기타 주요 지점 빌딩 옥상에서 떠오른 헬기를 이용하여 미국인들은 월남인 기타 외국인들과 함께 인근 해안에 대기 중인 미7함대 항공모함으로 소개되었다.

텔레비전에서 연방 날아오는 아나운서의 멘트가 귀에 거슬렸다. 그것은 내 몸 깊숙이 파고들어 그 안에 잠긴 어떤 것을 자꾸만 자극하였다. 나는 텔레비전으로 시선을 던졌다. 화면에 펼쳐진 낯익은 풍경들은 곧 나를 사로잡아서, 깊고 어두운 기억 속으로 날 무작스럽게 끌어갔다.

　벌써 십 삼사 년을 거슬러 올라가야 하는 시절의 일이었다. 월남 중부 거점 도시 투이호아에서 북방 250킬로미터. 베트남의 남북을 잇는 대동맥 1번 국도와 서편 내륙의 정글을 향해 이어진 6B 군사도로가 마주치는 전략 요충지 뚜이안. 경호와 내가 이곳 중대에 배속을 받은 지도 어느덧 삼 개월이 지나고 있었다. 우리들의 월남 생활도 어느 정도 이골이 나서 검게 그을린 피부에 살기가 도는 눈을 갖게 되었으며 이곳에서 살아가는 데 필요한 몇 가지 요령, 일테면 수류탄의 뇌관을 뽑은 다음 화약에 불을 붙여 라면이나 커피를 끓인다든지 보초를 설 때 눈을 뜨고 잔다든지 작전 중 수통에 물이 바닥났을 경우 수분을 많이 포함하고 있는 식물을 골라내어 그 즙을 빨아먹는다든지 하는 등의 일에 익숙해지고 있었다.

　그러던 어느 날 아열대의 태양이 우리들의 머리통에다 지글지글 불을 놓고 있던 오후 세 시쯤이었다. 막 각개전투 훈련을 마친 우리는 연병장 한 귀퉁이 바나나 나무 그늘에 기대어 앉아, 벗어부친 웃통에서 연신 흘러내리고 있는 주먹만 한 땀을 닦아내고 있었다.

　"야! 신병들이 온다."

　옆에 누워있던 경호의 고함소리에 나는 부대 정문 쪽을 바라보았다. 트럭 한 대가 먼지를 뽀얗게 일으키며 정문 초소를 들어서고 있었다. 트럭의 맨 꼭대기에서 M60 기관총을 잡고 있던 녀석이 과장스럽게 팔을 흔들어댔다. 수많은 복병과 부비트랩이 널려있는 사지를 뚫고 무사히 돌아왔다는 자축의 시위였다. 기관총을 잡고 있는 녀석 뒤로 가지런히 세워 놓은 더블백 자루처럼 보이는 녀석들은 과연 전입병들이었다. 나는 재빨리 그 수효를 세어보았다. 하나, 둘, 셋…. 여남은 명은 되는 것 같았다.

우리는 우르르 연병장으로 몰려나갔다. 커다란 먼지를 한 곳에 모으며 트럭이 멈추어 서자 아까 팔을 흔들던 사병이 흰 이빨을 드러내 보이며 훌쩍 뛰어내렸다. 신병 인솔 차 대대에 갔던 서무병이었다. 그는 철모를 벗겨낸 머리를 휘휘 돌리며 중대본부로 걸어갔다. 트럭 주위에 비죽배죽 몰려선 병사들은 빨아 삼킬 듯한 눈길로 신병들의 몰골을 바라보았다. 그들의 시선은 반가움과 함께 기간병으로서 득의양양함으로 가득 차 있었다. 더러 두고 보자는 식의 터무니없는 적대감을 보이는 친구도 있었다. 이상한 일이었지만 사실이었다. 선임 탑승석에서 대대 인사과 소속의 하사 하나가 옷의 먼지를 털며 뛰어내렸다. 그리고 호주머니에서 럭키 스트라이크 담뱃갑을 꺼내 노란색 필터가 달린 담배를 하나 꼬나물었다.

"전원 하차!"

그가 소리치자 신병들은 묵직한 더블백을 걸머쥐고 어기정어기정 내려서기 시작했다. 회칠을 한 듯 뒤집어쓴 흙먼지 사이로 녹색 정글복의 선명한 빛깔이며 백마마크가 산뜻산뜻 드러났다. 그들은 하나같이 자신들을 훑어내리고 있는 기간 병사들의 뜨거운 시선에 안절부절 못하는 표정이었다.

유독 그들 중 하나가 내 시선을 끌었다. 병장 계급장을 단 그는 전혀 당황하지 않는 눈초리로 연병장 구석에 줄줄이 널려 있는 막사용 벙커며 그 뒤로 둘러쳐진 철조망 등을 찬찬히 살펴보았다. 그가 하는 양은 건방지다 싶을 정도로 침착했다. 나는 그의 가슴팍에서 이상민이라는 이름을 뜯어보며 마음 한 구석으로 생리적 거부감 같은 것을 느꼈다. 신병은 신병다워야 한다는 게 내 생각이었다.

그날 밤 분대 단위로 나뉘어 있는 막사용 벙커에선 신병 신고식이 벌어졌다. 고함 소리, 발길에 채이고 몽둥이가 부러지는 소리, 철모가 나둥그러지고 마루판 한쪽이 내려앉는 둔탁한 음향과 날카로운 비명 그리고 잔인한 웃음과 악에 받쳐서 불러대는 한물간 노랫가락…. 말이 환영식이지 따지고 보면 새로 들어온 월남 졸병들의 기를 처음부터 후려잡자는 수작이었다. 계급이나 군대 짬밥 그릇 수에 관계없이 얼마나 먼저 파월되었느냐가 새로운 서열의 기준이 되는 이곳 월남에서 이 행사는 필수적이었다.

"야야, 최 병장."

무릎을 꿇고 결연한 자세로 앉아있는 사무라이들처럼 분대원 열한 명이 관물대 앞에 도열한 가운데 부분대장 장칠영이가 돌연 나를 불렀다. 나는 넷! 하는 힘찬 대답과 함께 용수철처럼 튀어 일어났다. 신병 환영식이 있는 날엔 다른 월남 졸병들까지 얻어터지는 게 상례였다. 아니나 다를까. 그 서막이나 되는 듯이 나의 왼쪽 볼에 딱하고 불이 켜졌다.

"이 새끼야. 어린 아새끼 신고를 시켜야 할 거 아이가. 월남밥 석 달이나 처먹어놓고 군기 빠진 포대자루처럼 앉아만 있어? 내가 시키랴?"

나는 침을 꿀꺽 삼키며 주위를 살펴보았다.

"신고 똑바로 시키거라이. 잘못 하몬 니 아구통 돌아갈 걸 각오해. 알긋나?"

어둑한 벙커 안에 한 줄로 늘어선 스무 개의 눈동자들이 차갑게 빛나고 있었다. 그 줄의 맨 끝에 내가 신고를 시켜야 할 이상민이가 태연스레 앉아있었다. 아까 트럭에서 내려서 사위를 은근히 눌러보던 그 녀석이 하필이면 우리 분대에 배속되었던 것이었다.

"신병. 일어섯!"

나는 아랫배에 잔뜩 바람을 불어넣으며 소리를 쳤다. 이상민은 곧바로 일어나 내 앞으로 다가왔다. 바로 이 순간이 월남 신병들에겐 가장 두려운 시간이었다. 대개의 신병들이 잔뜩 겁을 먹은 얼굴로 비척비척 걸어와선 주먹이 미치지 못할 만한 거리를 두고 엉거주춤 서 있기가 고작이었다. 공포에 질리다 못해 사지가 뒤틀려 죽는 시늉을 내거나 남몰래 준비해 온 버드와이저 깡통 맥주며 초콜릿, 양담배 등을 수북이 풀어놓고 위기를 모면해 보려는 자들도 있었다.

그러나 그는 아니었다. 이상민은 내 주먹의 유효 사거리쯤은 아예 안중에도 없었다. 눈빛도 트럭 아래서의 그것과 별다름이 없었다. 나는 에라 모르겠다는 심정으로 일단 그의 정강이를 걷어찼다.

"얌마. 무슨 동작이 그리 떠."

화끈 달아오른 것은 오히려 내 쪽이었다. 줄곧 나를 향한 채 비켜나지 않는 그의 시선에서 그가 나를 비웃고 있을지 모른다는 생각이 들었기 때문이었다.

"이 자슥이 눈깔을 어디다 부릅뜨고 있는 거야."

나는 좀 더 말초적이고 단순해질 필요가 있다고 생각했다. 나는 녀석의 복부에다 대고 냅다 주먹을 날렸다. 녀석의 허리가 조금 숙여졌다.

"신고해 봐."

"단결!"

"목소리 봐라."

물론 그것은 나의 공연한 트집이었다. 그의 목소리는 귀에 심한 통증이 느껴질 정도로 우렁찼고 힘이 있었다.

단결! 병장 이상민은 당 중대 제1소대 제1분대에 전입을… 어쩌고 하는 천편일률적인 소리가 이어졌다. 내게선 맥이 탁 풀려나가고 있었다. 나로선

더 이상 흠을 잡을 방도가 없었다. 오히려 그의 당당한 자세가 점차 나를 압도해 오는 느낌이었다. 내가 주눅이 들어있음을 눈치채서였던지 아니면 더 이상의 재미를 기대할 수 없다는 판단 때문이었던지, 고참 병장 장칠영은 선뜻 나를 밀쳐내고 이상민을 요리해 갔다. 그는 교묘하게 꼬투리를 잡아 호통을 치고 기기묘묘한 자세의 기합을 먹이고 추임새를 넣듯 상황에 맞춰 주먹을 휘둘렀다. 그 꼬투리라는 것은 콩이 왜 팥이 아니냐는 식이었지만 그는 좌중으로부터 와글짝짝 웃음을 이끌어내었고 그때마다 신이 나서 더욱 자극적이고 열띤 것으로 몰아갔다.

그러나 전입병 이상민 병장의 기는 조금도 꺾이지 않는 듯했다. 그것 때문에 상민은 석 달 전 내가 당했던 것보다 더욱 오래 그리고 더욱 심하게 당하고 있었다. 나는 내심 이상민의 자세에 박수를 보내었다. 그러나 다른 한편으로는 내가 그렇게도 증오해 마지않던 칠뜩이 그러니까 장칠영을 더욱 응원하고 있었다.

다음날 아침 이른 새벽부터 반미트 지역에 대한 아군의 포격이 시작되었다. 그곳은 베트콩 303대대 본부가 은거해 있다는 험준한 밀림 지대였다. 우리 중대에서 210도 방향으로 불과 4킬로미터 떨어진 380고지 누이바 산과는 깊은 정글로 이어져 있어 늘 께름칙하게 여겨지는 곳이기도 했다. 투이호아 방향 다짬 마을에서는 여전히 연기가 치솟고 있었다. 그곳은 베트콩 첩자가 반쯤 섞여 사는 C급 마을이었는데 저렇게 연기가 솟는 날이 그렇지 않는 날보다 많아서 중대원들은 하루의 운수를 그것으로 점쳐보기까지 했다.

하룻밤을 새우고서도 내 마음은 도무지 개운하질 않았다. 전입병 주제에 좀 더 확실한 굴종을 보이지 않고 은근히 도도하게 굴던 이상민의 태도는 아무리 생각을 해 봐도 불쾌했다. 언젠간 본때를 보이리라. 나는 청소를 마치고 나서 몇몇 고참들의 식기를 한꺼번에 쌓아들고 취사장으로 향하는 상민을 바라보며 결심을 하였다.

"이상민이 너 언제 입대했어?"

A 레이션 국물에 들어있을 고기 조각을 숟가락으로 휘저어 찾으며, 나는 상민에게 말을 던졌다.

"70년 10월입니다."

"흠, 나보다 두어 달 늦군.

나는 조금 옹색한 느낌이 들었지만 굳이 덧붙이지 않아도 좋을 두어 달이라는 단어를 말 속에 은근히 찔러 넣었다. 마음이 한결 가벼워졌다. 군대에서 짬밥을 조금이라도 더 먹었다는 사실은 결코 작은 일이 아니었다.

"실례지만 최 병장님께서는 왜 월남에 오셨죠?"

첫 번째의 자그마한 승리를 음미하느라 입을 다물고 있는 내게 녀석이 갑자기 질문을 보내왔다. 전입병 주제에 고참한테 무슨 질문이냐는 불쾌감이 뇌리를 스쳐갔다.

"그냥 왔지, 꼬장꼬장 따지고 살아야 되나?"

"……."

"넌 왜 왔어?"

답을 들었으면 마땅히 네 편에서도 응답이 있어야 할 게 아니냐는 투였다.

"이 나라 사람들은 몽고반점을 가졌대요. 어느 책엔가 월남인들은 수천 년 전 중앙아시아 고원에서 잃어버린 우리의 동족일지 모른다고 쓰여 있더군요. 흥미롭잖아요? 아무튼 남십자성과 야자수 그런 이국의 정취를 한번 보고 싶었어요. 이천 년 동안 제 나라 땅에서 남의 나라 사람들과 싸움을 벌이는 이곳 사람들의 이상한 운명도 궁금했죠. 솔직히 전쟁이란 과연 어떤 것일까 하는 호기심도 있었고요. 전쟁과 죽음, 향수, 이런 것들은 일상생활에서 쉬 구해지는 게 아니니까요."

"흥, 전쟁?"

잘 걸렸다는 듯이 나는 재빨리 그의 말을 가로막고 나섰다. 몽고반점 운운 하면서 월남인들이 우리와 한 민족일 수 있었다는 터무니없는 말에는 극심한 불쾌감마저 느껴졌다.

"여기에 전쟁이라는 것이 있는 줄 아나? 하긴 아무 것도 모르는 작자들은 월남 가면 다 죽어오는 줄로 생각하겠지만, 여기 전쟁이란 건 없어."

나는 단호한 어조로 결론부터 맺어내었다.

"있다면 적당한 명분과 타협이 있을 뿐야. 누가 남의 나라 땅에서 목숨 걸고 싸우겠나. 아, 대한민국이라는 나라가 온 세계 인류의 자유와 평화를 걱정해 줄 처지도 아닌 거구. 작전 중에 위험하다 생각되는 곳은 아예 들어가질 않아. 베트콩들도 일정한 선만 넘어오지 않으면 우릴 건드리지 않고. 말하자면 가운데 경계선을 그어놓고 제 울타리 안에서 전쟁 흉내만 내는 거야. 브이씨들이 우리더러 뭐라고 하는 줄 알아? 너희들은 돈 벌러 왔으니 남의 나라 일에 간섭 말고 돈이나 벌다가 돌아 가래는 거야."

내가 그 말을 하는 데에는 나름대로의 이유가 있었다. 지난번 반헤오 지역에서 있은 천둥1호 작전 때의 일이었다. 5박 6일로 예정된 연대급 작전 가운데 사흘이 무료히 지나고 있었다. 발목에 소름이 돋도록 엉켜드는 잡풀과 시야를 가로막는 빽빽한 나무들을 헤쳐 가야 하는 고된 행군만 길게 이어질 뿐, 그 드넓은 정글 어디에서도 우리의 상대인 적은 나타나지 않았다. 땅에서는 불개미가 다발로 솟아났고 자갈 밑에서마다 전갈이 꼬리를 치켜들고 달려 나왔다. 독이 오를 대로 오른 태양은 어깨를 짓누르고 있는 40킬로그램짜리 군장과 더불어 우리들의 몸에서 수분을 맹렬한 기세로 쥐어짜고 있는데, 최대한 아껴 마시기 위하여 소금이며 커피를 잔뜩 타 넣은 수통에선 물이 바닥나고 있었다. 그동안 훈련받아온 각개전투는 흉내도 내어보지 못한 채 10분간의 휴식 시간에 소리조차 내어 말할 수 없는 이것은 전쟁이 아니라 노역이었고 사악한 극기훈련에 불과했다.

그러던 우리에게 새로운 상황이 전개되었다. 정글의 어느 구석 그다지 넓지 않은 갈대밭에 들어서면서 우리는 이상한 낌새를 발견하게 되었다. 그것은 푸덕거리는 산닭 소리였다. 산닭은 야생닭이긴 하지만 인가 부근에 오글거려 산다는 것이 상식이었다.

"앉아!"

누구에게서랄 것도 없이 터져 나온 그 소리에 우리는 일시에 몸을 낮추었다. 산닭 소리는 갈대밭 건너편 정글에서 나오고 있었다. 그곳 어디에 베트콩의 가옥이 숨겨져 있음이 분명했다.

"유탄발사기 사수 앞으로!"

갑자기 들이닥친 급박한 상황에 눈알을 번득이며 사주경계에 들어간 병사들의 은밀한 입술을 타고 한 명령이 낮게 전달되어 왔다. 나를 부르는 소리였다. 나는 M79 유탄발사기를 가슴에 껴안고 낮은 포복으로 중대장에게 기어갔다. 두려움과 함께 무어라 형언할 수 없는 희열이 짧게 내 가슴을 꿰뚫어갔다. 아마도 이제야말로 내 안에 녹슬어 있던 혈기를 맘껏 펴 보일 기회가 왔구나 하는 그런 종류일 것이었다.

중대장은 긴장된 눈초리로 전방에 있는 정글을 응시하며 둔덕에 엎드려 있었다.

"총에 무슨 탄알을 끼워 놨나?"

정점에 있는 자는 언제나 고독하다던가. 중대장의 떨리는 목소리를 위무하듯 나는 재빨리 대답하였다.

"고폭탄입니다."

"산탄으로 바꿔. 그리고 저기서 나를 엄호해."

중대장은 자신으로부터 1미터 쯤 떨어진 곳을 가리키며 말했다. 중대장의 산탄 운운 하는 말이 나를 다소 실망시켰다. 대포알처럼 허공을 가르며 날아가 거창한 위력을 발하며 적진을 쑥대밭으로 만들어 놓는 고폭탄에 비하여, 수많은 탄알이 그물처럼 퍼져 날아가는 산탄은 다분히 수비적이었고 소극적이었다. 중대장의 명령은 적에 대한 공격이 아니라 자신을 방어하라는 것이었다. 하기야 코앞까지 널려진 정글 구석구석에서 베트콩들이 미친개처럼 쏟아져 나올지도 모르는 상황이었고 지휘관인 중대장의 목숨은 적 몇 명의 목숨보다 훨씬 중요한 것일지도 몰랐다. 나는 유탄발사기의 허리를 꺾어 장전된 고폭탄을 산탄으로 바꿔 끼우고 중대장이 가리킨 지점으로 기어갔다.

10여 분이 지나도록 적진으로부터는 아무런 기척이 없었다. 철없는 산닭들만 여기저기서 푸덕거릴 뿐 나뭇가지 하나 흔들리지 않았다.

"전진!"

중대장이 손을 들어 전진을 명했다. 철모의 턱끈을 다시금 조여 맨 부대원들은 M16 소총의 방아쇠에 검지를 끼워 넣고 눈을 부릅뜬 채로 조금씩 이동하기 시작했다. 갈대밭을 지나자 울창한 수풀 사이로 오솔길이 드러났다. 사람 하나 겨우 지나갈 정도의 너비였지만, 그동안 많은 사람들이 뻔질나게 드나들었던 듯 노랗게 맨들거렸다. 우리는 긴장했다. 입을 굳게 다물고 발자국 소리는 물론 우리가 지닌 군장에서 소리가 나지 않도록 신경을 썼다. 너무나 힘을 주어 눈과 귀를 열어 놓은 탓에 눈망울이 시렸고 귀가 아려왔다. 수풀을 간질이는 바람소리가 확성기에서보다 더 크게 들려 왔다. 더욱 가까워진 산닭 소리는 그것들이 우리들의 군홧발에 짓밟히고 있는 듯한 환각을 떠올리게 하였다.

그러던 한순간 가벼운 술렁임과 함께 행렬이 우뚝 멈추어 서 버렸다. 그리고 무슨 소리가 들려왔다. 쇠가죽처럼 뻣뻣하게 굳어진 병사들의 입술을 뚫고 면도날처럼 새어나온 그 소리는 바로 중대장을 부르는 소리였다. 중대장과 나는 황급히 뛰어갔다. 갑자기 숲이 갈라지며 인간의 구조물들이 드러났다. 지름이 1미터가 넘는 아름드리나무들 아래 기다란 받침목 위에 얹혀있는 그것들은 분명 베트콩 가옥이었다.

부대원들은 군데군데 몸을 숨기고 앉아 여차하면 총을 휘갈길 자세를 취하고 있었다. 격정이 이글이글 타오르는 눈초리로 당장 뛰어나갈 듯한 기세를 보이는 친구가 있는가 하면, 소총을 부둥켜안고 소리 없이 우는 녀석도 있었다. 집들이 반원을 그리며 늘어선 그 한가운데, 하얀 김을 아직도 몽긋몽긋 뿜어내고 있는 솥이 하나 걸려 있었다. 빠긋이 열린 대나무 여닫이문 사이로 옷가지며 그릇 등이 마구 흩어져 드러나 보였다. 적들은 바로 조금 전까지 여기에 있었음이 분명했다. 그렇다면 그들은 저기 건너편 숲 어디에선가 눈을 부라리며 우리에게 총부리를 겨누고 있을 것이었다.

그때였다. 십여 미터 쯤 앞서나가 수색을 벌이던 일단의 병사들이 중대장을 바라보며 다급한 손짓으로 가옥 밑 어딘가를 가리키고 있었다. 중대장과 나는 재빠르게 그곳으로 다가갔다. 그 병사가 가리킨 것은 가옥 내부로 올라가는 나무 사다리 우측에 있었다. 뜻밖에도 그것은 C레이션 박스에 붉은 색으로 쓰인 한글이었다. 살벌한 전장의 정글 깊숙한 곳에서 만난 우리의 문자. 순간 내 등줄기엔 쭉 하고 식은땀이 흘렀다.

 ─친애하는 한국군 장사병 여러분!

꿈에도 잊지 못할 사랑하는 아내와 가족 친지를 고국 땅에 두고 이역만리 전장에서 얼마나 고생이 많으십니까?

지금 이 순간 나의 머리통에다가 총알을 박아 넣을지도 모를 적들로부터의 다감한 위로의 메시지는 이상한 두려움을 느끼게 하였다. 그러나 그 다음을 읽어 내려가면서 우리들의 얼굴은 창백하게 얼어붙고 말았다.

 ─미국의 용병놈들아. 너희들은 돈 벌러 왔다. 남의 나라 전쟁에 끼어들지 말고 즉시 돌아가라! 그렇지 않으면 모두 지뢰 맞아 죽을 것이다!!

핏덩이처럼 붉은 페인트를 아직도 질질 흘려내고 있는 그 글자들은 막 고개를 쳐들고 일어나 우리를 향해 달려들 듯했다. 그 문자들은 살아있었다. 어이없게도 적의 편으로 돌변한 그것들은 생생하게 살아서 우리들의 이마에다 비수를 겨누고 있었다. 그 밑엔 해골바가지가 놓여 있었다. 해골바가지는 거기뿐이 아니었다. 왼쪽에도 오른쪽에도 그리고 우리들의 머리 위로 휘어져 내려온 나뭇가지에도 잿빛 해골이 대롱대롱 매달려 있었다.

"철수!"

숨 돌릴 겨를도 없이 중대장은 명령했다.

"철수해. 빨리 빠져나가라."

M16 소총과 66㎜ 로케트 포와 수십 발의 크레모아와 수류탄과 연막탄 그리고 날이 시퍼렇게 선 대검으로 무장을 했던 우리들 백여 명의 병사들은 뒤도 돌아다보지 않고 그곳을 빠져나왔다.

천둥작전은 그렇게 끝이 났다. 그날 철수 도중 병사 하나가 적들의 부비트랩에 걸려 미군 헬기를 타고 나트랑 십자성 부대 야전병원으로 후송을 간 것이 전과라면 전과였다.

"구태여 열심히 싸우지 않아도 전과는 오르게 되어 있어."

나는 핏대를 올려가며 말을 계속하였다. 내친김에 기를 콱 죽여 놓자는 심산이었다. 나는 녀석의 위세에 눌렸다는 어젯밤의 개운치 못한 느낌을 더 이상 끌고 가기가 싫었다. 더구나 그가 밥숟갈 뜨는 것도 잊고 나의 이야기 속으로 빠져드는 것으로 보아 승리는 이미 내 편이었다. 나는 신이 났다. 먼 훗날 귀국을 해서 생판 월남을 구경도 못한 놈들에게 내 경험담을 들려줄 때의 기분이 바로 이런 것일 것이었다.

"으슥한 짱글에 들어가서 요란하게 사격을 가하는 거야. 물론 거기엔 브이씨고 뭐고 있을 턱이 없지. 맨땅에다 대고 그냥 막 총을 갈기는 거야. 수류탄도 던지고 로켓포도 날리고…. 소위 음향 효과라는 거지. 동시에 무전기가 바빠져. 독수리 나오라 독수리. 콩 냄새가 난다. 90도 방향 브이씨 네 마리 출현. 지금 아군에 총격을 가하고 있다. 잔뜩 긴장되고 겁에 질린 목소리로 마구 떠들어 대는 거야. 어쩌다 실수가 나도 문제될 게 없어. 무전기의 잡음이 커버해 주니까. 그러고 나서 적당한 시간 뜸을 들인 뒤 전과가 보고되는 거야. 콩 한 마리 사살. 잔병 모두 퇴각. 노획 장비 아카보 소총 한 정. 전과가 한꺼번에 두 명 이상 되는 적은 없어. 그러자면 처리해야 될 상황이 복잡해 질 뿐만 아니라 꼬리가 길면 잡힐 우려가 있거든. 그런 다음 부대원 가운데 베트콩처럼 작고 새까만 놈을 골라 베트콩 옷을 입혀서 땅에 눕혀 놓고 사진을 찍는 거야. 발끝에서 머리 쪽을 향해 찍으면 영락없는 브이씨 시체야. 거기다 아카보 소총을 척 걸쳐 놓으면 그야말로 금상첨화지.

누가 알겠어? 지들이 짱글 구석구석 따라다니면서 일일이 확인할 꺼야 뭐야."

한순간 상민의 낯빛이 흔들리는 듯했다. 믿을 수 없다는 표정이었다. 그제야 비로소 내가 그를 증오하지 않을 수 없는 이유를 깨달았다. 그것은 그의 내부에 확고하게 자리 잡아서 언제나 그를 도도하게 받치고 있는 세상을 향한 긍정적 희망적 그리고 도덕적인 인식이었다. 건강한 자에 대한 병자의 질투에서가 아니었다. 내가 아는 한 세상은 그토록 밝고 아름답고 찬양되어야 할 대상이 아니었다. 그것은 더할 수 없이 혼란되고 모순에 차 있어서 당장 때려 부수지 않으면 안 될 것이었다.

"적들에게서 노획했다는 그 소총은 어디서 나오는 건지 아나? 다 끗발 있는 사람들에게서 나오지. 월남시장에서 50불이나 주고 사다가 계통을 밟아 내려오는 거야. 연대에서 대대로 대대에서 중대 소대로. 그걸 말단 소총병이 사는 거야. 물론 이윤까지 쳐서 값을 치루지. 어쨌건 결국 그놈은 훈장 타고 본국 휴가 가고 부대는 줄줄이 고가점수가 올라가니 이거야말로 누이 좋고 매부 좋은 일 아니겠어? 그게 여기 전쟁이야."

상민의 얼굴이 조금 변한 듯했다. 어쩌면 그가 공들여 쌓아왔던, 세상을 향한 희망과 신뢰의 탑이 와르르 무너져 내려앉고 있을지도 모를 일이었다. 그가 떠듬떠듬 말을 꺼냈다.

"수많은 사람들이 이곳 월남에서 다치거나 죽어가고 있습니다. 그들 중엔 최 병장님의 친구나 전우도 있을 것입니다. 그런데도 그들의 고통과 죽음이 한낱 사기극의 엑스트라에 불과하단 말입니까? 정말 그렇게 무의미한 걸까요?"

"그러니까 죽은 놈만…."

그러니까 죽은 놈만 병신이라고 말을 하려 했던 나는 갑자기 입을 봉하고 말았다. 문득 달포 전 전사한 박명곤, 이태교, 김영수 세 전우의 모습이 떠올라서였다. 박명곤 하사는 부대 외곽 초소에서 낮잠을 청하다가, 나와 파월 동기인 이태교 일병은 취사장에 밥을 먹으러 가다가, 그리고 김영수 상병은 벙커 앞 초저녁의 시원한 바람결 속에 기타를 즐기다가 적의 기습적인 82밀리 박격포 공격으로 비명에 갔다. 그러나 어느 누구도 그들의 죽음을 무의미하다고 말할 수 없었다. 그들의 죽음은 절실했고 숭고했다. 이 세상 무엇과도 바꿀 수 없는 경건함이 있었다. 나는 식기를 들고 그곳을 나와 버렸다. 상민의 뚱한 눈길이 머리 뒤통수에서 따갑게 느껴졌다.

상민에 대한 편치 못한 감정이 사그라지지 않은 채 여러 날이 흘렀다. 지난번 식당에서 그의 유치함을 꼬집으려다 오히려 그저 먹고 자고 의미 없는 반항심만을 키워오던 나의 모습을 유감없이 들추어내는 결과를 빚은 후 나는 그와 한 번도 대화를 나누어 본 적이 없었다. 파리에서 월남전 종식을 위하여 열리고 있는 평화회의 소식이 연일 들려오고 있었다. 이제 곧 휴전이 될 거다. 오는 크리스마스 전에 한국군은 모두 철수하고 미군만 남는대. 종잡을 수 없는 소문들이 병사들의 마음을 잔뜩 부풀리고 있었다. 그러나 파리 평화 회의는 쉬 결말을 낼 낌새를 보이지 않았고, 오히려 베트콩들의 공세만 날로 드세어져 갔다. 월남 정부군의 작전 지역인 닌꽝이 함락되고 쾅나이가 적의 수중에 들어갔다. 아군 연대 본부가 있는 나트랑 외곽도 적의 끈질긴 도전에 괴로움을 당하고 있었다. 이런 전세에 발을 맞추는 듯 드디어 작전 명령이 하달되었다. 번개 4호 작전이 그것이었다. 우리들은 새로운 작전에 대한 준비와 훈련에 돌입했다.

디데이까지는 꼭 사흘이 남았다. 하루 온종일을 각개전투와 사격훈련에 시달렸던 병사들은 저녁 식사를 마치고 벙커 밖에 삼삼오오 모여 앉아 한결 풀이 꺾인 남지나 해풍에 몸을 식히고 있었다. 그날따라 밤이 아름다웠다. 푸르죽죽한 수채화 물감을 풀어놓은 듯 고운 밤하늘에 은은한 달빛이 거대한 물결을 이루며 흐르고 있었다. 야자수는 기다란 머리채를 하늘에 묻어 놓고 졸고 있었고, 가까운 숲에서는 꿈결에서처럼 공작새 우는 소리가 들려왔다. 캬악. 캬악. 공룡의 그것을 연상케 하던 도마뱀 울음소리도 친근하게만 여겨졌다.

나는 벙커와 멀리 떨어져 있어 사람들이 별로 찾지 않는 10초소 부근 언덕으로 올라갔다. 그곳은 우리 부대에서 가장 높은 곳이어서 부대 안은 물론 부대 근처 다닥다닥 모여 있는 풍푸마을 풍경이며 멀리 투이호아 방향으로 아스라이 사라져 간 1번 국도 그리고 누이바 산 아래 야자나무 숲이 한눈에 내려다보였다. 남쪽의 산악들이 나즈막이 그려 놓은 검은 그림자 위로 남십자성이 떠올라 있었다. 하늘에 비스듬히 걸쳐있는 거대한 십자가. 그 신비의 별. 나는 문득 서울에 두고 온 옥희의 모습을 떠올리었다. 허공을 향해 약간 치켜진 듯한 텅 빈 눈빛. 그리고 파월 훈련소가 있는 오음리에서의 실감나지 않은 하룻밤. 그날 질척거리는 흙탕길을 넘어 나를 찾아왔던 그녀는 뜻하지 않게 자신의 곁에 나의 잠자리를 마련해 주었다. 옥희는 내 거다. 나는 그렇게 중얼거려 보았다. 그럼에도 그녀는 아득히 멀게만 느껴졌다.

그러던 어느 순간, 부대의 남쪽 끝 3소대 부근에서 한 돌발 상황이 목격되었다. 눈동자에 바늘이 날아와 꽂히는 듯한 섬광이 그것이었다. 거대한 폭음이 가슴을 휑하니 무너뜨렸고 그 폭음의 거친 틈바구니에

짐승의 단말마 같은 것이 환청처럼 들려왔다. 처음에 나는 그것의 정체를 깨닫지 못했었다. 나의 몸은 모든 신체적 기능을 잃고 그 자리에 얼어붙어만 있었다. 쉬익쉬익-. 머리 위에서 허공을 가르는 예리한 쇳소리가 귀청에 날카롭게 파고들었다. 순간 나는 그것이 적의 박격포 공격이었고 벌써 첫 번째 희생자가 생겨났음을 깨닫고 말았다. 필경 그것은 닌쫭과 쾅나이와 나트랑에 이은 적의 대공세의 일환일 것이었다. 나는 근처 교통호 속으로 몸을 날렸다. 그러나 참호가 파여 있지 않은 연병장 한가운데, 드러누워 잠을 자거나 흐드러진 달빛을 맥주에 담아 즐기거나 플래시 불빛에 의지하여 포커 놀음을 하던 병사들은 느닷없이 날아든 박격포탄에 여지없이 찢겨지고 있었다.

꽈당. 꽝. 순식간에 아비규환의 현장으로 돌변한 중대기지에 적들의 공격은 계속되었다. 삶과 죽음이 순간순간에 갈라지고 있었다. 매 순간마다 나는 나의 목숨을 확인해야 했다. 아직 살아있다는 사실. 그랬다, 지극히 당연스러워야 할 그것은 정녕 신의 축복이었다. 매캐한 화약 냄새는 연거푸 콧구멍을 후벼 팠고 어린아이처럼 어머니를 외쳐 부르는 부상자들의 처절한 절규가 뜻하지 않은 눈물을 용솟음치게 하였다. 포탄이 터지는 굉음에서마다 느껴지는, 그것이 내가 지구상에서 듣는 마지막 소리일지도 모른다는 공포 속에, 언제인가 이 땅에 전쟁이란 없노라고 장담을 하던 나의 모습이 허깨비처럼 떠올랐다.

새벽 네 시쯤 베트콩들의 박격포 공격은 끝이 났다. 동이 트기가 무섭게 사상자를 실은 두 대의 트럭이 꽁지 빠진 망아지처럼 부대를 빠져나갔다. 그때 차에 실려 간 사람은 여섯 명의 전사자를 합쳐서 모두 스물넷이었다.

복구 작업이 쉴 사이 없이 진행되고, 후송되어 간 부상자들의 전사 소식이 하나씩 전해 오는 가운데 작전 디데이는 빠르게 다가오고 있었다. 병사들의 마음은 그저 어둡기만 하였다. 훈련이나 작업이 끝나기가 무섭게 모두들 입을 봉한 채 한곳에 쪼그려 앉아 하늘을 물끄러미 바라보기 일쑤였다. 울적하고 불안한 마음을 담아 편지를 써보거나 벌써 일주일 전에 배달되어 온 편지를 다시 꺼내어 읽기도 하였다.

"민수야."

점심 식사 후 취사반에서 헤어진 경호가 벙커로 들어서고 있었다. 자못 심각한 이야길 꺼낼 모양이었다. 파월 동기인 그는 진지한 내용의 말을 꺼낼 때면 최 병장이라는 딱딱한 호칭 대신 이름을 부르곤 했다.

"나 지난번 일요일 날 군목이 예배 보러가자고 했을 때 따라갈 걸 그랬나 봐."

"무슨 소리야?"

나는 짐짓 이해할 수 없다는 투로 물었다.

"어젯밤에 한잠도 못 잤어. 눈만 감으면 포탄이 터지고 총소리가 나. 어떤 땐 피를 철철 흘리며 죽어가고 있는 내 모습을 봐. 내 몸뚱아리는 걸레 조각처럼 찢어져 죽어 있는데 정신은 말짱해서 그걸 바라보고 있어. 마치 남의 일 구경하듯이 말야. 엊그제 포 맞아 죽은 박명수 그 자식은 나하고 친했잖아. 참 티 없이 좋은 새끼였는데…. 이번 작전에선 꼭 무슨 일이 날 것만 같아. 정말 죽으러 가는 기분야. 목숨이란 게 뭔지. 살아봐야 별 수도 없는 인생이면서…."

그는 불안에 떨고 있었다. 맨주먹 하나면 두려울 게 없다던 그도 신이 필요했던 모양이었다. 그건 나도 마찬가지였다. 당할 때 당하더라도 이

처참한 심리적 곤궁 상태 즉 죽음의 공포에서만은 벗어나고 싶었다.
"아버지께서는 하시고자 하시면 무엇이든지 다 하실 수 있으니 이 잔을 제게서 거두소서. 이게 무슨 말인지 알아?"
뜻밖에도 경호의 입에서 성경 구절이 줄줄 흘러나왔다. 나는 외락 웃음을 터트리고 말았다. 기독교인을 지상 최대의 위선자로 은근히 몰아붙이던 그였다.
"예수도 죽기가 무서웠던 거야. 이 무식한 놈아. 책 좀 읽어."
녀석은 엉뚱하게 화살을 나에게 돌려대고는 벙커의 출입구 쪽 소총대에서 가지런히 정돈되어 있는 M16 소총을 하나 꺼내어 들었다. 노리쇠를 후퇴시키고 벙커의 천장 한 구석을 겨냥하여 오래 조준을 하다가는 탁! 하고 격발을 하였다. 그러곤 휭 하니 밖으로 나가며 한마디를 던져 놓았다.
"씨발. 될 대로 되라지."
그는 내 심정을 대변하고 있었다. 불확실성 속의 내일. 나는 형장으로 향하면서 하늘과 땅을 꼭 한번 바라본다는 사형수의 이야길 떠올리었다. 어쩌면 그들의 심중을 이해할 수 있을 것도 같았다. 나는 경호가 침상 위에 던져 놓고 간 소총을 집어 들었다. 기름을 발라 윤기가 자르르 흐르는 그 총의 개머리판에는 작대기 네 개가 그어진 계급장 옆에 이상민이라는 이름이 쓰여 있었다. 소총을 갖다 걸으며 나는 파월 후 첫 번째 희생자를 경험한 상민의 심경을 헤아려보려 애를 썼다. 그도 나와 같이 느끼고 있을까? 허세와 체면 그리고 가식을 벗고 오직 적나라한 모습으로 설 수 밖에 없는 이 처연한 상황을 그는 어떻게 대처하고 있을까? 이 땅엔 전쟁이 없노라는 나의 말을 그는 어떻게 생각하고 있을까?
그때 나는 당당했었다. 나름대로의 소신이 있었다. 그러나 지금의 나에겐 당당함이나 소신은 흔적도 없이 사라지고 부상과 죽음의 위기에서 어떻게든 헤어나고 싶다는 공포감뿐이었다. 왜 그런 말을 했을까? 나는 처음으로 내 말에 부끄러움을 느꼈다.

저녁 식사 후, 벙커엔 때 아닌 환호성이 터졌다. 고국으로부터 편지가 날아든 것이었다. 박판수! 장명호! 이재봉! 이재봉 어디 갔어? 화장실 갔습니다. 똥 누러 갔어요. 그럼 편진 압수. 이건 뭐야. 이게 글씨야 뭐야. 경상남도 함안군 대산면 아지리. 네, 접니다. 얌마, 담부터 글씨 좀 잘 쓰라고 그래. 헷갈리잖아. 전령이 편지 꾸러미를 한 아름 가슴에 안고서 수신인의 이름을 불러갈 때마다 병사들은 숨을 졸였다. 그러다가 제 이름 석 자가 불리면 어린아이처럼 팔팔 뛰며 편지를 받아가지고는 조용한 구석을 찾아가 그것을 뜯어보는 것이었다. 자신의 이름이 끝내 불리지 않은 사병들은 그만 낙담을 하여 얼굴이 시퍼렇게 얼어가지고는 어둠 속으로 슬그머니 사라지거나 외마디 저주의 소리를 허공에 냅다 퍼붓다가는 눈물을 글썽이곤 했다. 경호에게는 부모님으로부터 편지가 왔다. 상민에게는 그의 동갑내기 아내에게서 편지가 왔다. 상민에게 거의 매일 한 통씩의 편지를 안겨주는 녀석의 아내는 대단한 미인이었다. 특히 눈이 아름다웠다. 사진으로 보기에도 그녀의 눈망울은 조금만 움직이면 여러 개의 영롱한 빛깔로 빛나는 듯이 보였다. 그는 사진과 함께 아내의 편지도 내게 보여준 적이 있었다. 내가 편지를 한 장 받아보지 못하고 있음을 동정한 소행이 분명했지마는, 내심 싫진 않았다. 그만큼 인간의 정이 못내 그리웠는지도 몰랐다. 그녀의 편지는 잘 가꾸어진 화단을 연상케 하였다. 사랑과 그리움의 향기가 분홍색 편지지 구석구석에서 한가득 배어 나왔다. 그래서 나는 그의 아내 이름을 기억할 수 있었다. 그 이름은 윤민주였다. 정말이지 녀석은 내가 갖지 못한 것들을 속속들이 가지고 있었다.

이번엔 나에게도 한 통의 편지가 배달되었다. 나는 편지를 받기가 무섭게 발신인의 이름을 살폈다. 기대해 마지않던 옥희는 아니었다. 옥희라는 이름은 언제나 내 가슴에 뜨거운 감자처럼 존재하였다. 사람이 살아가는데 딱 한 사람이 필요하다면 그것은 두말할 것도 없이 옥희였다. 옥희는 내게 어머니였고 아버지였으며 모든 것이었다. 실망은 되었으나 어쩔 수가 없었다. 작전을 몇 시간 앞두고 고향의 소식을 전해 듣게 해 준 옛 직장 동료 남수가 새삼 고마웠다. 양남수는 내가 근무하던 글로리아 관광호텔의 객실 담당 직원이었다.

나는 벙커를 빠져나가 뒤쪽 부비트랩 전시장 근처에 호젓하게 서 있는 바나나 나무에 기대어 앉았다. 그리고 잠시 하늘을 바라보았다. 반쪽으로 찌그러든 달이 남십자성의 한쪽 가지에 걸려 있었다. 나는 벙커에서 새어나오고 있는 불빛에 비추어 봉투를 뜯었다. 그리고 깊은 신음을 토해내고 말았다.

-네가 군에 입대를 하고 나서의 일이다. 그러니까 벌써 오래전이지. 나는 우연히 영업과 문 과장과 송옥희가 우리 호텔의 빈 객실에서 나오는 것을 발견하였다. 나는 그때 송옥희가 씰룩 눈웃음을 보내며 지나가길래 아무 일도 아닌 줄로만 알았어. 그런데 그게 아니야. 고 앙큼한 것이라니. 사람들이 그러는데 둘 사이가 보통이 아니었어. 넌 군대 가고 없고 나만 몰랐던 거야. 하루는 내가 송옥희를 붙들고 따지고 물었다. 그랬더니 너와는 끝난 거라고 하는 거야. 네가 월남에 가기 전 너한테도 말한다고 그랬어. 아무래도 네가 고아 출신이라는 게 마음에 켕겼나 봐. 그리고 할 소리는

아니지만 호텔 보이와 영업과장은 차이가 있는 거고. 문 과장이 마누라와 이혼하겠다고 옥희를 꼬셨나봐. 하지만 이혼하겠다는 건 사실이 아냐. 옥희에게는 모든 말이 다 허사였어. 문 과장 그 자식의 바람끼에 속아 넘어가지 말라고 말했더니 진실한 사랑이라나? 진실이라는 게 뭔지. 세상은 참으로 무섭구나 하는 생각만 든다. 진짜야. 우리가 지금까지 고아원에서 크며 겪었던 것은 아무 것도 아냐. 정신 차려야 해. 그러니까 너 맘 돌려. 언제 우리가 정 먹고 살았냐? 그리고 너 건강해라. 난 네가 부상이라도 당할까 봐 언제나 걱정된다. 넌 자학하길 좋아하는 별난 놈이었잖니. 건강한 몸으로 귀국해서 보란 듯이 잘 살아야지. 짜샤. 한 번 호텔 보이했다고 만년 호텔 보이겠냐?

편지 읽기가 끝났는지, 출전을 준비하는 금속성 소리가 소란스럽게 벙커의 들창을 넘어왔다. 멀리 아군 포대에서는 내일의 작전지역을 향해 쉴 사이 없이 포탄을 날리고 있었다. 쾅! 콰앙! 귀청에 예리한 흠집을 그으며 지나가는 포탄의 비상음 그리고 잠깐의 침묵 끝에 둔중한 굉음이 아련한 땅의 울림과 함께 메아리쳐 왔다. 그것은 내일의 대대적인 살육을 감지한 대지의 격렬한 몸부림처럼 느껴졌다.

나는 바나나 나무에 기대어 앉은 채 꼼작도 하지 않고 있었다. 나의 눈엔 별무리가 차 있었다. 마음이 답답할 적마다 별을 바라보는 것이 내 습관이었다. 무한한 하늘의 세계는 언제나 지상의 조잡한 인생사를 말끔히 씻어주었다. 나의 시선이 가 닿은 것은 북동쪽 하늘에 비스듬히 걸쳐 있는 거대한 방패연 모양의 오리온좌였다. 초등학교 때, 별에 관하여 공부한 후 하늘에서 내가 찾아낸 유일한 별자리, 고아원 시절 수도관이 얼어붙는 겨울밤이면 마당 가 우물에서 물을 길어 나르며 꽁꽁 얼어붙은 눈으로 바라보곤 하던 별. 성장을 해서 술에 젖은 눈으로 이따금 바라보던 그 별자리였다. 남십자성이 신비스러움과 더불어 차가운 이국을 느끼게 하는 것이라면 이 성좌는 아스라한 추억의 별이었다. 월남 땅을 밟은 후 이곳의 하늘에서 그 별을 찾아내고는 뜻하지 않게 고향 친구라도 만난 듯이 반가워했었다. 그 뒤로 나는 그 별자리를 바라보며 향수를 달래곤 했다. 향수래야 마땅한 대상을 찾지 못하고 방황만을 하다가 원점으로 되돌아오고 마는 허망한 것이었지만.

그러나 오리온좌의 애틋한 별빛도 이번에는 별 효험이 없었다. 그 별을 바라보며 그 아래에서의 온갖 꿈같은 일들에 잠겨 있던 나는 한순간 얼굴을 붉히며 일어나 꼬리를 밟힌 강아지처럼 와락 고함을 지르고 말았다.

"아냐! 그럴 리 없어. 그건 새**빨**간 거짓말이야. 하긴 장난 편지일 수도 있지. 남수 그 자식도 옥힐 은근히 좋아하는 눈치였으니까."

옥희는 내 삶의 전부였다. **뼛**속까지 배어든 내 몸의 냉기를 훈훈히 녹여준 맨 처음의 사람이었다. 그리고 자칫 단절될 **뻔**했던 내 생의 가치를 이어주고 있는 유일한 존재이기도 했다. 그런 옥희의 마음이 변할 리가 없었다.

나는 자리를 털고 일어나 PX로 갔다. PX에서는 회식이 한창이었다. 이제 곧 그들의 것이 될지도 모를 부상과 죽음의 망령을 한 잔의 술에 걷어내려 하고 있었다. 그 일단의 무리 속에 맨숭맨숭한 모습으로 앉아있는 상민이가 내 눈에 설핏 비쳤다. 나는 여섯 캔 들이 맥주 한 줄을 사들고 내가 즐겨 찾는 10초소 부근 언덕으로 올라갔다. 그리고 세 깡통의 술을 단숨에 마셔버렸다. 마음이 허약해진 탓이었는지 그깟 몇 모금의 술에 세상이 혼곤히 녹아들고 있었다. 흐릿해진 눈길에 밤하늘은 별 하나 떠있지 않은 텅 빈 암흑의 공간으로 보였다. 아무래도 좋았다. 이제 더 이상 별자리나 찾는 유치한 짓은 하지 않을 터이었다. 여긴 전쟁터였다. 그렇지 않아도 수많은 젊은 인생들이 이유 없이 죽어가는 이곳 월남은 까짓 여자 하나 깡그리 잊어버리기엔 쉬운 장소였다. 나는 내일 작전의 모든 전투에서 선봉에 설 것이었다. 적진을 향해 내가 여태껏 가슴에 끌어안고 살아야 했던 이 세상을 향한 분노를 훌훌 털어버릴 것이었다.

나는 맥주를 숨이 찰 때까지 벌컥거리며 마셔대었다. 그리고 오열을 하였다. 도망을 가야겠어. 바다를 뛰어 건너서라도 서울로 가자. 그렇지. 탈영을 하는 거야. 정글 속에 죽어 자빠지건 말건 여길 뛰쳐나가는 거야. 잘 하면 밀항선을 잡아탈 수도 있을 거야. 돈 많은 베트남 놈들 태우고 나갈 밀항선은 많으니까. 그렇게 해서 서울로 가자. 옥희를 만나면 뭐라고 말할까? 죽이겠다고? 만일 내가 그렇게 말하면 그년은 뭐라고 답할까? 웃겠지. 잔인하게, 웃기지 말라는 듯이 웃고 말겠지.

나는 깡통에 남아있던 맥주를 다 비워버렸다. 그리고 힘껏 우그려 뜨려 쥔 깡통을 멀리 철조망 밖을 향해 날렸다. 깡통은 멀리 날아가지 못하고 각종 지뢰와 폭발물로 가득 찬 철조망 한가운데로 툭 떨어지고 말았다. 그때 등 뒤 가까이에서 인기척이 느껴졌다. 나는 고개를 돌리며 얼굴을 훔쳤다. 그가 상민이라는 사실을 깨닫게 되자 수치감이 떠올랐다.

"최 병장님."

두어 발자국 뒤에서 상민이 나직한 목소리로 기척을 알려왔다. 도덕 교과서와 한 치의 차이도 없는 그다운 행위였다. 나는 아무런 응답도 보내지 않았다.

"아까 PX에서 주 병장님이 큰 소리로 부르시는데도 못 알아들으시더군요. 주경호 병장님이 한번 가보라고 해서 와 봤습니다. 혹시 무슨 일이 있으신 건 아닌가 해서요."

녀석이 말을 둘러대고 있음을 나는 알 수 있었다. 내게 볼 일이 있으면 자기가 냉큼 달려오지 다른 누굴 보낼 경호가 아니었다. 더군다나 내가 꺼리는 인물 중에 하나인 상민을 내게 보내리라는 것은 상상도 할 수 없는 일이었다. 어쨌든 상민은 내게서 이상한 낌새를 눈치를 챈 것이 분명했다. 그래서 그 특유의 박애정신과 정의감에 불타서 이렇게 달려왔을 것이었다. 지난번 적의 포탄이 쏟아지던 날의 일도 그렇거니와, 누가 열병에 걸려 헛소리를 연발하고 있다든지, 가까스로 손아귀에 쥔 여고생의 위문편지에 멋진 답장을 쓰지 못해 고민을 한다든지, 벙커나 흙 방벽이 허물어져 보수할 일이 생겼다든지 하는 온갖 궂은 일에 마다 상민은 극성스럽게 쫓아다녔다.

상민은 내 곁에 털썩 주저앉았다. 전에 같으면 내심 불쾌했을 것이었지만 이번엔 조금도 그렇지가 않았다. 내가 급격히 변해가고 있었다. 나는 그의 말에 아무런 대꾸도 하지 않은 채 묵묵히 담배를 피워 물었다.

"최민수 병장님, 고향 생각 하고 계십니까? 작전 전날 밤이라서 그런지 대포 소리가 애잔한 음악처럼 들리네요."

나는 상민에게 한마디 쯤 해도 좋지 않을까 하는 생각을 하였다. 그와 더 이상 신경전을 벌인다는 것이 무의미하게 느껴졌기 때문이었다. 이젠 누구를 좋아할 일도 싫어할 일도 없어 보였다. 그리고 두말할 필요도 없이 지금 나의 심경을 톨톨 털어놓고 싶은 강렬한 충동도 느끼고 있었다. 어쩌면 상민은 그러기에 가장 적합한 상대일지도 몰랐다. 그러나 나는 역시 아무 말도 하지 않기로 결론을 내었다. 한 가닥 남아있는 자존심이 그걸 허락지 않았다. 또한 갑작스레 머리가 텅 비어버려 무슨 말을 해야 할지 갈피를 잡을 수가 없었다.

"오늘 새벽 4시를 기하여 번개4호 작전이 개시되었다. 우리의 공격 목표는 반미트다. 그곳은 귀관들도 잘 알고 있다시피, 파리 평화 회담 조인을 앞두고 베트콩 1개 대대가 새로 진주해 있다는 아주 위험한 곳이다. 물론 아군 포대가 이미 쑥대밭을 만들어 놓긴 했지만 아직도 잔당들이 상당수 남아있을 것이다. 그러니까 정신들 똑바로 차려. 정신 맹하게 있다가는 헬기 타고 후송 가기 꼭 알맞다. 목표 전방 8킬로미터 지점까지는 헬기로 간다. 거기서부터는 일자형 행군이다. 알았나? …저 뒤에 아직까지 잡담하고 있는 놈은 뭐야? 삼 소대 후미. 너 이리 나왓!"

아직 어둠이 완연한 디데이의 이른 아침, 병사들이 완전 군장을 하고 엉거주춤 도열한 가운데 중대장이 카랑카랑한 목소리로 일장 훈시를 하고 있었다. 그의 허리춤에는 호신용 리벌버 권총을 숨겨 넣은 야전삽피가 여느 때처럼 매달려 있었다. 중대장은 서부 영화에나 나오는 멋진 가죽 탄띠도 함께 가지고 있었는데 저격의 목표가 될 것을 우려해서 작전 때만은 사용하지 않았다. 병사들은 중대장의 야전삽피에 시선을 모으고 너나할 것 없이 킥킥거리고 있었다. 우리들에게 그것은 거들먹거리는 겉모습 이면에 숨겨진 중대장의 콩알만 한 간을 상징하는 물건으로 보였기 때문이었다. 중대장의 훈시가 고장 난 레코드판에서처럼 수차례 되풀이되는 사이 소대장과 장교들은 마지막 군장 점검을 실시하고 있었다.

병사들은 개인 화기, 탄약, 수류탄, 압박붕대, 수통, 정글도 등을 온몸에 주렁주렁 매달고 붙이고 비끄러매어 놓고 있었다. 거기에다 얼굴을 반쯤이나 뒤덮은 철모와 육중한 무게의 배낭을 하나씩 짊어진 상태이니 겉으로 보기에 잠시 서 있기조차 어려울 것 같았다. 그래도 모두들 용케 버티고 있었다. 모든 것이 다 자신의 생명을 보호하는 데 필요한 것이었기에 그런 무게에서 오는 불편함이나 고통쯤은 문제가 되지 않았다.

그 중 가장 중요한 것은 물이었다. 월남의 정글에는 나무와 풀의 무성함이 의심스러우리만치 물이 귀했다. 작전 중에 물이 떨어져 제 오줌을 받아먹고는 그 메스꺼움을 견디다 못해 간질병 환자처럼 발작을 일으킨 친구가 있는가 하면, 독초인 줄을 모르고 식물의 수액을 빨아먹다가 하마터면 전사자로 처리될 뻔한 녀석도 있었다.

"야, 최민수. 겨우 수통 두 개 가지고 되겠어? 너는 지금 남산에 소풍 가는 걸로 생각하는 거야?"

소대장이 이런 얼빠진 놈 봤나 하는 눈초리로 내게 물어왔다. 모두들 대여섯 개의 수통을 줄줄이 엮어서 허리에 매달고 있는 터에, 나는 겨우 두 개의 수통만을 탄띠에 끼워놓고 있었다.

물론 우리가 소풍을 가는 것이 아님을 나는 알고 있었다. 지금부터 어느 정도의 시간이 흐르고 나면 우리들 중 누군가의 생이 확연히 달라질 것이었다. 어느 녀석은 검정빛이 철철 넘쳐흐르는 영현 백에 담겨 10종 군수 창고의 짐덩이로 변해야 할 것이고 또 어떤 녀석들은 목발이나 휠체어를 제 몸의 일부처럼 달고 살아야 할 것이었다. 우리는 엄숙한 삶의 기로에 서 있었다.

그러나 내게는 만사가 귀찮을 따름이었다. 이 한 목숨을 위하여 무엇인가를 챙겨야 한다는 사실이 구차스럽기만 했다. 하지만 이렇게 복잡하기 그지없는 나의 심정을 죄다 소대장에게 설명할 수는 없었다. 나는 적당히 얼버무리기로 하였다. 나는 소총에서 탁 소리가 나도록 고쳐 잡으며 소리쳤다.

"배낭 속에 몇 통 더 들어 있습니다."

"그래?"

어리석기 짝이 없는 대꾸를 내게 남기고 나서, 소대장은 다음으로 넘어갔다. 나는 어금니를 힘주어 깨물었다. 이번 작전은 내게 소중한 무엇이 있었다. 그것은, 그것이 어떤 것이든 꽉 막혀 버린 내 생의 돌파구를 이번 작전 기간 중에 찾아야 한다는 절박함이었다.

우리는 부대 근처 임시로 마련된 헬리콥터 탑승장으로 이동했다. 티 하나 없는 옥빛 하늘에 물로 씻어낸 해맑은 어린아이의 얼굴을 하고서 태양이 떠오르고 있었다. 그 장엄함에 우리는 잠시 부스럭거림을 멈추고 침묵했다.

"아ㅡ. 시팔!"

누구의 입에선가 느닷없이 터져 나온 그 소리는, 우리의 가슴을 일거에 강타한 뭉클함을 가장 적절하게 표현한 시 구절처럼 들려왔다.

두두두두…. 드디어 정적을 깨며 멀리서 헬기의 기관 소리가 귓전에 날아들었다. 연이어 연약한 햇살이 부챗살처럼 퍼진 동편 하늘에 몇 개의 작은 점들이 돋아나기 시작했다. 모두 여섯 대의 헬기였다. 헬기에게 착륙지 점을 알리기 위하여 병사들이 연막탄을 까 던졌다. 빨강, 파랑, 보라, 노랑…. 그날따라 터무니없는 감상에 휩싸였던지, 하늘을 적시며 피어오르는 오색의 연기가 내 눈에는 흐느끼는 여인의 모습으로 보였다.

잠시 후 여섯 대의 헬기가 대지의 흙먼지를 무섭게 빨아들이며 착륙하였다. 누구의 신호를 기다릴 것도 없이 선발대로 지정된 병사들이 헬기를 향하여 비호같이 달려갔다. 철모가 날아가지 않도록 한 손으로 머리를 잡아 누른 나는 배낭 멜빵끈의 완강한 당김 힘을 양어깨로 가늠하고 다른 한 손으로는 M16 소총을 단단히 움켜쥔 채 쏜살같이 달려갔다.

헬기에 오르자 나는 귀찮게 덜렁거리는 철모를 벗어들었다. 그리고 얼핏 일렁이는 파도를 보았다. 그것은 가쁜 엔진 소리와 함께 거대한 회전날개를 휘젓고 있는 헬기를 향해 열심히 팔을 흔들어대고 있는 병사들의 모습이었다. 푸른 전투복을 입은 그들의 끊임없는 팔놀림이 내겐 파도처럼 보였던 것이었다. 콧날이 시큰거렸다. 곧 다시 작전지에서 만날 녀석들이 이별의 제스처라니…. 그러나 그들의 손짓은 내게 이 지구상 어떤 이별의 몸짓보다도 더 감동적이었다.

무중력의 어찔함이 잠시 몸을 스치고 나서 헬기가 기우뚱 떠올랐다. 지상에 남은 병사들의 얼굴들이 빠른 속도로 달아나기 시작했다. 그렇게도 높다랗게 여겨지던 부대 주변의 나무들이 어느새 발아래에 서고, 우리들의 땀과 아우성이 땟국처럼 엉켜 있는 중대기지가 한가운데 플라스틱 야자나무가 박힌 어린아이의 레고 놀이판처럼 작아졌다. 이윽고 펑퍼짐한 잔디밭처럼 되어버린 산과 숲과 들판 위에서 우리는 허공을 가르는 한 마리 새가 되었다. 나는 위 호주머니를 뒤져 한 장의 사진을 꺼냈다. 수십 개의 작은 조각으로 갈라진 옥희의 사진은 이국의 낯선 대지 위를 풀풀 날기 시작했다.

5일간의 작전 가운데 사흘이 지나갔다. 작전 첫날 정글 으슥한 곳으로 볼일을 보러 갔던 2소대 병사 하나가 베트콩 협력자로 보이는 민간인 세 명을 생포한 것과, 아군의 포격으로 형체를 알아볼 수 없으리만치 훼손된 적들의 시체를 본 것 외에는 아무런 일도 일어나지 않았다. 그 흔한 안전사고

나 부비트랩 한 방 터지지 않았다. 어쩌다 찾아낸 베트콩 가옥은 어김없이 불에 타 있었고 주인을 잃은 몇 마리 닭들만 천연덕스럽게 눈알을 껌벅이고 있었다. 단 한 방도 줄지 않은 탄약들이 허리에 처음 그대로 매어있었다. 강렬한 태양을 빼놓고는 총열을 달구어 본 것이 없었다. 작전에 나서기 전 그토록 불안해하던 병사들도 뜻밖에 닥쳐온 이 고단한 평화에 조금씩 권태를 느끼고 있었다. 그저 간간이 눈에 띄는, 허리가 부러져 넘어져 있는 거목들의 모습에서 피폭 당시 이곳의 팽팽한 긴장감을 아쉽게 음미해 볼 따름이었다.

쿵! 쉬이익. 크릉. 꽝! 아군의 대포와 미국 전투기가 마치 전장을 저희가 다 전세낸 듯 여기저기에서 요란하게 설쳐대고 있었다. 시선을 땅에다 박고 폐부 깊숙한 곳을 울리며 새어나오는 거친 호흡소리를 온몸으로 들으며 묵묵히 행군하던 나는 끊임없이 이어지는 대포 소리에 문득 짜증을 느꼈다. 공중에다 사선의 긴 불꽃을 놓으며 종횡무진으로 돌아다니는 비행기를 총으로 쏴 떨어뜨리고 싶은 충동이 일기도 했다. 저것들이 나에게서 소중한 것들을 앗아가고 있었다. 남국의 정글에 빗발치는 광란 속에서 흔적 없이 사라지고 싶다는 절규를 저것들은 무참히 짓밟고 있었다. 이미 엉망이 될 대로 되어버린 내 인생을 시뻘건 불길에 뜨겁게 달구어 새로이 망치질해낼 수 있는 기회를 저들이 망쳐 놓고 있었다.

내 몸에선 땀방울이 비 오듯 쏟아지고 있었다. 소금기에 흥건히 절은 전투복은 처참한 나의 기분만큼이나 추해 보였고 바싹 타들어간 입에선 곰팡이 슬어가는 냄새가 났다. 그러나 나는 물을 마시지 않았다. 물을 마시는 행위가 내겐 더없이 사치스럽고 진부하게 느껴졌다.

상민은 작전 기간 내내 내 뒤를 따라다녔다. 내가 3번이고 그가 4번

소총수였으니 일렬종대 대형에서 그가 나를 따르는 것은 당연하였으나, 나는 그로부터 감시받고 있다는, 께름칙한 느낌에서 헤어날 수가 없었다. 그는 정말 누군가의 지령으로 나에게 붙여진 끄나풀처럼 행동했다. 끈질기게 나를 향해 눈을 흘끔거리다가 눈살이 마주치면 얼른 시선을 피해버리곤 했다. 이따금 내게 무슨 말을 던질 듯 말 듯 하다가 마음에 없는 말을 슬그머니 떨궈 놓기기도 했다. 나는 벌써부터 그의 마음을 읽고 있었다. 내 마음의 그늘을 본능적으로 탐지해 낸 그가 내 상처받은 영혼을 구제할 목자 역할을 자원하고 나선 것이었다. 나는 그런 허튼 동정이 싫었다. 그것은 옛날 고아원을 찾아와 과자 부스러기며 사탕 같은 것을 늘어놓고 거룩하고 자애로운 표정을 잔뜩 지어내던 그들에게서 싫증이 나도록 받아왔던 것이었다.

"어휴, 더워."

5분간의 휴식시간. 나는 철모와 방탄조끼를 벗어던지고 풀밭에 벌렁 드러누웠다. 시퍼렇게 멍이 든 것 같은 하늘이 시야 가득히 펼쳐졌다.

"정말 한국의 여름은 저리 가라예요. 적어도 40도는 되겠죠?"

녀석이 연달아 내게 낚싯밥을 던지고 있었다. 그러나 내가 그것을 덥석 물 리 만무했다. 그에 대한 사그라지지 않은 거부감은 차치하고서라도, 내 일은 내가 알아서 한다는 것을 좌우명으로 나는 살아왔다. 옥희마저 사라지고 없는 지금 나만이 나의 절대자였다. 경호가 하루아침에 제 것으로 삼아 섬기기 시작한 신에게서 구하려 했던 것을 그리고 칠득이 병장이 꽁까이와의 질탕한 섹스 속에서 찾으려 했던 것을 나는 나에게서 구하고 있었다.

그러나 상민의 다음 말은 나로 하여금 그를 주목하게 하기에 충분했다.

"최 병장님. 저기 보이는 고지가 우리 목표 지점이래요. 거기에서 하룻밤 매복을 한 뒤 내일 철수한답니다."

상민이 남서쪽 6킬로미터 쯤 전방의 펑퍼짐하고 커다란 고지를 손으로 가리키며 말했다. 순간 내 가슴은 철렁 내려앉았다. 벼랑 끝까지 떠밀려온 듯한 위기감이 득달같이 나를 감쌌다.

행군은 다시금 시작되었다. 내 가슴을 헤집고 있는 번민의 소용돌이는 목적지에 가까워질수록 사나워져만 갔다. 이대로 가서는 안 된다. 마냥 이 대열의 꽁무니만 후줄근하게 따라다니다 무얼 어쩌겠다는 말이냐. 도대체 저 꼭대기에 무엇이 나를 기다리고 있단 말인가? 승린가? 환희? 아니면 새로운 삶인가? 철수 그렇지 철수다. 견딜 수 없는 소외감과 열등의식과 수치에로의 귀환일 뿐이다.

정글은 훨씬 깊어지고 있었다. 기름야자, 함바기, 기생초, 물참대 등이 아열대의 드센 열기를 맹렬히 뿜어대며 얽혀 있었다. 앞서 가던 부첨병 표 상병의 모습이 빼곡한 숲에 가려 보이지 않았다. 나는 재빨리 고개를 돌려 뒤를 살폈다. 바로 뒤에 있을 상민의 모습도 보이지 않았다. 그 뒤를 따르고 있을 강 상병, 이 일병의 모습도 보이지 않았다. 숲은 바닥이 깊은 늪처럼 사람들의 모습을 빨아 삼키고 있었다.

이때다! 무의식중에 내 가슴 속에서 솟아난 소리. 그것은 깊고 짙은 어둠을 밝히기 시작한 빛줄기처럼 날 흥분케 했다. 나는 가던 길을 직각으로 꺾어 몸을 숨겼다. 그리고 허리를 낮춰 기어가기 시작했다. 상민에게 들켜서는 안 된다는 생각이었다. 종아리를 감아드는 넝쿨이며 나뭇가지를 박차면서, 몸놀림을 재촉하였다.

십 분쯤 그렇게 기어갔다. 나는 해방을 향하여 한걸음 더 나아가 있었다. 나를 속박하고 있던 모든 굴레로부터의 자유가 목전에 있었다. 이제 야자열매 파인애플 바나나 망고, 먹을 것이 즐비한 이 산속에서 로빈슨 크루소처럼 흔쾌히 살아갈 수도 있을 것이었다. 누가 나를 따라오리라는 것은 걱정하지 않아도 좋았다. 혹독한 열기와 전갈과 뱀, 적의 부비트랩이 즐비한 이곳 산중에서 대열을 벗어난다는 것은 자살 행위나 다름없었다. 그들이 이루고 있는 가늘고 긴 대열은 유일한 생명줄이었다. 나 하나 사라진다 하여도 이 세상에 변할 것은 아무 것도 없었다. 수많은 월남전 실종자 가운데 하나가 더 늘어날 뿐이었다. 무엇이든 일어날 수 있는 게 전쟁이었다. 무엇보다 중요한 것은 나의 실종 소식을 들으면 옥희도 딱 한 번쯤은 나를 생각할지 모른다는 사실이었다. 어쩌면 스스로의 행동을 후회할 수도 있을 것이다. 그러나 모든 것은 이미 끝나버렸음도 깨달아야 할 것이었다. 내 가슴은 발작을 일으킨 듯 흥분과 환희에 바르르 떨었다.

  대열에서 백 미터 쯤 벗어났다고 생각되던 때였다. 한 사내의 다급한 목소리가 날아왔다. 휙 소리가 나도록 총을 치켜들며 나는 자세를 낮추었다. 최 병장님! 그 소리는 어이없게도 날 부르는 소리였다. 상민이가 쉿소리를 내며 거칠게 수풀을 헤쳐오고 있었다. 이미 그가 나를 발견한 뒤였다. 내가 남겨 놓고 온 나뭇잎들의 불규칙한 움직임이 그의 눈에 발각되었음이 분명했다. 빌어먹을 자식! 나는 천천히 몸을 일으켰다. 그의 뒤에는 아무도 보이지 않았다. 그는 혼자서 여기까지 날 쫓아온 것이었다. 그것만도 다행이었다.

  "당장 돌아가. 까불지 말고."

  나는 바드득 소리가 나도록 이를 갈며 말했다.

"최 병장님. 이러다 큰일 납니다. 전 최 병장님이 무얼 생각하고 있는지 다 알아요."

"잘난 척 그만하고 썩 꺼지지 못해! 조금이라도 더 따라오면 쏴 버린다."

나는 총구를 상민의 가슴팍께로 돌려대었다. 나의 뇌리는 턱없이 부풀어 오른 분노와 돌연한 수치감으로 폭발할 듯했다. 당장이라도 방아쇠를 당겨 버릴 것 같은 나의 기세에 상민은 멈칫했다. 그러면서도 말을 계속했다.

"전 최 병장님을 죽 지켜봤어요. 제 신고식 날 장칠영 병장이 위협을 하고 있는데도 절 심하게 괴롭히질 못하셨죠? 외롭게 자라신 것도 알아요. 최 병장님의 마음이 너무 약해서 세상살이가 힘겨울 뿐이에요. 이런 식으로 인생을 끝장내려 하지 마세요."

"아가리 닥쳐! 이 새끼야."

내 손가락이 방아쇠 울 안에서 부들부들 떨고 있었다. 더욱 떨리는 것은 가슴이었다. 내가 참아내지 못한다면 온몸의 기관이며 내장들이 와락 쏟아져 버릴 듯이 느껴졌다. 참을 수 없는 외로움, 걷잡을 수 없는 분노를 녀석이 건드리고 있었다. 나는 외마디 신음과 함께 몸을 돌려 뛰기 시작했다. 이제 내가 가야할 길은 더욱더 분명해진 셈이었다.

얼마를 더 달려갔을까? 나는 한순간 몸을 낮춰 엎드려야 했다. 뒤쪽에서 펑! 하는 폭발음이 들려왔기 때문이었다. 그것은 그냥 소리가 아니었다. 그저 스쳐가는 느낌만으로도 사지를 무력하게 만들고 혼백을 빼어 놓고 마는 무시무시한 충격, 그 자체였다. 다른 소리도 들려왔다. 아-아-아-아! 도저히 인간의 목소리라고는 상상하기 힘든, 한 사내의 무참한 비명이었다. 순간 내 앞에서 하늘이 무너져 내렸다. 나를 쫓아오던 상민이 이 정글을 거미줄처럼 뒤덮고 있는 부비트랩에 걸려들고 만 것이었다.

시퍼렇게 날이 선 쇠갈퀴가 가슴을 좍좍 찢어내고 있는 듯한 두려움 속에 나는 뒤쪽으로 머리를 돌렸다. 뿌옇게 떠오른 흙먼지 한가운데에서 피투성이가 된 상민의 모습이 드러났다. 자꾸만 까물까물 내려앉고 있는 정신을 부추기며 나는 그에게로 달려갔다. 그는 아직 자신이 다쳤다는 사실을 깨닫지 못한 듯했다. 그는 흙빛이 된 입술을 열어 애써 웃음을 지어 보이려 하였다. 마치 '에이, 재수 없어'라고 말을 하려는 듯한 표정이었다. 상민은 몸을 일으켜 일어서려 하였다. 그러나 만신창이가 된 몸이 움직여질 리 만무했다. 그의 전투복 바지는 온통 붉게 물들어 있었다. 철공소의 그라인더로 박박 갈은 듯 누더기가 된 군화에서 붉은 피가 물컹물컹 흘러나와 마른 땅에 스며들고 있었다. 나는 찢겨진 그의 바짓가랑이를 황망히 제쳐내었다. 그리고 너덜너덜한 정글화를 벗겨내고 허리에 차고 있던 압박붕대를 꺼내어 들었다. 그러나 어디서부터 어떻게 해야 할지, 압박붕대를 들고 있는 손이 바들바들 떨리고만 있었다. 그의 오른쪽 허벅지와 사타구니가 온통 비어있었다. 고통을 참다못해 터져 나오는 상민의 신음이 유리 조각처럼 날아와 내 가슴을 갈기갈기 찢어냈다. 나는 온몸의 피가 역류하여 두 눈을 뚫고 쏟아질 듯한 공포를 느꼈다. 그에게 무어라고 말을 하여야 했다. 그러나 아무런 말도 목구멍을 통과하여 나오질 못했다. 정신 차려! 정신 차려! 하는 소리만 헛소리처럼 입술을 새어나오고 있었다. 그 어떤 참회의 말도 때가 늦어 있었다.

폭음을 듣고 중대장과 병사들이 달려왔다. 정글의 숲 사이사이로 귀를 쫑긋이 세운 토끼처럼 모습을 드러낸 그들은 상민과 나를 발견하고 곧장 몰려왔다. 나는 재빨리 그 자리를 벗어났다. 그리고 열 발자국쯤 달려가

키를 넘는 풀 더미 한가운데 움푹 팬 구덩이에 몸을 숨겼다. 핏내음이 온몸의 피부를 뚫고 스며들었다. 핫핫 하고 숨을 몰아쉴 적마다 핏덩이가 뭉텅이로 목구멍을 넘어오는 듯했다. 그러면서도 바깥 사정이 궁금했다. 나는 무성한 풀 더미를 헤쳐 그쪽을 살펴보았다. 병사들은 사격 자세를 하고 사주경계에 돌입해 있었고 중대장과 의무병 그리고 포병 관측장교와 내가 속해 있는 1소대 소대장, 그리고 하사관 몇이서 상민을 둘러싸고 있었다. 의무병이 응급조치를 하고 있는 사이, 중대장은 귀를 상민의 입술 가까이에 대고 있었다. 이윽고 상민과의 짧은 대화를 마친 중대장은 소대장들을 향해 고함을 질렀다. 소대장 집합!

삽시간에 소대장들이 몰려들었다. 모두들 긴장해 있었다. 물고기가 물을 만난 듯 득의에 차 있기도 했다. 중대장은 아까 상민이가 가리키던 방향을 황황한 손짓으로 가리키며 무어라고 지시를 내렸다. 이어 포병대에서 파견 나온 관측장교가 땅바닥에 지도를 펼쳐 놓고 위치를 재기 시작했고, 무전병이 갓난아이 주먹만 한 송화기를 집어삼킬 듯한 기세로 교신을 시작했다. 소대장들이 흩어져 돌아가고 나서 원을 그리며 경계태세에 돌입해 있던 병사들 가운데 잠시 술렁임이 일었다. 무슨 이유에선가 수색대를 구성하는 모양이었다. 잠시 후 선발된 일단의 병사들이 중앙에 모여들었다. 그리고 3소대장 황 중위의 지휘 하에 중대장이 가리킨 방향으로 달려 나갔다. 그리고 운명처럼 그 소리가 들려왔다.

"최 병장 어디 갔어? 일 소대 최민수, 아까 여기 상민이 하고 같이 있던 친구 말이야."

중대장이 날 찾는 소리였다. 나는 황급히 덤불 속으로 몸을 숨였다. 그리고 대검을 뽑아들고 날을 손가락으로 만지작거리기 시작했다. 그것으로 무엇을 어떻게 하고자 해서는 아니었다. 중대장의 명령을 받고 날 찾으러 올 그 녀석을 찔러죽이고 싶은 마음이 전혀 없던 것은 아니었지만, 더 이상 그렇게 무모할 수만은 없었다. 지금까지 바깥에서 이루어진 뜻밖의 상황 전개는 내가 알 바가 아니었다. 심각한 부상자까지 생긴 마당에 의례적인 경계조치일 수도 있었다. 어쨌거나 나는 이미 독 안에 든 쥐였다. 시간은 자꾸만 흘러갔다. 나는 아무런 대책도 세우지 못한 채 칼날의 서슬 퍼런 감촉을 손끝으로 확인하며 하늘 높은 줄 모르고 치솟은 신경을 깎아내리고만 있었다. 이제 상민에 대한 걱정 같은 것은 사라지고 없었다. 내 머리를 가득 채우고 있는 것은 앞으로 어떻게 될까 하는 턱없이 암울한 근심뿐이었다. 이대로 달아날까? 아니면 내 발로 걸어 나가 순순히 자백을 해야 할까? 그것도 아니면 어떤 다른 길은 없을까? 모든 생각이 허사였다. 이제 내게 남아있는 건 아무것도 없었다. 내 인생은 처음부터 형편없이 뒤틀려 있었다. 꼬여있는 매듭을 조금도 풀어내지 못한 채 더욱 어두운 종막을 향하여 맹렬히 치닫고 있었다.

의무병의 힘겨운 조치에도 불구하고 이상민의 신음은 끊임없이 허공을 휘저어대고 있었다. 물! 물! 상민은 입술을 간신히 움직여 물을 달라고 외치고 있었다. 그러나 그가 그렇게도 사랑하던 세상은 그의 간절한 소망을 버려야만 했다. 나는 이를 악물고 눈을 감았다. 그의 입에서 무섭게 솟아난 단말마가 거침없이 나를 단죄하고 있었다.

"야. 민수야. 중대장이 찾는데 너 여기서 뭐하고 있어?"

덤불 속에서 나를 찾아낸 자식은 하필이면 경호였다. 어쩌면 차라리 그였다는 게 다행인지도 몰랐다. 나는 대검을 칼집에 꽂아 넣으며 몸을 일으켰다. 다리가 몹시 휘청거렸다.

"너 제법 쓸 만한 놈이던데?"

녀석이 내게 뜬금없는 소릴 던졌다. 무슨 뜻인지는 모르겠으나 그걸 따져 물을 계제가 아니었다. 저만치에 중대장이 단호한 재판관의 모습으로 서 있었다. 나는 그리로 몸을 옮겨갔다. 내 인생의 추악한 끝을 향하여 한 발자국 한 발자국 다가섰다. 그러면서도 귀찮게 따라붙는 한 가지 의문이 있었다. 그것은 꽤 쓸 만한 놈이던데 하던 경호의 말이었다. 그리고 그 말을 하면서 슬며시 얼굴에 떠올리던 미소. 그것은 조소였던가 아니면 그냥 웃음이었던가? 나는 아무리 하여도 그 말과 미소의 의미를 풀어낼 수가 없었다. 그리고 중대장이 마치 베트콩이라도 출현한 듯이 소란스레 굴던 그 뜻밖의 상황도 이해할 수가 없었다. 그러다 불현듯 두려운 상상이 떠올랐다. 그것은 나와 상민의 불편한 관계를 속속들이 알고 있는 경호가 내가 상민을 상대로 교활한 복수극을 벌였던 것으로 생각하는 것은 아닌가 하는 의구심이었다. 그렇다면 꽤 쓸 만하다는 그의 말은 명백한 빈정거림이었다. 아니 무서운 저주였다.

그러나 그건 아니었다. 그것은 분명 사고였으며 그 일에 상민을 끌어들인 것은 내가 아니었다. 나는 경호 쪽으로 불안한 시선을 돌렸다. 그러자 그가 성큼 나의 의문 속으로 뛰어들었다.

"느네들 브이씨 봤다며?"

어? 그 말의 돌발성에 두뇌가 잠시 회전을 중지했다. 그러나 다음 순간 어쩌면 사태가 순조로이 풀려갈지도 모른다는, 근거가 애매하지만 아주 그럴 듯이 여겨지는 예감이 있었다. 나는 머리를 빠르게 회전시켰다.

"이상민이가 중대장에게 그랬다던데? 베트콩 봤다고. 그래서 수색대가 나간 거야."

순간 모든 의문의 실타래가 단숨에 풀려나갔다. 나는 중대장이 땅에 엎드려 상민과 귀엣말을 나누던 광경을 떠올리었다. 상민의 시나리오대로라면 우리는 행군 도중 베트콩을 발견한 것이었다. 누구에게 알릴 겨를도 없이 나와 상민은 적들을 뒤쫓기 시작했고 그 와중에서 상민이 부비트랩을 맞았다. 그런데 출몰했다는 베트콩은 몇이나 될까? 상민은 중대장에게 무어라고 말을 했을까? 그에 대한 해답을 풀기도 전에 나의 몸뚱이는 중대장 앞에 서 버렸다.

"이 친구야. 이 판국에 어딜 갔었어? 중대장한테 상황을 보고하고 다음 지시를 기다렸어야지."

예감했던 대로, 중대장의 표정이 썩 호의적인 것은 아니었지만 그렇다고 험악한 것도 아니었다. 내가 냉큼 대답을 하지 못하고 우물쭈물하자 곁에서 있던 일 소대장 신 중위가 말을 거들고 나섰다.

"전우가 부상을 당하는 걸 보고 혼쭐이 났던 모양입니다. 최 병장하고 이상민은 한 분대원이거든요. 그렇지?"

소대장이 턱짓으로 나를 가리키며 말했다. 나는 역시 아무런 대답도 하지 않았다. 이런 땐 무엇보다 침묵이 금이었다.

"그래 브이씨는 몇 마리나 됐어?"

중대장의 다음 질문은 나의 예상에 주효했다. 나는 비교적 담담히 말했다. 그 질문을 내게 하리라고 미리 염두에 두었던 것이 마음을 안정시키는 데 크게 도움이 되었다.

"…정확히 못 봤습니다."

나는 한 명도 못 봤다는 이야기는 차마 할 수가 없었다. 그 말이 너무 무서웠다.

"한 두세 명 돼?"

"……."

"이 친구 아주 정신이 나갔구먼. 그런데 베트콩을 혼자서 해치우겠다는 용기는 어디서 나왔어? 어쨌든 좋아. 내가 하고 싶은 말은 결국 한 병사가 부상을 당했다는 거야. 거기다 베트콩 놈들은 깡그리 놓치고. 즉각 보고를 해서 부대원들이 동원됐으면 그까짓 두세 명을 못 잡아?"

중대장의 목소리가 자꾸만 높아지고 있었다. 그것은 단호했지만 그렇다고 성을 내고 있다고 볼 수는 없었다.

"아무리 급박한 상황이라도 침착하게 판단을 해야 돼. 먼저 중대장에게 보고를 했어야지. 다 잡은 고기를 놓쳐버렸잖아, 이거."

하면서 중대장은 입맛을 쩍 다셨다. 그도 자신의 감정을 미처 정리하지 못하고 있는 듯했다.

"돌아가, 위치로."

잠시 나의 위아래를 일별하고 나서 중대장은 나를 순순히 풀어 주었다.

나는 분대가 위치해 있는 곳을 찾아 무거운 발길을 돌렸다. 의무병이 커다란 나뭇잎을 잘라 상민의 얼굴에 그늘을 만들어 주고 있었다. 모르핀을 주사해 주었는지, 신음 소리가 훨씬 자자들어 있었다. 무전병은 악을 써가며 구급용 헬기를 부르고 있었다. 나는 상민에게 가 봐야 한다고 생각했다. 그러나 그럴 엄두는 내지 못하였다. 그에게 큰 빚을 졌다는 생각이 들었다. 어떻게든 그가 살아나야 한다는 생각도 들었다. 그리고 종국에는 내가 아직도 무엇인가를 생각하고 있다는 사실이 두려워지기 시작했다.

작전을 마치고 기지로 귀환한 병사들은 마치 저마다 개선장군이라도 된 듯 시끌벅적 떠들어 대었다. 그들의 화제는 대체로 이상민 사건 아니 바로 나의 사건이었다. 그리고 당사자 중의 하나인 나에게서 생생한 현장 상황을 캐물으려 들었다. 만약 내 입에서 무슨 말이라도 떨어지면 그것은 적절히 각색되어 훗날 귀국을 한 뒤 자신들의 무용담으로 이야기되어질 것이었다. 그러나 나는 묵묵부답일 수밖에 없었다. 한 인간의 비열성과 파렴치성에 대해서 라면 몰라도 그들의 자랑스러운 무공담을 거들어 줄 아무것도 나는 가지지 못했다. 부분대장 칠뚝이에게 불려간 적도 몇 번 있었다. 그는 온갖 감언이설로 나를 어르기도 하고 욕설과 협박조의 말로 나를 몰아세우기도 하였다.

"이 새끼. 보자보자 하니까, 이 장칠영이 말이 한마디로 엿 같다 이거가? 니는 내가 어떤 놈인지 아직도 모르겠나?"

솔직히 나는 그가 더 이상 두렵지 않았다. 두려운 것은 상민이었고 또 다른 면으로는 바로 나였다. 나의 완강한 거부 자세에 지쳤는지 장칠뚝은 내 군홧발 근처에다 침을 한차례 쓱 뱉어놓고는 가버렸다. 병사들은 이러쿵저러쿵 입방아를 찧었다. 최민수 병장이 변했어. 그럼 야, 그렇게 큰일을 당했는데…. 그래도 상민이를 싫어했잖아. 그런 와중에서도 고마운 것은 역시 경호였다. 내가 당하고 있는 괴로움을 덜어주려 했음인지 경호는 한 번도 그 일에 관하여 물어오지 않았다.

그날 저녁, 식사를 마치고 한참 병기수입을 하고 있던 무렵이었다. 분대장 홍 하사가 축 처진 손에 철모를 벗어 들고 벙커로 들어왔다. 무슨 일이었는지 그날따라 그의 어깨에 달린 초록색 견장이 무거워 보였다. 그는 충청도 삽교에서 중학교 밖에 나오지 못한 어질고 순한 사람이었다. 그의 안면 근육이 커다랗게 씰룩이더니 무서운 말이 떨어져 나왔다.

"상민이가 죽었어."

그리고 나를 힐끔 쳐다보았다. 나는 손에 들고 있던 M16 총열을 바닥에 떨어뜨리고 말았다. 일순 분위기가 숙연해 졌다. 우리는 곧장 침묵 속으로 빨려 들어갔다.

"고 자석. 까불까불 설쳐대더니 고마 갔고마."

침묵의 한 귀퉁이를 슬며시 들추어내며 고참 병장 장칠영이가 어눌하게 말했다. 상민의 죽음 앞에 그의 고개도 숙여지고 있었다.

눈앞이 캄캄했다. 사태는 이미 올 데까지 다 오고 말았다. 처음부터 뒤틀려 있던 나의 인생은 급기야 한 인간의 목숨을 죽음으로 몰고 가는 데까지 이르고 말았다. 문득 까마득히 잊혔던 어머니가 생각났다. 모두들 죽어가며 어머니를 외쳐 부르는 것을 보고 내가 죽을 땐 어떻게 해야 하나 하고 망설여졌던 어머니. 내가 두 살 때, 두부공장 주인집 문간에 나를 두고 사라졌다던 어머니였다. 나는 침상을 내려와 군화를 신고 끈을 바짝 조여 매었다. 그리고 휘적휘적 벙커를 나왔다. 내 인생은 새로이 시작되어야 하였다.

"야, 어디 가?"

바지춤을 추스르며 나를 따라 나온 사람은 경호였다. 나는 잠시 망설였다. 그러나 그의 우정 어린 시선에 눈길이 닿는 순간, 나는 그에게 모든 사실을 털어놓아야 하겠다고 생각했다. 이제 이 무서운 고통을 더 이상 혼자서 지탱해 나갈 수도 그럴 필요도 없었다. 나는 고백하듯 말했다. 목덜미가 뻣뻣해 왔다.

"상민이는 그냥 죽은 게 아냐. 나는 그때 어디로든 도망을 치려 했어.

그걸 알고 상민이가 날 쫓아오다 당한 거야. 베트콩 때문이 아냐."

한데 그의 말이 정말 의외였다.

"그건 나도 알아. 이미 짐작했어. 너 옥희라는 여자 때문에 쇼크 받았잖아."

뜻밖이었다. 나는 의혹에 찬 눈길을 그의 얼굴 구석구석에 뿌려대었다. 그러다 뇌리에 언뜻 떠오르는 것이 있었다. 그날 작전지에서 중대장이 찾는다며 날 찾아와 떠올리던 어설픈 미소. 그리고 기지에 돌아와서 그 일에 관하여 입을 다물던 그 이상한 침묵. 그는 이미 모든 걸 알고 있었다. 부끄러움에 얼굴이 화끈 달아올랐다. 나의 영혼은 또 한차례 곤두박질을 치고 말았다.

"그날 내가 브이씨 봤냐고 물었을 때, 넌 아무 말도 못했잖아. 그래서 무슨 일이 있었구나 하고 짐작했어. 그게 니가 탈영을 하려했던 건지는 몰랐지만. 그래서 어쩌겠다는 거야? 너 지금 여기서 도망이라도 치겠다는 거야?"

"중대장한테 가야겠어."

"왜?"

"처벌을 받아야겠어. 그리고 처벌이 끝나면 앙케 지역으로 보내달라고 할 거야."

당시 앙케 지역에선 월남전 사상 최대의 격전이 벌어지고 있었다. 쏟아부은 전투요원의 반이 하루 사이에 손실되고 있다는 소문이 파다했다.

"죽으러 가겠다 이거야?"

나는 대답을 하는 대신 군화발로 맨땅을 거칠게 걷어차기 시작했다.

"지랄하고 있네. 이 미친 자식아. 어찌 되었건 이미 끝난 일이잖아.

니가 이상민이를 쏜 것도 아니고. 따지자면 그건 상민이 지 잘못일 수도 있어. 니가 피한 부비트랩을 왜 그 친군 피하지 못했니?"

나는 중대본부 쪽으로 몸을 돌렸다. 그가 팔을 붙들었다.

"다 지 팔자소관인 거야. 새끼야. 방정 떨지 말고 들어가서 총이나 딲고 잠이나 자."

나는 그의 팔을 뿌리쳤다. 다시 한 번 그가 나를 붙들었지만 나는 거친 기세로 그를 밀쳐버렸다. 그리고 중대본부를 향하여 뛰기 시작했다. 고래고래 악을 쓰는 경호의 목소리가 나를 잡아 삼킬 듯이 날아왔다.

"가지마, 씨발놈아. 상민이를 생각해 봐. 니가 처벌받기를 바랬다면 상민이 그 새끼가 거짓말을 했겠냐? 죽어가믄서?"

중대장실을 노크하는 손이 바르르 떨렸다. 군복 상의를 벗어젖힌 중대장은 모기장을 저만치 젖혀 놓은 침대에 비스듬히 누워있었다. 그는 침대에서 반쯤 몸을 일으켜 세운 채 의아한 눈초리로 나를 바라보았다. 시간이 흐를수록 점점 더 얼얼하게 굳어만 가는 그의 얼굴에다 대고 나는 내가 하고 싶었던 모든 이야기를 남김없이 게워내고 말았다.

"무슨 뚱단지 같은 소리야, 이 개새끼야."

나의 말이 끝나기가 무섭게 잔뜩 움켜쥔 그의 주먹이 내 면상을 향해 날아왔다. 그리고 그의 주먹은 다시 복부를 향해 휘어졌다. 이어 정강이, 허벅지, 등, 어깨 할 것 없이 주먹과 발길이 쏟아졌다. 그렇게 얻어터지면서 복잡하기 짝이 없던 내 머리 속은 조금씩 비워지고 있었다. 그리고 나는 행복했다. 난생처음 느껴보는 환희였다.

얼마간의 시간이 지나갔다. 나는 곧 의식을 회복했고 얼굴에 남아있던 물기를 닦아내었다. 이제 경건한 심판의 순간이었다. 연거푸 팔말 담배 석 대를 피워대고 나서 간신히 열기를 가라앉힌 중대장이 드디어 내 앞에 섰다. 그리고 말했다.

"내 맘 같아선 너 같은 놈 당장 영창에 처넣어서 두 번 다시 햇빛을 못 보게 하고 싶지만…."

뜻밖의 서두였다. 아주 이상하게 시작되는 자신의 선고에 스스로도 놀랐던지 중대장은 잠시 말을 끊었다.

"오늘 죽은 이상민 병장의 뜻도 있고 해서 그만두겠다. 그러니까 당장 돌아가. 주둥아리 나불거리지 말고. 이 꼴도 보기 싫은 거머리 같은 자식아."

그러나 나는 줄곧 취해 왔던 부동자세를 조금도 풀지 않은 채 그대로 서 있기만 했다. 아직 내가 원하는 결말이 나오지 않았기 때문이었다. 중대장도 내가 이쯤에서 사라져 버리길 기대하지는 않은 듯했다. 그는 말을 계속했다.

"이번 일은 이상민 병장이 말한 그대로야. 그때 너희 둘은 브이씨 두 마리를 발견했고 그걸 쫓아가다가 상민이가 다친 거야. 이미 다 상부에 보고가 된 걸 이제 와서 번복할 수도 없어. 그건 중대장의 망신이고 곧 우리 중대의 망신이야. 내 다시 말하지만 입 꽉 다물고 있어. 네깐 놈 인생 끝장나는 거 나도 보고 싶지만 그렇게 되면 내 지휘 능력을 의심받게 되고 소대장, 분대장까지도 피해가 미쳐."

그는 기가 차다는 듯 다시 한 번 팔말 담배에 불을 댕겨 입에 물었다.

"난 그런 줄도 모르고 수색대를 조직한다, 포 지원을 요청한다, 난리를 피웠으니 이게 무슨 망신이야. 씨발."

그날 나는 중대장 앞에서 그런 채로 스스로 물러나기를 거부하다가 끝내 분대장 홍 하사와 부분대장 장칠영의 완강한 완력에 의하여 개처럼 끌려나오고 말았다. 그리고 그날로부터 2종 군수창고 옆에 나를 위하여 특별히 마련된 간이막사에서 부분대장 칠뚝이의 특별 감시 하에 생활하게 되었다.

그날로부터 매일 밤 나는 상민의 비명 소리에 시달려야 하였다. 그의 팔이며 다리가 갈기갈기 찢어져 내 얼굴 가득히 흩뿌려졌고, 나의 총구에서 미친 듯이 뿜어져 나간 수백 발의 총탄이 그의 가슴에 무참히 꽂히기도 하였다. 최 병장님. 정신 차리세요. 죽어가면서 해쭉해쭉 웃어대는 상민의 얼굴이 하늘보다도 더 큰 넓이로 확대되어 나의 뇌리에 덮쳐왔다. 어떤 땐 새파랗게 얼어붙은 상민의 아내가 수많은 갈기가 돋아난 짐승으로 돌변한 나의 몸뚱이 아래서 마구 짓이겨지기도 했다. 그럴 때마다 나는 공포감에 질려 그악한 비명을 질러대곤 했다.

나는 실성한 사람처럼 해쓱한 얼굴을 하고 내무반 한 구석에 몸을 옹크리고 앉아 며칠씩 식사를 거부해가며 누군가를 기다리기 시작했다. 내가 기다리는 것은 앙케 지역에로의 전출 명령을 가져올 전령이었다. 나는 피비린내 나는 전투가 벌어지고 있는 앙케 지역으로 보내줄 것을 끈질기게 요구했고 나와의 집요한 줄달음 끝에 중대장이 그걸 수락했기 때문이었다.

그러나 그로부터 약 이주일의 시간이 흐른 후, 나에게 배달된 것은 전출이 아닌 조기 귀국 명령서였다.


소리 없이 다가온 어둠이 세상을 완전히 결박해 버리고 난 뒤였지만, 공항은 끊임없이 북적거렸다. 마치 이 세상이 온통 축제에 초대 받은 사람들로만 가득 채워져 있는 듯한 느낌이었다. 수많은 사람들이 바삐 오가고 웃고 떠들고 더러 술에 취해 비틀거리는 가운데 쑥색 스카프의 여인은 그저 암울한 그림자인 것처럼 조용히 앉아만 있었다. 그러다 여인의 머릿결이 잠시 출렁였다. 한 사내가 그녀를 향하여 다가오고 있었다. 잘해야 서른 한두 살 정도로 보이는 짧은 스포츠머리의 그 사내는 윤기가 도는 붉은색 얼굴을 가지고 있었다. 고릴라처럼 어깨가 안으로 조금 휘어진, 듬직한 체구의 사내에게선 으슬으슬 살벌한 바람이 일고 있었다. 그는 여인의 옆자리에 살집이 많은 엉덩이를 걸쳐놓았다. 아무런 거리낌도 없는 행동이었다. 사내는 허공을 향해 고개를 과장스레 치켜들고서 손에 든 깡통 주스를 한 모금 빨아 삼켰다.

"그 자식 잘 갔어, 다까끼?"

사내는 여인의 얼굴을 쳐다보지도 않고 말했다. 여인은 그때까지 손에 쥐고 있던 만 엔짜리 한 장을 그의 손에 말없이 쥐어주었다.

"흐엉. 이제 은영이 너도 한물갔군."

사내가 꼬깃꼬깃 접혀진 돈을 그 커다란 엄지손가락을 움직여 조금 펼쳐보며 말했다. 그리고 번들번들 빛나는 대합실 바닥에다 찍 하고 침을 뱉어내었다. 어깨를 으쓱이고 근육질의 팔을 뒤틀어 보고 허리를 꼬아대며 그는 잠시도 쉬지 않고 몸을 움직이고 있었다. 그의 눈짓과 몸짓을 타고 험악한 메시지가 끊임없이 흘러나왔다. 사내는 보통 사람 다리통만 한 팔을 둥그렇게 휘어 팔목에 감긴 탐스런 금빛의 시계를 잠시 바라보았다. 그리고 조금 전 찍 하고 침을 뱉어내 듯 여인에게 한마디를 뱉어내었다.

"이따 봐."

그가 사라지자 여인의 머리는 더욱 수그러들었다. 어깨에서 흘러내린 머리칼이 얼굴을 완전히 뒤덮고 있었다. 왈칵 울음을 토하듯 쏟아진 그녀의 검은 머리칼 위로 올해 서른여섯의 한창 나이일 상민 아내의 모습이 겹쳐지고 있었다.

　군에서 제대를 한 후 나는 그녀를 찾아내고자 무던히도 애를 썼었다. 하루에 한 번씩 월남으로 편지를 보내던 주소에서 그녀는 벌써 이사를 해 버린 뒤였고, 가까스로 알아낸 전화번호에선 번번이 엉뚱한 사람의 목소리가 튀어나왔다. 어쩌면 무지갯빛 해사한 눈빛을 지녔던 그녀가 날 용서하기를 거부하며 자취를 감추어 버린 것인지도 몰랐다. 나는 긴 머리칼의 여인에게로 다시 시선을 모았다. 그녀에겐 어떤 사연이 있는 것일까? 무엇이 그녀의 삶을 저만치 비켜가게 하고 있을까?

　텔레비전에서 쏟아져 나온 장중하고도 비감 어린 음악 때문에 나는 시선을 그것으로 돌렸다. 청색, 적색 바탕에 황색별이 그려진 베트콩 깃발을 들고 트럭에서 뛰어내리는 병사들을 쫓던 카메라는 잘 빚어진 조각 작품 같은 흰색 건물을 비추기 시작했다. 그리고 비장한 어조의 멘트가 이어졌다.

　―탱크에 올라 탄 공산군 병사들은 월남 대통령 관저인 독립궁으로 들어가면서 그들을 지켜보는 시민들과 기자들을 향해 '어이 동무들' 하고 소리치며 웃고 환호하였다. 푸른 군복의 입성군 병사들은 자신들을 지켜보고 있던 UPI 사진기자를 보더니 '기자 양반 좋아, 좋아' 하고 월남어로 말했다. 해군기지인 칸 호이에서 대형 백기가 나부꼈으며, 강변은 이곳을 떠나려는 사람들로 대혼잡을 이뤘다. 한편 두옹 반 민 대통령의 항복 연설이 끝나자 정부군들은 민간인 복장으로 갈아입기 위해 인근에 있는 민가로 마구 밀어닥쳤다. 어떤 군인은 군복을 벗어 던지고 속옷 바람으로 두도가(街)를 우왕좌왕했다. …인도차이나 전쟁 30년을 청산하는 최후의 총성은 정오가 조금 지난 12시 20분 대통령궁에서 들려왔다. 그때까지 관저를 지키던

대통령 경호대가 투항에 앞서 탄창을 비우기 위해 허공에 대고 쏘는 총소리였다.

나는 자리에서 일어났다. 눈앞의 사물들이 두 겹 세 겹으로 갈라지더니 흐무러졌다. 그리고 이내 물결처럼 흐느적이기 시작했다. 그 흐릿한 물결 속에 금방이라도 총구가 튀어나올 듯한 적들의 가옥이 보였고 그 앞을 한가롭게 노닐던 산닭들도 보였다. 상민과 남십자성을 올려다보던 일 소대 앞 평퍼짐한 흙방벽이 시야에 나타났고 그 너머에서 둔중한 포성도 울렸다. 그리고 물씬한 화약 냄새와 함께 터져 나온 한 사내의 무참한 비명소리가 그때와 똑같은 기세로 가슴을 뒤흔들었다.

'꿈이었어. 너무나 길고도 허망한 악몽이었어.'

나는 눈가의 물기를 씻어내며 여자를 향해 눈길을 돌렸다. 그녀의 옆자리에 놓인 벤자민 고무나무의 시든 잎사귀에서 반짝이는 불빛이 보였다. 대합실의 높다란 천정에서 부서져 내려온 은빛 광선이었다. 나는 여인에게 조금씩 다가서고 있었다. 그녀가 상민의 아내일 리는 없었다. 상민의 아내가 내 앞에 다시 선다 한들, 십여 년 전 사진으로 한차례 슬쩍 보았을 뿐인 그녀를 알아볼 수도 없었다. 하지만 그녀가 누구이든 상관없는 일이었다. 누군가를 붙들고 빌어야 할 간절한 이야기가 있을 것만 같았다.

•작가의 말

# 무진을 떠나지 못한 자의 변명

    누구에게나 자신의 인생을 두고 심각하게 고민을 하던 시절이 있을 것이다. 내게도 그런 시절이 있었다. 아주 오래전부터, 보통 사람들보다 훨씬 어린 시절부터 그런 고민은 시작되었다. 나는 누구일까? 어떻게, 무엇을 향해서 살아가야 하는 것일까? 무슨 차원 높은 철학적 번민은 아니었고 너무나 기본적이고 원초적이면서 절박한 질문이었다. 20대 초반 베트남전에 제 발로 뛰어든 것도 그런 의문에 해답을 얻기 위한 몸부림이었을 거다. 오랜 세월 나는 방황했고 타락도 했었고 절망도 많이 했다. 그 결과로 얻은 것이 소설 쓰기였다. 인간이란 무엇인가에 대한 탐구이고 동시에 구원이기도 한 소설의 본질을 어렴풋하게나마 감지한 결과일 터이다. 난 모든 것을 다 버리고 소설 하나만 생각했었다. 더 나은 조건의 직장으로 옮겨가는 일도 소설 쓰기를 위한 시간과 정열을 빼앗길까 봐 그만두었다. 건강 다지기, 취미 활동, 돈 버는 일 궁리하기, 모두 포기하였다. 사람들과의 교류도 단절하고 스스로 고립되어 갔다. 급기야 한두 명

속마음을 나눌 친구도 없어졌다. 그로부터 오랜 세월이 흘렀다.

어쭙잖게도 작가라는 이름으로 제법 오랜 세월을 살아왔다. 그 세월 동안 단 한순간도 부끄럽지 않았던 적이 없었다. 문단에서의 존재감도 신통치 못했고 열광적인 고정 독자도 가지지 못했다. 그 많고도 많은 문학상도 나와는 인연이 멀었다. 언제 내가 작가인 적이 있었던가. 솔직히 말하자면 나는 이런 의문에 끊임없이 시달려왔다. 매 순간 나는 스스로를 몽상가, 패배자, 낙오자로 규정하려 했다.

그 까닭은 물론 내게 있다. 난 작품을 쓰는 데 게을렀고 노력하지 않았다. 내로라하는 인기 작가들의 화려한 오늘 뒤엔 형언할 수 없는 고독과 고통 그리고 피나는 노력이 있었을 것이다. 하지만 나는 머릿속으로는 여러 편의 장편을 동시에 쓰면서도 정작 컴퓨터 앞엔 앉지 못했다. 무언가가 내 목덜미를 자꾸 잡아당겼기 때문이다. 글에 대한 두려움이다. 짝사랑하는 여인네처럼 내겐 글이 무섭기만 했다. 아무리 불러도 응답을 주지 않는 신처럼 글은 내게 냉정했다.

이따금 나는 이런 생각을 해 본다. 만약 내 인생에 소설 같은 것이 없었다면 어땠을까? 행복했을까? 돈을 많이 벌어두었을까? 출세를 했을까? 건강했을까? 뭐, 그럴 것 같지는 않다. 만약 내게 소설이 없었다면 나는 그냥 물거품에 지나지 않았을 것이다. 뭐 하나 이룬 것은 없지만 이만큼이라도 날 지탱해 온 것이 소설이었다. 내겐 생을 다 바쳐 해야 할 일이 있고 분명한 목표가 있으니 이 얼마나 다행스런 일인가. 정녕 소설은 날 구원했다. 돌이켜보면 그 구원의 손짓에 내가 응답하지 않았을 뿐이다.

오랜 세월 묵혀두었던 글들을 끄집어내어 책으로 편다. 이 글 가운데에는 이십 년도 훌쩍 넘어버린 그 시절에 쓰인 것도 있으니, 독자들이 시간적 배경을 이해하는 데 혼란을 일으키게 되는지도 모르겠다. 내가 소설 쓰기에 게을리 했다는 증거도 되지만 그만치 세월의 속도가 빨랐다는 이야기도 될 것이다. 그렇게 세월이 흘렀다. 정말이지 세월이 많이 흘렀다.

원고를 출판사에 넘기며 김승옥「무진기행」의 결말이 자꾸만 떠올랐다.
"덜컹거리며 달리는 버스 속에서 나는, 어디쯤에선가, 길가에 세워진 하얀 팻말을 보았다. 거기에는 선명한 검은 글씨로 '당신은 무진읍을 떠나고 있습니다. 안녕히 가십시오'"라고 씌어 있었다.
나는 심한 부끄러움을 느꼈다."
나 역시 부끄러움을 느낀다. 내가 느끼는 부끄러움은 출세와 부 등 현실적 욕망의 달성을 위하여 서울로 떠나는「무진기행」의 주인공 윤희중과는 다른 종류의 것이다. 내가 부끄러운 것은 난 아직도 몽환과 회한의 땅 무진을 아직 벗어나지 못하고 있다는 사실이다.

그러나 좌절하진 않는다. 아직 제대로 노력하지 않았으니 실망하거나 좌절할 일도 없다. 남아있는 일은 그저 쓰는 것이다. 쓰다보면 언젠가 그날이 올 것이다. '수고했어. 이만하면 잘 썼네.' 하고 스스로에게 말을 해 줄 그날 말이다.

부족한 글, 책으로 꾸며 주신 〈전망〉의 서정원 시인께 감사드린다. 바쁜 시간 쪼개어 짧지 않은 글을 읽어보시고, 귀한 표사를 적어주신 김성종, 조갑상 두 분 선배 작가님께 고마운 말씀 드린다.

김헌일

하이, 빌

1판 1쇄·2018년 11월 20일

지은이·김헌일
펴낸이·서정원
펴낸곳·도서출판 전망
주   소·부산광역시 중구 해관로 55(중앙동3가) 우편번호·48931
전   화·051-466-2006
팩   스·051-441-4445
출판 등록 제1992-000005호
ⓒ 김헌일 KOREA
값 14,000원

ISBN 978-89-7973-495-9
w441@chol.com

* 저자와의 협의에 의해 인지를 생략합니다.

이 도서의 국립중앙도서관 출판예정도서목록(CIP)은 서지정보유통지원시스템 홈페이지
(http://seoji.nl.go.kr)와 국가자료공동목록시스템(http://www.nl.go.kr/kolisnet)
에서 이용하실 수 있습니다.(CIP제어번호: CIP2018036172)

*본 도서는 2018년 부산광역시, 부산문화재단 지역문화예술특성화지원사업으로 지원을
  받았습니다.